Priest/著　　上　Brother　大哥

上海人民美术出版社

本文故事纯属虚构，与现实人物和事件无关，人物行为为创作角色需要，切勿模仿。

PREFACE 序

  与小狐狸相识于作者群。那时候群里很热闹，难得我与她在茫茫人海中看对了眼，开始了狐国师和饼亲王一见钟情、不谋而合的胡扯PLAY，煞有其事地图谋某个莫须有的国度，算计某个莫须有的皇帝。记得狐国师最爱的事是"挟天子以令诸侯"，饼亲王喜欢把"谋朝篡位"挂在嘴上……回头想想，真是羞耻又纯真的青葱岁月。

  认识小狐狸的文源自于《七爷》。那时候和小狐狸还不熟，对她的文也不是一看就一发不可收拾，而是诡异地难以割舍。第一次看了开头，就被虐得退了，我怕看悲剧，小心肝比较脆，看虐文都是从渣男遭报应开始，但是第一天退出之后，第二天又鬼使神差地点进去，继续看第一章，继续被虐，直到第三天，心脏磨出老茧，才淡定地往下看。看完之后，把第一天和第二天的自己拖出来揍了一顿！最虐的就是开头好吗……怂货！

  后来就成了小狐狸的忠实读者，慢慢与小狐狸相熟。当然，表面还是淡定地维持着饼亲王时而高贵冷艳时而阴险狡诈的腹黑霸气。

  看《大哥》时，我心里既欣慰又感慨。这些年小狐狸一直在坚持走自己路的基础上，做着不同的尝试，《大哥》是她写作生涯的又一次爆发。为什么说又呢？因为她是八字炮，不断地噼噼啪啪。

  魏谦这个角色说他是亲生的，他命运坎坷得连拖油瓶都不如；说他是拖油瓶，偏偏又具有极其可贵的品质——不向命运屈服，不向困难妥协，以一己之力，在荒芜中开垦出世外桃源！他是一个没有路就踩出一条路的人，内心与外表一样强大，理智和感性两种截然相反的特质在他身上展现得淋漓尽致，真真地验证了天无绝人之路这句话。与他形成鲜明对比的是早早向命运低头的麻子，选择那条不归路的时候，他就已经放弃了自己，所以他是替死鬼，只能做文中的配角。

  这篇文还有太多太多亮点，我就不一一剧透了，欢迎大家看完之后亲自"骚扰"小狐狸。最后补充一句肺腑之言，当小狐狸让我写序的时候，我只有一个感觉——"受"宠若惊！

（酥油饼）

大哥 上

第一章	棚户	…………	005
第二章	退学	…………	025
第三章	打手	…………	043
第四章	横祸	…………	055
第五章	歧路	…………	071
第六章	霜雪	…………	089
第七章	希望	…………	113
第八章	深渊	…………	125
第九章	逃脱	…………	151
第十章	失踪	…………	173
第十一章	阴影	…………	195
第十二章	回归	…………	203
第十三章	魂兮	…………	213
第十四章	出走	…………	233
第十五章	起航	…………	249

CHAPTER 01

第一章·棚户

以笑的方式哭，在死亡的伴题下活着。

——余华《活着》

他梦见自己还很小，有五六岁的样子，坐在床头，一边是热烘烘的暖气片，一边靠着一个女人。

女人大着肚子，他不敢靠实在了，只把歪着的头虚虚地贴在她的胳膊上，营造出一种亲昵依赖的假象来。

那女人长得是真漂亮啊，跟电视上那些大红大紫的明星比起来不差什么，鹅蛋脸，肤色白净，眉目齐整。

她手里拿着一本破破烂烂的旧书，正在仔细地念着上面的故事。

第一章
棚户

女人似乎受教育水平不高，阅读能力十分有限，用词简单的童话故事她也念得磕磕巴巴，时常出现让人困惑的断句。可她似乎颇为自得其乐，一手拿书，一手搭在自己的肚子上，音色甜而清洌，表情平静美好。

"孩子们一起走到山的那一头，发现了一条小溪，溪水欢快地从东边跑到西边，'哗啦啦'地说：'愚蠢的孩子啊，这里有香喷喷的糕点、金灿灿的烤鸡，数不清的糖果五颜六色地挂在树上，就像天上的星星，摘也摘不完；这里还有吃人的妖怪，等着把你们养成圆滚滚的小羔羊，一口吞下肚'。"

"最开始，孩子们都被吓呆了，一步也不敢跨过去，他们生活在小溪的这一边，以野蘑菇和野草莓为食，野蘑菇没滋又没味，野草莓又酸又青涩。终于有一天，最年长的男孩对自己说：'我再也忍不下去了，如果我能吃到对岸的糕点和烤鸡，该有多好啊，那里还有数不清的糖果呢。'"

"他第一个跳过了小溪，在美丽的林子里饱餐了一顿，晚上又跳回到溪水这一边，对大家说，林子里没有吃人的妖怪。于是第二天，最年长的女孩也对自己说：'如果我能吃到对岸的糕点和烤鸡该有多好啊，还有数不清的糖果呢。'当天，她跟随着第一个男孩一起跳过了溪水，到美丽的林子里饱餐了一顿。晚上两人结伴回来，仍然声称他们没有碰到吃人的妖怪。"

"男孩和女孩们一个接一个地跳过了溪水，去享用对面的美餐。一天过去了，吃人的妖怪没有出来；一个月过去了，吃人的妖怪依然没有出来。他们大声嘲笑奔涌不息的溪水，然后一起住在了溪水的另一侧，每天自由自在地穿梭在美丽的林子里，食用美味的食物，在数不清的糖果里打滚。只有一个最年幼的男孩留在了原地，任他越长越胖的同伴们怎么在对岸大喊大叫，他都坚持不肯走近一步。"

"渡过了溪水的孩子们每天对着他们的朋友喊：'喂，你过来呀，溪水在撒谎，这里没有吃人的妖怪，这里的生活如同天堂！'可是最小的男孩不为所动，他依然靠采野蘑菇和野草莓为生。他记得出门时祖母嘱咐过他的话，世界上没有免费的午餐，无缘无故的安逸才是丛林里最可怕的陷阱。"

"突然有一天夜里，最小的男孩听见了尖锐的咆哮声，他被吓醒了，睁开眼，发现溪水暴涨，把大地劈开成了两半，变成了一片汪洋。"

"汪洋在高歌：'小羊小羊圆滚滚，嗷呜一口吃下肚，一个也别跑！'最小的男孩揉揉眼，发现他的同伴们正在被一个山那么大的怪物追逐，可是他们太胖了，根本跑不快，还没有到水边，就被一个一个地追上、吃掉了。他们全部掉进了陷阱，只有最小的男孩逃过一劫，把这个故事流传了下来。"

泛黄的纸页翻过去，没头没尾的故事说完了，女人仿佛完成了一个大工程，吁了口气，漫不经心地对靠在她身上的魏谦说："所以说，人不能过得太舒服，等你脑满肠肥、每天都吃饱混天黑的时候，就离嗝屁着凉不远啦……"

她好听而粗俗的话音被尖锐的铃声打断，魏谦受到了惊吓，猛地睁开了眼，从床上弹了起来。

清晨五点半，天还没完全亮。

魏谦依然沉浸在方才的梦里，那是美梦，也是梦魇。

他顶着一脑门睡眠不足的低气压，死狗一样艰难地爬了起来，拎起拖鞋，拍死了一只在他床头上耀武扬威地爬过的蟑螂，然后单腿蹦跳到水管下，把鞋底冲干净，踩着"啪嗒""啪嗒"的脚步声洗手淘米，用变形的小铝锅煮上粥。

然后他把头探出窗外，看见楼下麻子家的早点摊已经支起来了，正在热油锅。

魏谦冲楼下吹了个长长的口哨，一点也不介意把邻居吵醒，朝楼下嚷嚷："麻子，给哥来三根油条！"

他刚叫唤完，楼上的窗户也"嘎吱"一下打开了，一个含着牙刷的胖子含含糊糊地说："哥要六根，给我挑又粗又大的！"

喊话的是楼上的三胖，这货都已经胖成了一个球，依然不依不饶地以"饭桶"这个特质为荣，不求上进得超凡脱俗。

魏谦觉得三根和六根比起来，显得相当没有英雄气概，于是仰头冲三胖说："猪，出栏出得真积极，有思想觉悟！"

三胖正满嘴白沫，顾不上搭理他，只好于百忙之中伸出一只"猪爪"，拨冗地冲魏谦比了个中指。

麻子的爸早就死了，他是孤儿跟着寡母过，寡母以卖早点为生，麻子每天早晨要起床帮他妈炸油条。

听见他的朋友们一大早就狗咬狗，麻子也十分习以为常。他把手在围裙上擦了擦，没吭声，笑嘻嘻地冲楼上那两位大爷挥挥手，表示自己听见了——哦，麻子是个结巴，

第一章 棚户

一般情况下，他不怎么在公共场合高谈阔论。

早饭有了着落，魏谦打仗一样地转去洗手间刷牙洗脸，开始了他忙碌又痛苦的一天。

他把煮好的粥放凉，同时拾掇好了自己，带着零钱小跑着冲下楼拿油条，再回来叫醒妹妹小宝，盯着她吃完早饭，抱着她跑到楼上，把她交给三胖的妈照顾。临走，他还打掉小宝又往嘴里送的手。

而后魏谦蹬着他破旧的自行车赶往学校。

这一天，是魏谦参加中考的日子。

魏谦从来不知道自己老爸是何方神圣，长了几个鼻子几个眼，他对此人唯一的概念，就是那家伙是个正宗的人渣——这源于魏谦他妈十年如一日在他耳边喋喋不休地重复。

传说那老不要脸的现在还在号子里蹲着，顶着个"威风八面"、"十里飘香"的"光荣"头衔，叫做"强奸犯"，不知道猴年马月才能给放出来——当然，魏谦也都不盼着他出来，一个啥都不会的老犯人，出来也是社会的负担。

按照魏谦的愿望，他希望那老家伙最好能在刑满释放之前，被其他犯人打死在监狱里。

老货的受害者之一，就是魏谦的妈……哦，对了，还有魏谦这个间接受害者。

魏谦他妈年轻的时候，脑子里是一坨糨糊，她不学好，每天跟一帮小流氓混，喝得醉醺醺的，大半夜的在外面乱晃，不幸被那老货盯上了，成了一个稀里糊涂的受害者，后来更是稀里糊涂地怀孕生下了魏谦。

因此从理智上来说，魏谦理解为什么从小他妈就不待见他，他觉得自己生下来的时候她没有直接把自己掐死，就已经是激素的作用了……激素才是人类生命的奇迹。

更不用说她还勉勉强强地把他拉扯大了。

可尽管这样，魏谦依然打心眼里恨她。

天天恨，打卡似的定时定点地恨，恨不得吃她的肉、喝她的血。

然而……他又会打心眼里期盼她能给自己一点温情。偶尔她真的给了，魏谦就会感觉到莫大的幸福，因此他也恨自己，他认为自己基因不好，天生有那么一根贱骨头。

女人总是昼伏夜出，她赖以谋生的工作古老又传统，有着数千年见不得光的历史。

这是一份带给魏谦无数"荣耀"的工作——他妈的职业,用她不要脸的话说,好处就是白占了男人便宜,还要男人给她钱。

魏谦那个作奸犯科的爸终结了她的整个少女时代,让她从里到外黑了个彻底,越发地不知羞耻起来。

而作为一颗"鸡蛋",魏谦的童年就是一场漫长的折磨。

他妈每天晚上都会骂骂咧咧地出门,直到第二天早晨才回来,用长长的指甲把他从被子里活生生地掐醒。如果她心情好,就爹娘三舅老爷的一起骂他一遍;如果她心情不好,还会顺手打他两个耳光,然后一身酒气地指使还没有锅台高的小魏谦去给她弄口吃的。

有那么好几次,魏谦把耗子药都买好了,准备下在饭里,跟她同归于尽,不过最后还是没下成,因为那女人偶尔也会试图当个妈。那个时候,她会用柔软的胳膊抱着他看一会电视,高兴了,还会温声细语地在他耳边跟他说几句话。

如果夜里收入不菲,她还会在早晨回家的路上给魏谦买两套煎饼果子。

这种情况虽然弥足珍贵、可遇不可求,却总能让幼小的魏谦受宠若惊,每到这时候,他就不想杀这个女人了,因为他也会想起来,这女人是他亲妈。

他的亲妈比他一生中见过的任何女人都要漂亮,尽管这漂亮没给他带来一零半星的好处。

可全世界毕竟只有这么一个人是他亲妈,杀了就没了,他舍不得。

他们母子俩就这样,彼此仇视又相依为命地活了下来。

魏谦五岁的时候,他妈又嫁了一回人。继父是个老实人,赚钱不多,没什么本事,对这个便宜儿子不算很热络,但是也从没有虐待过。

后来大概是嫌他在家里碍眼,等魏谦刚满六周岁的时候,继父主动把他送进了小学校。他骑着"大二八"的自行车送魏谦去学校报到。魏谦管他叫叔。

叔来了以后,他妈一夜之间就"放下屠刀立地成佛"了,再也不出去鬼混了,几乎是立竿见影地洗净了铅华——她挽高了长发,没再沾过一滴的酒,脾气也好了很多。

她就这么摇身一变,成了一个正常的女人和正常的母亲。

那年冬天,她甚至动手给魏谦织了一件毛衣。毛衣魏谦只穿了一个冬天,由于个子长得太快,第二年就穿不下了,却一直被他珍而重之地收在柜子里,因为那几乎是他童

第一章 棚户

年收到的唯一一件礼物。

都说六、七岁的孩子到处滚、狗都嫌，可魏谦六七岁的时候乖顺得就像条狗一样，他一句废话也不敢多说，一个要求也不会提，如果大人不主动给，他就绝不开口问大人讨钱。学校有时候有事让交钱，魏谦每每都是先跟别人借了，再自己跑台球厅、游戏厅去给人打杂帮忙，赚几块钱还上。

他在这个过程中结识了很多比他年纪大很多的混混。老板看着他小，跑来跑去地捡球、端盘子挺有意思，再加上魏谦有眼力见儿，非常会看人脸色，久而久之就把他留下了，当成个奇葩的吉祥物，闲来逗逗。

魏谦对此乐在其中，并不觉得痛苦，因为他在学校里得知，自己也是祖国无数花朵中的一朵，这种生活，他过得心满意足。

因此他总是唯恐他叔不痛快，唯恐叔和他妈离婚，让他再过回那样猪狗不如的日子。

魏谦七岁半，没满八岁的时候，他妈又生了个丫头。

丫头长得跟他叔是一个模子里刻出来的——哦，也就是很丑的意思，可全家都宝贝得不行。

她是春天生的，父母嫌弃什么"春"啊、"柳"啊之类的名字太土，配不上他们的宝贝姑娘，难为他妈和他叔凑在一起足足合计了一个多礼拜，这俩人受过的教育加起来也没有九年，为了给这丫头起个自以为有诗意的名字，着实是绞尽脑汁，费了一番吃奶的劲，最后定下来了，叫"宋离离"。

跟他叔姓宋，"离离原上草"的那个"离离"，小名叫小宝。

魏谦几乎不怎么叫他妹这个倒霉的大名，一直到她成人，都喊她"小宝"。

不说聚，非得说"离"，没听说谁家给孩子起这种大名的，真是要多吉利有多吉利。魏谦的亲妈和后爹俩文盲净顾着诗意，给孩子起这么个名，纯粹是没事作死玩。

这不吉利的名字将和小丫头相伴一生，似乎也预示着，生离和死别会从一而终地贯穿在她单薄的生命里。

小宝十一个月大，还是个穿开裆裤的小肉球，刚会扎着手下地走两步的时候，她爸就没了。

他的死法相当凶残，车祸——当时他值完夜班，正黑灯瞎火地往家走，途中琢磨着趁着没人抄近道，就蹬着两轮的自行车上了机动车道，刚上去就被一辆货车撞了，人直接给甩出去好几米。

连车带人，一起扁了，再没能鼓回来。

魏谦他们家也再次回到了孤儿寡母的境地里。

这其实也没什么，全世界那么多孤儿寡母——比如天天早晨卖油条的麻子他们家。别人也都擦干净眼泪，直起腰杆，照样活得人似的。

可是魏谦很快惊恐地发现，他那漂亮亲切的"妈妈"，一夜间又变成了混账的恶婆娘。

她伤心之余，似乎认定了自己这辈子比苦菜花还苦，已经不想活了，于是变本加厉地作死起来，她在这方面天赋异禀，并且经验丰富，愣是作得一手好死。

魏谦每天生活得杯弓蛇影——他自己要上学，要想方设法地弄来钱，要照顾连话也不会说的小妹妹，还要防着那个时刻会"爆炸"的女疯子。

到了后来，魏谦甚至不敢把宋小宝一个人放在家里。

每天他上学，就把小宝送到楼上三胖家或者开小饭店的麻子家，托三胖的妈或者麻子的妈给照顾一天，晚上放学再把小宝接回来。

魏谦活得心神俱疲，生活的重担一下子把他压得抬不起头来，成年人尚且扛不住，别说他一个孩子。

有一段时间，魏谦偷偷藏了一把小刀，每天晚上睡觉的时候，他就一手握着小刀，一手抱着小宝。看见小刀，他就想冲出去把他妈宰了；看见小宝，他又只好收敛心神，躺回床上，轻轻地拍着她的后背，把哼哼唧唧要被惊醒的小家伙重新哄睡着。

他还有个小妹妹，这是个活物，这是个人，和他一样命苦，生在这样的家里。他是大哥，好歹得把她养大。

哈姆莱特纠结了一个漫长的问题"To be or not to be"（做还是不做），魏谦也用他的童年纠结了一个更加漫长的问题——"宰了他妈，还是不宰"。

他像狗一样活着，竟然还有心情纠结这么哲学的问题，将来或许注定是个人物。

这期间，三胖妈和麻子妈都帮了他不少忙。

三胖和麻子都是他的发小，三胖一家人市侩又粗俗，麻子他们娘儿两个都是烂泥

BROTHER

第一章
棚户

扶不上墙的孬种——跟他们做邻居的，没有什么社会高端人士——然而市侩又粗俗的邻居却有古道热肠。即使平常懦弱的、沉默的小人物也是只要他开口，就肯帮他的忙。

唉，仗义每在屠狗辈。

三胖妈不像麻子妈那样敢怒不敢言，她有时候看不下去，义愤填膺得恨不得往魏谦他妈脸上吐唾沫，然而终究没有成行。

这没什么，魏谦知道她不敢，因为三胖妈虽然穷横，但毕竟是个良家妇女，良家妇女都不敢轻易招惹恶婆娘，就像正经人不敢轻易招惹地痞流氓一样。

再后来，魏谦他妈终于也"不负众望"地死了。

魏谦平静地接受了这个事实，他心里知道，她其实早就不想活了。

魏谦他妈从自己一生中最幸福的日子里被一棒子打醒，心里的苦闷是别人无法理解的，她怎么也想不开，怎么也适应不过来，于是理所当然地重新堕落了，重操旧业了，后来愈加变本加厉——她去吸毒了。

她先是陪着客人吸白面，吸完以后一起云山雾绕地干活，客人高兴了会给她塞小费，她也靠这片刻的光阴逃避无力反抗的现实。

后来，她的毒瘾无法遏制地升级，开始哆哆嗦嗦地给自己进行肌肉注射。

那一段时间，魏谦家里有过很多针头。平时怕小宝看见往嘴里塞，魏谦每天要把家里打扫三四遍，看见针头就收起来销毁。

他妈死了以后，她的东西都让魏谦一把火烧了——她最后死于艾滋病，被针头传染的。

出来混，总是要还的。

这是小混混们用来装的箴言，也是那女人留给魏谦兄妹最后的话。

魏谦他妈临死的时候，形象像个怪物，整个人瘦成了一把骨头，头发也差不多掉光了，脸部严重变形，一双本来就比别人大一些的眼睛凸了出来，皮肤大片大片地溃烂，看不出一点年轻貌美的痕迹，简直就是个又脏又臭的癞蛤蟆。

癞蛤蟆她是"人之将死，其言也善"，她用近乎温情的眼神看了自己的两个孩子一眼，坦然地说："唉，出来混，总是要还的，我早就知道有这么一天了。"

魏谦嗤笑一声，认为她这么说非常不要脸，她如果早知道有这么一天，当年就不应该出来鬼混，不应该吸毒，更不应该为了几块钱和猎奇，就打扮成一个妖魔鬼怪去夜总会坐台。

她应该像无数仙鹤一样的小妞一样，穿着可能不那么合身的校服，在额头前面弄一排傻乎乎的齐刘海，正襟危坐地坐在教室里听老师讲解析几何，然后考上一个大学，工作，结婚或者剩着……不管怎么样，都像个正经人一样地活着。

哪怕她格外笨，学什么都不成，起码她还能去给人家当保姆，打零工，卖早点……那样她说不定会一直活到九十岁，能看见她的孙子结婚生子。

可她偏不，她选择当一个好逸恶劳的女疯子，白糟蹋了那鲜花一般的模样。

魏谦意识到自己终于摆脱了这个女疯子，终于再也不会见到她了，他心里却难以抑制地难过起来，仿佛看见了大把的生命和光阴在他面前风驰电掣地奔跑而过，而他竟然连一把尾气都没来得及闻，一切就都已经烟消云散了。

可他不想露出任何感情，他认为自己该憎恨这个女人，对她的一切感情都是软弱且犯贱的，所以魏谦逼着自己这样想——她这是活该。

魏谦命令自己回忆起他这五年来地狱一样的生活，用他最深的冷漠问她："你干吗要把我们生出来呢？"

女人神色迷茫地思考了半天，回答说："谁知道呢？"

魏谦出奇地愤怒了，如果没有她这个"谁知道"，说不定他这辈子已经投胎成了一个富二代或者官二代，说不定现在也能人模狗样的了！

于是他在她的肩膀上轻轻推了一把，骂了一句："去你的。"

真的只是轻轻推了一把——下一秒她就不行了。

她浑身抽搐，眼睛睁得像乒乓球一样大，倒气倒了足足五分钟，喘气喘成了一个干瘪的风箱，生生受了一回血罪，才终于翘了辫子。

那年魏谦不到十三周岁，还是个青葱少年，刚上初二，带着个拖着两行鼻涕的小妹妹——小宝五岁，啥也不懂，只会在一边呆呆地看着活大哥和死妈妈。

魏谦愣是让女人的尸体在家里"展览"了两天，都发臭了，他也没想好该怎么处置。

死人睡的地方比活人还贵，卖了他们兄妹俩也买不起一块墓地——更何况魏谦连送火葬场的钱都不打算出——他妈已经死了，死人怎么着都能凑合，可他得活着，他得交学费，他还得养活妹妹。

最后，魏谦决定找个良辰吉日，凑合着拿破凉席把这尸体一卷，直接扔进垃圾堆

第一章 棚户

里,让她自行降解回归大自然去。

不过没等实行,魏谦他妈的几个小姐妹找到了他们家,用事实表明,就算是秦桧,也有仨瓜俩枣的朋友。

她们一起摊钱办好了她的后事,算是把她送走了。一个女的告诉魏谦,她生得就不体面,总不该死得也这样不体面。

操办后事剩下的一点钱,她们留给了魏谦和他的妹妹小宝,魏谦又翻箱倒柜地把女人留下的一些首饰卖了,这些东西原来是女人的命……不,比命还宝贵。

她的宝贝儿子早就看它们不顺眼了。她一闭眼,魏谦立刻就给抖漏出来卖了。

用这一点微薄的积蓄,魏谦过上了养着个小拖油瓶的日子,艰难地过了一年多后,他初中毕业了。

中考三天结束,最后一天,魏谦交了卷子,骑车回家。

他读书很像那么一回事,打零工和当混混都没能影响他的成绩,因为学校是他跟"未来"和"希望",是他跟"体面的生活"这些词唯一的联系,他拼了命地都想抓住。

沿途魏谦买了几个馒头,把车停在简陋的自行车棚里,拎着东西往家走,就看见了那个小崽子。

小崽子细手细脚、瘦骨嶙峋的,显得脑袋大,比小宝高一点,但是高不到哪去,也许和她差不多大。

他穿着一件大人的"二杆梁"背心,下面光着,鞋也没有。背心上汤汤水水,什么玩意儿都有,看上去是好一片祖国河山姹紫嫣红。他正在一个小胡同的垃圾堆旁边掏垃圾吃。

这么一个小东西,也不知道是怎么活下来的,连野狗也欺负他,魏谦经过的时候,小崽子正跟一条狗在一个小胡同里对峙——为了半罐别人扔了的牛肉罐头。

野狗瘦巴巴的,个头却不小,眼冒红光,不知道有没有狂犬病,但是在城市打狗运动如火如荼的时候还能活下来,大概也是狗中豪杰。

本来魏谦是不打算理会的,像这种小崽子,个把月总是能见着一个,不小心被生下来了,不小心活了,还没有父母双全的命,过一阵子差不多也就死了。可就在魏谦往那边瞟的时候,正在那"人狗情未"了的小崽子居然碰巧也抬头看了他一眼。

就这么片刻的机会,野狗抓住了,见它的对手一分神,立刻扑了过去。小崽子大概是被人围追堵截得时间长了，反应十分敏捷，往旁边一扑，就躲过去了，于是那条野狗好死不死地就扑到了魏谦少年的脚底下。

这畜生红着眼，鼻翼里发出"呼哧呼哧"的动静，像是急红了眼，敌我不分，对着一个打酱油的无辜群众一通狂吠，呲出一嘴大黄牙。

魏谦正盘算着自己万一考上高中，学费该怎么解决的问题，没打算理会它，抬腿要走，也不知这畜生是怎么想的，居然一低头冲着他的脚脖子来了一口。

魏谦忙一缩脚，没咬着。

魏谦当时十三四岁，爹死娘死，还带着个只会流鼻涕的妹妹，尽管考试发挥得一流，可考上也不一定能上，处境凄惨。这样长大的孩子，他的性情如果不愤世嫉俗，那是不大正常的——因为那意味着他太会表演，将来很可能会变成高智商的反社会分子。

所以正满腹烦心事的少年当场就急了，抬腿给了野狗一脚，他从小和混混们长大，惯常动手打架，这一脚分量不轻，直接把大狗踹到了墙上。野狗不依不饶，又一口咬在了魏谦的鞋上——幸好这双鞋是捡来的塑胶鞋，虽然又硬又不透气，但是好在结实，没咬透。

魏谦甩了一下，见甩不开这条死狗，于是用脚大力踩住野狗的肚子，又从旁边捡起一块砖头，下了狠手砸在了这狗中豪杰的脑袋上。砸了一下，豪杰就松口了；砸了两下，豪杰就头破血流了；砸了三下，它从豪杰彻底变成了鬼雄。

人，还有狗，在这个时候、这种地方，其实都是一样的——好比有的人西装革履，好房好车；有的狗定期美容，皮毛油光水滑。而还有一些人和狗，注定在这样一条充满了垃圾的小路上，为一些可笑又可悲的理由撕咬搏命，流血流汗。

同人不同命，同狗也不同命。

魏谦怕"狗鬼雄"死得不透、活受罪，于是体贴地又用砖头狠狠补了几下，直到把狗弄断气，这才喘着粗气扔下砖头，在墙上抹了一把手上的狗血。

他抬头看了一眼那害他横生枝节的小崽子，愕然发现，这小白眼狼居然已经趁着他打狗的时候把那桶罐头抢走了，抱在怀里，兀自狼吞虎咽起来。

大概魏谦的眼神太有杀气了，小崽子明显哆嗦了一下，睁着一双乌溜溜的大眼睛看

第一章 棚户

了看魏谦,一排罐头汤不小心从嘴角流了下来,他立刻诚惶诚恐地伸手接住,把自己的手舔了个干干净净。

魏谦心里的无名火更盛,恨不得把这小崽子的脑袋踩下来让他舔自己的鞋,舔个够。

小家伙见他目光可怖,还以为他要抢自己的罐头,顿时警惕起来,抱紧了罐头,站起来背靠墙角,摆出一副誓死捍卫领土的英勇架势来。

魏谦顿时又泄气,心想自己跟这么个小玩意较什么劲呢?

他于是无趣地往地上啐了一口,转身走了。

等成绩这几天,魏谦并没有浪费宝贵的假期,他白天和麻子、三胖一起去摆摊,卖盗版录影带,晚上在台球厅找了个活,每天赚十块钱的看场子费。

他发现那天碰见的小崽子似乎已经在充满了垃圾的胡同里安了家,每次魏谦出门的时候,都能看见他在垃圾堆里寻找自己的晚饭。

如果心情好,魏谦会在偶尔经过的时候扔给那小鬼一个馒头。

魏谦对亲生父母一直都是仇视的,儿童最早都是从和父母的相处中领会怎么样接触世界上其他的人,因此他很难不仇视社会,他的爱心比北方春天的雨水还要有限,之所以偶尔对那小家伙另眼相看,也是因为他观察过这孩子。

他发现那小男孩胳膊、腿都齐全,身体没有任何残疾;智力不但没问题,而且可能还比普通的孩子高;长相看不出来,但是一双眼睛又黑又亮,应该是差不到哪里去的。如果他真的是父母双亡没人照管,应该会被送到社会福利院里,这样的年纪和条件,绝对是会被人抢着领养的。

小男孩在外面流浪,魏谦猜测,要么他是有监护人,但是监护人虐待他,他自己跑出来的;要么就是从小被拐卖,好不容易逃出来的。

无论哪一种都是逃,都是别人对他不好,实在活不下去了才逃的,那种感受魏谦都懂,他甚至会有些同病相怜。

当然,即使同病相怜,魏谦也是偶尔心情好才会觉得小东西可怜,大部分时候,他都很好地保持着自己冷漠而尖刻的心。

而就是他这样零星的几次善心,竟然还招来麻烦了。

那天,魏谦的中考成绩下来了,他考得不错,比全市最好的高中的录取线还高出二十分，能排进全区前十名。放在别人身上，家长恐怕是要请客的，魏谦没客好请，于是晚饭没有买馒头，买了一袋肉包子，也算庆祝。

魏谦认为自己应该高兴，可是他没有，他心里像是给堵了两块大石头，一块石头是上高中所需的高额的花销，另一块石头是他再好、再优秀也无人诉说的苦闷。

他努力想让自己无视那些，于是整个人处于一种非常诡异的状态——他的脑子是热的，心口是凉的。

路过时，他顺手丢了个肉包子给那垃圾堆旁边的小男孩，自娱自乐地想：这就是肉包子打狗，一去不回。

谁知那小东西竟然没有让他的包子一去不回，他三两口地把包子塞进了自己的肚子里装好，然后连人带包子，一起不依不饶地追了上来。

小崽子就像只小流浪猫，谁喂他一口香肠，他就认准了谁。

魏谦回头一看惊诧了，心说大事不好，这还要买一送一！

他心里本来就堵，又被跟得不耐烦，几次三番地回头恶狠狠地骂人，还推了小男孩一把，把小家伙推了个屁股蹲，甚至作势要打，可对方居然还是锲而不舍地跟着，一直跟到了他们家。

魏谦家的房子原本属于他的姥爷，也就是他死鬼老娘的爹。姥爷是被他妈活活气死的，于是房子又归了魏谦他妈，现在她也死了，才传到他手里，有一定年头了。

老筒子楼，典型的城市棚户区，楼下是个垃圾场，乱糟糟的。邻居们的素质和经济能力普遍低于平均水平，很多住在这里的人都不大友好。

仗义和自私，热心肠和不友好，它们毫不矛盾地与这片居民区的贫穷和落后并存，诡异地和谐着。

比如住在魏谦家对门的那个独身老太婆就属于比较不友好的。她每次一看见魏谦，远远的就要开始翻白眼，然后像是看见了什么不干净的东西一样甩上门，有时候还会故意把垃圾丢在他家门口。

一开始魏谦懒得跟她一般见识，他一个大孩子带着小孩子，每天发愁还不够愁的，懒得理会这些鸡毛蒜皮。

再者说，穷人何必为难穷人呢？

后来魏谦明白了，穷人只能为难穷人，也只会为难穷人，不然还让他们怎么办呢？

第一章

棚户

他妈是不干净的女人，他就是个野种，道理上，老太太骂的这句话其实也没错。

可今天不一样。

他没有做错任何事，就算依照传统的眼光看，他也比任何人都要优秀，为什么唯有他活得这么艰难？

他过于出色的中考成绩把他的上半身拉到了另一个世界，而下半身还在漫无边际的沼泽里沉着，既让他看到无边无际的大千世界，又让他怎么也挣脱不了他固有的身份和阶级。

哪怕他是像三胖和麻子一样是纯种的社会渣滓、小流氓，他也不会这样痛苦。

魏谦过热的脑子和过冷的心终于把他逼到了一个临界点，他垂下眼盯着自家门口臭气熏天的垃圾，胳膊上爆出了一条一条的青筋。他的眉目像极了母亲，却没有她那样秀丽，那终年笼罩的仇恨与阴郁几乎成了他的天然气质，英俊得夺目也阴郁得逼人。

少年魏谦默默地蹲下来，一点一点地把家门口那些水果皮、烂叶子捡起来扔掉。

跟回来的小男孩不知道发生了什么，在一边看着。

魏谦沉默地拎着垃圾走了两步，突然再也不想这么做了，他猛地把手里的垃圾扔在了对门的门口，转头冲男孩大声咆哮："你看什么看？！"

小男孩被吓了一跳，本能地往后退了一步。

魏谦恶狠狠地说："小杂种！"

"小杂种"背靠着墙角，小心翼翼地睁着大眼睛看着他。

魏谦深吸了一口气，他努力地想把心里那股邪火压下去，作为一个"大人"，他不想在小崽子面前失态。

然而这一刻，他发现自己克制不住，连一双眼皮都跳个不停……他毕竟不是真的大人。

魏谦毫无预兆地转过身，从地上捡起一块大石头，"咣当"一下砸在了对门老太婆的窗户上，碎玻璃"哗啦哗啦"地落了一地，屋里面传来一声尖叫。

魏谦："老家伙你给我听着，老子以前不跟你计较是看在你已经七老八十没几年好活的份上，以后你再来触我的霉头，我灭了你全家！"

屋里传来老太婆彪悍的叫骂，对方显然是没把他这个半大小子放在眼里。

魏谦二话不说，转身从家里拎了一把菜刀出来。一脚踹在她家门上，直接把她家的门锁踹坏了,只剩下一根金属链摇摇欲坠地连着。少年拿着菜刀,使劲往那家的门上砍,脸色惨白,双眼通红,活像个神经病杀人狂,愣是把骂骂咧咧的老太婆吓哭了。

从那以后,老太婆就开始躲着魏谦走,四处散布他是个杀人犯的谣言,不过老太婆再也没敢当着魏谦的面骂人,也再没往他们家门口扔过垃圾。

看来欺软怕硬是天性。

可魏少爷当时那副恶鬼索命的模样吓哭了老太婆,却没能吓哭那个小男孩,小男孩依然锲而不舍地赖在他家门口。

魏谦完成了他的恐吓,"咣当"一声,在小男孩面前拍上了自家的门,把他给锁在了门外。小男孩孤零零地在外面徘徊了一阵,最后,他弯下腰,把魏谦门口剩下的零星垃圾捡起来,收拾好扔了。

他甚至还捡了几根小树枝,捆在一起,把地给扫了。

然后他就像条没人要的小狗一样,蜷缩在门口,就这样缩着睡了一宿。

第二天魏谦出门一看,小男孩竟然还在那,脑袋大、四肢细,缩成了一个圆滚滚的团子。

魏谦险些让这衣衫褴褛的团子给绊个跟头。

一宿过去了,魏谦心里的火已经消了大半,他无可奈何地低头看了看成了一团的小东西,不知道这小崽到底是怎么想的。

魏谦自觉自己浑身上下散发的都是报复社会的光芒,既没有佛光普照,也没有无量天尊,似乎连一个好脸色也没给过。他不明白,这仿佛时刻准备着要战斗的小东西是看上自己哪儿了,竟然轻易地放下了戒备,还赖上他了。

得亏是夏天,要是冬天,北方的冬天一夜露宿,能把小男孩给活活冻死。

一个那么丁点大的小东西,站起来看着和小宝差不多,总不能真的回家拿出菜刀来干掉他。魏谦伸出脚尖戳了戳脚底下的团子:"哎,哎哎,起来,别在这里睡,听见没有?我们家还没开张呢,瞎睡什么?"

脏兮兮的煤球团子睡眼蒙眬地抬起头,一见魏谦,立马精神了,满脸期盼地看着他,就像一只跌跌撞撞的花脸小奶猫,尾巴尖都在瑟瑟发着抖,依然努力地往人脚底下凑,… 努力表现出自己的乖巧和无害,请求领养。

任是谁看见了都会不忍心,可惜了,他偏偏遇上了魏谦这么个铁石心肠的人。

魏谦毫无同情心,欺猫打狗无所不为,果断地无视了他可怜兮兮的小眼神,并且懒得废一句话,回手反锁上家门,一弯腰,就拎起了男孩细瘦的胳膊,把他一路拎下了楼,往疏于打理的草地上一扔,干脆利落地说:"别蹬鼻子上脸,滚。"

男孩摔倒在野草丛中,眼巴巴地看着他就这样恶棍一样头也不回地走了。他好半响才爬了起来,仰头望着对于他来说十分高大的破旧的筒子楼,片刻后,垂下了脑袋,赤裸的小脚丫上脚趾头互相纠结在一起,小男孩觉得失望极了。

这小家伙确实是被人拐卖过的孩子——魏谦心狠眼毒,看得没错。

男孩被人偷走的时候太小,来龙去脉已经不是很记得了,人贩子养了他几个月,后来把他转手卖到了一个十分偏远的农民家里。

这也没什么,给谁当儿子都是儿子,他还享受了两年独生子的生活。

谁知第三年,他那被村医断定了没有生育能力的养母竟然奇迹一般地怀孕了,又过了一年,养母生下了一个健健康康的胖小子。

从那以后,男孩在养父母家里就显得多余了,他的日子也跟着每况愈下。

那天男孩在冰凉的井水里洗碗的时候,因为手指冻麻了,不小心打碎了一个碗,触怒了大醉而归的养父。

养父扒光了他的衣服,寒冬腊月里让他在滴水成冰的院子中间罚站。

男孩觉得自己要给冻死了,终于,他做出了一个对他的年龄来说大胆得有些惊人的决定——他跑了。

小男孩偷了几件大人的衣服,随便套在身上,然后连夜借助梯子翻墙出去。他悄悄地躲进了往城里拉冬储大白菜的车里,就这样被拉到了一个城市里。

从此,他成了个小流浪儿。

这样一个没人管的小男孩是很容易被盯上的。流浪期间,男孩几次三番险些再次被人拐卖——有些企图卖了他,有些企图把他弄去做小偷,还有两个人商量着要卖了他的器官——男孩半夜尿尿的时候偷听到了,连夜跑了。

他能活到这么大,每次都成功地逃脱,运气好得简直就是奇迹,成了半个逃跑专家。他偷偷蹭过火车,连续换过好几个城市,见过了形形色色的人,偶尔有人试图和他说话，他都假装哑巴不会说，并且飞快地想办法逃走。当中或许真的有好心人，可惜男孩不敢放下警惕——被全套的批发卖了也就算了，他更怕那些还打算剖开他的肚子，把他身上的部件一样一样拿出来零售的。

可是风餐露宿，饥一顿饱一顿，他依然本能地羡慕那些有房子住、有家的人。

小家伙已经很久不知道家是什么滋味了，然而他不可能有家，因为他恐惧接触任何人。

在小男孩眼里，世界上似乎只有两种人，一种人嫌他脏，老远就绕着他走，还会用石头丢他打他；一种人对他和颜悦色，可心里实际上还是想卖了他。

直到他认识了这么一个独特的人。

他听见过别人用富有当地特色的儿化音叫他"谦儿"，这个人帮他打跑了大野狗，给过他吃的，却都是扔下就走，从不和他说一句话。

当然，更多的时候，这个人都会对他熟视无睹。

魏谦的熟视无睹和不交流都让小男孩觉得安全，而同时，他偶尔的施舍行为又让小男孩感觉到了一丝罕见的温情。

小男孩其实一直换地方住，可是为了每天偷偷看魏谦，他不知不觉中已经在这条小胡同里住了好几个月了。

在这几个月里，小男孩经过了谨慎的观察和审慎的论证，用他因为老也吃不饱而营养不良的大脑得出了一个结论——这个大哥哥是个好人。

在他的流浪生涯中，这还是第一次心里不由自主地生出接触别人的渴望……可让他失望的是，他伸出了触角尝试着去触碰的时候，那个疑似"好人"的混蛋似乎并不想领养他。

小男孩又失望又难过，在原地徘徊了一阵子，思考着要不要放弃。

他还没思考出结果来，天就下雨了，男孩不得已，只好又躲回了楼道里。

这场大雨到晚上都没有停，三胖妈中午下楼来了一趟，帮小宝热饭，见了蜷缩在楼道里的小男孩，她吃了一惊，弯下腰仔细打量他："哟，这是谁家的孩子啊？"

小男孩立刻像炸了毛的小野兽，凶狠地抬起头来，整个人都绷紧了，似乎随时打算冲上来咬她，他凶悍的眼神把三胖妈惊得往后退了半步："哎哟，这个小叫花子是疯的！"

第一章

棚户

　　三胖妈怕惹上麻烦，警惕地看了小男孩一眼，快速地用魏谦留下的钥匙打开门，三步并两步地进屋去了。

　　晚上魏谦放学打零工回来，一低头就看见了墙角里的"小团子"，脸色顿时不大好看起来。

　　他大步走过去，想重新把这不知好歹的小崽子扔出去。"小团子"一见他过来，以为要挨打，连忙惊恐地往墙角退去，摆出防御的姿势。

　　对于这小鬼也知道害怕这一点，魏谦心里生出了诡异的满足感。这愤世嫉俗的少年冷哼了一声，抬头扫了一眼窗外的雨，转身进屋，竟然放过了小男孩。

　　夏天闷热，魏谦一般只关上有一层纱窗的防盗门，并不关大门，以便室内通风。

　　小宝看见外面有个小朋友，就奶声奶气地问："哥，外面那人是谁啊，真羞羞，也不穿裤子。"

　　魏谦说："玩你的，少管。"

　　过了一会儿，小宝又说："哥，他老往咱家里看。"

　　魏谦就走过去，站在门口恶狠狠地冲着那男孩吼："你给我滚远点！"

　　男孩被他吓了一跳，迟疑着后退了几步。

　　可是等他端着菜从厨房里出来，就看见小宝蹲在门口，张望着外面说："哥，他还往咱家里看呢，你让他进来吧。"

　　这回魏谦连吓唬也懒得吓唬了，干脆没理她，把菜放在餐桌上，然后走过去，抬手把大门甩上，把那两道艳羡的窥探视线彻底隔绝在了门外。

　　让他进来？魏谦心说，他要是个百万富翁，这样的小崽子，他愿意养个十个八个的，每天早晨让他们站成一排点名报数玩。

　　可他是吗？

　　他只是个穷得出类拔萃的小混混，连自己开学要交的四百块钱学费都不知道上哪个猴山上弄去呢！

　　可惜女生外向，宋小宝这个小丫头片子简直不是东西，尿布刚摘下来没两天，居然就已经学会胳膊肘往外拐了。

　　没两天，魏谦一进门，发现小宝已经把那小崽子放进了家里。

　　魏谦怕外面的小野孩有传染病和寄生虫会传染给小宝，于是当即冲妹妹发了一通火,把小丫头吓得哇哇大哭。他伸手拎起小崽子身上的背心,像丢块抹布一样,再次把他扔出去了。

小男孩就在他手里挣扎,挣扎不过,就用那双黑亮黑亮的眼睛盯着他看。那眼睛像是山里刚被雨水洗过的黑石头,在脏兮兮得看不清五官的小脸上显得分外扎眼,显得那么野性,又充满着愤恨、失落和隐约的哀求。

"狗崽子。"魏谦骂他。

小宝她真是个记吃不记打的东西——主要是因为魏谦没有真的打过她,他虽然不怎么表达,实际上宝贝得连她一根头发丝都没碰掉过,以至于挨骂的事,小宝撂爪就忘了。

过了没有三天,她就又把那小崽儿给领回来了。

这还要阴魂不散了。这一回,她冷漠又坏脾气的大哥终于被激怒了,魏谦伸手去抓小男孩,小男孩察觉到危险,忙蹿起来躲开,让魏谦这高高扬起来的一巴掌挥了个空。

魏谦气急了,抬腿给了他一记窝心脚,小男孩被结结实实地踹疼了,竟然也不叫唤,只是闷哼了一声,顺势跪在了地上,伸出双臂,抱住了魏谦的腿。

小宝这熊孩子总算是长了见识,她从没想过朝夕相处的大哥居然会这么暴力,吓得"嗷"一嗓子大哭起来,嚎叫着说:"哥!"

那小男孩也不知怎么的,听见了这话,心神仿佛被牵动了,他装了一年多的哑巴,此时却没头没脑地对魏谦开了口,尽管他的声音沙哑得不像个小孩,发音也奇怪得很,可魏谦还是听清楚了他的话,他学着小宝说:"哥!"

魏谦抬起来准备狠狠踩下去的脚就突然动不了了。

自己在干什么? 魏谦茫然地想,殴打这么一个小崽子? 这和他那死掉的妈还有什么区别?

末了,魏谦叹了口气,缓缓地缩回了脚,一言不发地走进厨房,草草地下了一锅清汤寡水的挂面汤,端到小男孩面前:"吃吧。"

小男孩不想表现得太没出息,可惜这碗面对他而言如同久旱逢甘霖,他一闻到香味,"出息"二字就欢快地把他抛弃,结伴私奔了。

他几乎把脸埋进了碗里,"稀里哗啦"地一顿猛吃,秋风扫落叶一般,连干了三碗,肚子都撑圆了。

第一章

棚户

　　魏谦平静地坐在旁边，等他吃完，就动手收拾了碗筷，然后对小男孩说："听得懂人话吧？行了，我知道你听得懂。"

　　魏谦甩甩手上的洗碗水，蹲下来，让自己的视线和小东西齐平。

　　"我养不起你，"他几乎调用了自己生平最大的耐心说，"你啊，找错地方了。"

　　小男孩嘴边还有没擦干净的菜汤，璨如星辰的眸子盯着面前的少年。

　　魏谦轻轻地在他的肩膀上推了一把："行了，吃饱就走吧。"

　　一分钟以后，小男孩第一次直立行走出他的家，而不是被他暴力扔出去的。

　　有两三天，魏谦都没看见那个纠缠不休的小男孩，直到第四天黄昏，他拖着疲惫的身体回家，计算着自己还差多少钱学费的时候，他在家门口又看见了那个小男孩。

　　这回小宝没敢开门，两个孩子一个站在门里，一个站在门外，听见脚步声，一起抬起头，眼巴巴地望向他。

　　站在门口的小男孩手里拖着一个巨大的蛇皮袋子，里面"叮叮咣咣"的，魏谦垂下眼扫了一眼，发现是一袋子的瓶子盖和易拉罐。

　　"这个能卖钱。"见他良久不言语，小男孩才小声地解释说，他仿佛怕魏谦不相信，伸出脏兮兮的小手，手心里汗涔涔地握着两块零五毛的纸币，"真的，我卖过了。"

　　魏谦依然是沉默。

　　小宝适时地轻轻叫了一声："哥。"

　　魏谦一闭眼，心说："这该死的，都是什么事！"

第二章·退学

就这么着，小男孩到底是死皮赖脸地留下了。

好多年以后，当小男孩自己回忆起这件事的时候，他都几乎觉得自己做成了一件不可能完成的壮举。

他那混账大哥在翅膀长硬了之后，越发把他的混账特质发挥得举世无双，天生长了一副铁石心肠，从来是说一不二。小男孩有时候怀疑，这个世界上究竟有没有能改变魏谦想法的东西。

可那一年，在观察了数月，又软磨硬泡了好几个星期后，他竟然真的成功地打动了这个铁石心肠的混蛋。

小男孩在魏谦家里住下后，慢慢地恢复了他的说话功能，只是大多数时候依然很沉默，似乎担心自己的存在感太强，会招来别人的讨厌和虐待。

第二章

退学

一开始,他连床和沙发都不敢上,到了晚上就往墙角一缩,像条小野狗一样睡在地上。似乎是只要有一个能避风遮雨的屋顶、几口干净的饮食,他就已经满足了。

魏谦观察他的行为,难以抑制地想起自己像这小东西一样大的时候,也曾这样小心翼翼地讨好过继父。他了解那些行为的意义,不但没觉得男孩古怪,反而暗暗生出了某种隐秘的感情联系来。

当然——他不会把这种感情表现出来,魏谦认为自己作为一个"当家人",在家里趾高气扬一点是应该的。

他耐着性子把小家伙给洗干净了,又怕他有虱子,把小男孩的头发都给剃光了,还找了一件小宝的旧衣服给他穿。

光头小小子穿着小女孩廉价的掉了花边的裙子,竟然也不显得十分违和,可见小男孩底子是好。

魏谦看着他若有所思地打量半晌,狗嘴里吐不出象牙地做出了如下品评:"人模狗样的。"

不过魏谦想,大概人小时候长得都挺好看,可能是因为小吧,心里什么也不愁,所以眼神也是干干净净的,能反光。

这个荒谬的看法被三胖一口否决了——三胖说美就是美,丑就是丑,都天生的,和年龄大小半毛钱关系也没有。

三胖、魏谦和麻子是一起长大、从小穿一条裤子的交情。三胖比魏谦大三四岁,麻子跟魏谦同一年出生,小时候一起玩泥巴,长大了一起当混混。尽管没有在一起做过一件好事,但是交情甚笃。

到了青春期,魏谦往竖里长,越来越瘦、越来越高;三胖就往横里长,十七八岁,俨然已经成就了一副中年汉子发福的臭德行……至于麻子,他高矮胖瘦都不要紧,那一脸坑坑洼洼的闭合式粉刺让他的脑袋像个凹凸不平的小行星,晚上乍一见能吓哭几个人,以至于他其他的特质都被忽略了。

三胖这个死肥肥,自己就长得像猪八戒的二姨夫,偏偏不要脸地喜欢评判别人的美丑,他每次见了小宝都要唉声叹气一番,因为这个小丫头长得实在是太寒碜了。

仗着交情,三胖对魏谦直言不讳——通常是魏谦不爱听什么,他非要说什么。

每每到了魏谦家,三胖都要扼腕哀痛地把小宝抱过来打量一番,唱戏一般地大呼小叫地说:"妹妹啊,我苦命的妹妹啊,你这小脸怎么能这么黑呢,掉煤堆里都找不着啊!"

魏谦一把抢回小宝:"滚你的,我们那叫黑里俏。"

三胖继续哭天抢地:"你哥睁眼说瞎话,有眼睛这么小的黑里俏吗?"

魏谦振振有词地说:"眼睛小怎么了,我们脸也小。牛眼大不大?长你那饼铛脸上照样是一线天。"

三胖:"滚,你们家烙饼用得着像你三哥这么威武英俊的饼铛,你以为自己元首啊?哎,不是我说,眼大眼小还不是问题,你再看咱妹这鼻梁——这小塌鼻子,可愁死我了,跟让门板拍过的似的。谦儿,你说咱妹咋就长得不像咱妈呢?不像咱妈像你也不发愁啊!"

魏谦:"你混账,她又不是我生的。"

说完,魏谦把小宝拎到和自己视线齐平的地方,仔细地打量了一番小丫头酷似她亲爹的面貌。即使是骨肉至亲,他也不得不承认三胖是对的,小宝脸上那可怜兮兮的小塌鼻梁,真的活像没有鼻梁骨似的。

魏谦忧虑地在心里盘算,将来无论如何要让她保护好眼睛,可不能近视,不然这小塌鼻梁恐怕真的连眼镜也架不住。

但他还是不肯承认妹妹丑,于是强词夺理地说:"塌鼻梁怎么了,女的鼻梁高不好看,鼻梁高……鼻梁高的看起来不像好人。"

他这么说,是因为他妈就有一副挺直秀气的高鼻梁。鼻子是五官之王,所以她显得精神得要命,让人一眼就印象深刻。而魏谦总是仇视母亲的一切特质——甭管是美的还是丑的。

在魏谦心里,只要小宝长得不像他们的妈,哪怕她将来变成一个和麻子一样满脸花开的丑八怪,他也觉得可爱。

三胖知道他家的前因后果,难得地没和他争辩,从魏谦怀里接过小宝,有一下没一下地捏她的鼻梁——后来她长大以后鼻梁没那么塌了,多半是她胖子哥给人工捏起来的。三胖边捏还边念叨:"妹妹哟,我嫁不出去的妹妹哟……"

这时,麻子推门进来了,笑呵呵地说:"三、三哥,七七七昂……谦儿,小、小宝妹妹。"

第二章 退学

三胖如临大敌般地堵住了小宝的耳朵，"哎哟我的妈耶，您老人家可别当着孩子面说话，到时候小宝跟你学成一口结巴，孩儿她哥能把您老剁成饺子馅！"

麻子受天赋所限，一辈子也牙尖嘴利不起来，只好走憨厚路线，听了也不生气，摸摸自己的头，傻笑了起来。他在小宝和那捡回来的小男孩头上各摸了一把，掏出两块糖，一人给分了一块。

麻子早就辍学了，倒不是因为没钱上，个中原因实在一言难尽——直到小学五年级，麻子只能数到九十九，上了三位数他就不会了，老师气得罚他把一百到两百间的所有数按顺序抄一百遍。他"吭哧吭哧"一遍不少地抄完了，工工整整、勤勤恳恳，没有一点偷奸耍滑，结果抄完老师一看，好么，串行了！

三胖辛酸地看着他这又笨又丑的兄弟，接着念叨说："弟弟哟，我娶不着老婆的弟弟哟……"

三胖过早地表现出了对别人婚姻情况的忧虑，乃至于魏谦断定，这死胖子天赋异禀，将来一定会变成个拉皮条的。

魏谦对自己交友情况十分惆怅，麻子是傻缺，三胖是个大傻缺，他夹在其中，几乎有种"举世皆傻缺，唯我独明白"的悲怆。

傻缺麻子开口问："乐、乐哥让、让我来问问，你、你学费有……着落了吗？"

这话笔直地戳中了魏谦的伤心事，他方才还颇为愉悦的心就像被塞了一块冰坨，"咕嘟"一下就沉了下去。

魏谦心说，有个鬼的着落。但他不想在两个傻缺发小面前示弱掉面子，于是装作毫不在意的模样，高深莫测地摆摆手说："哦，不急。"

大傻缺三胖忙接口说："哎哟宝贝，哥求求你了，都这时候了，你就别装神了，这事能不急啊！都快开学了！到底怎么说，缺多少，你言语一声，哥儿几个帮你想办法……你说我们这一伙人，一个个的都天生和学校有缘无分，就你一个出息的，一人搭一把手，也要把你推上去啊！"

魏谦觉得自己的心里就好像被一只火热的手捏了一下。有那么一两秒钟，他词穷了，嘴唇不易察觉地抖动了两下，然而下一刻，他却依然用最大的毅力克制住，保持住了他又臭又硬的内在和大尾巴狼的外表。

"行了吧，多大点事，"魏谦眼皮也不抬，漫不经心地说，"我心里有数，用不着你们瞎操心,也替我告诉乐哥一声,没事。"

而后他飞快地转移话题:"哎,对了,那小崽,我问他叫什么,他告诉我他叫'小子',也不知道什么玩意儿的家长给起了这么个名字,我这两天正琢磨着给他弄一个大名呢。"

麻子心里替他着急,"咿咿呜呜"地还想再说什么,他越着急越说不清楚,末了还是被三胖打断了。

三胖知道魏谦这人的德性,知道他是个里子都掉光了,也不愿意当没了面子的孙子,显然是不想在他们俩面前提这事,于是顺着魏谦的意思心猿意马地扯淡说:"行啊,你叫魏谦,那就让他叫魏虚得了。"

魏谦笑骂:"去你的,'胃虚',还'胃疼'呢。"

他们仨打闹了一番,自带干粮饭菜的在魏谦家里吃了一顿后各自散了。

魏谦琢磨了一下,既然乐哥问起他了,他就得亲自去见一见,否则就比较不懂事了——魏谦为了零花钱,从小和一群社会渣滓混在一起,而乐哥就是他们一伙人的大哥,是远近最牛的爷们儿,比他们都大,混了很多年,家里很有背景,为人也十分仗义,跟他们这群小兄弟也是交心换命,不拿架子。

魏谦他妈死了以后,乐哥没少照顾他们,有忙帮忙,有事扛事。魏谦一度曾经觉得他简直是自己的亲哥。

乐哥对他依然是和颜悦色的,先是和魏谦寒暄了几句,又说:"你家的事,我也听说了,这小东西来咱们这,也不知道走了多少路,这么大的小玩意儿,能活到现在也不容易,我看将来他没准是个人物,能比我们这些人走得都远,要不然就叫小远得了。魏远?唔……不大好听,加个字,叫'魏之远',好不好?"

乐哥给起名,魏谦自然乐意。

那时候魏谦还小,没那么多心眼,他虽然半只脚踏进了三教九流里,却到底受年龄和见识所限,并不能很好地理解成年人社会的规则,也并不真正地知道他的乐哥究竟是个什么样的人。

此时,哪怕乐哥说句废话,十四岁的魏谦也会觉得他说得很有哲理。

乐哥又问:"那小东西有多大了?"

"他自己说有八岁了。"魏谦说,"我看不像,也就跟小宝差不多。"

第二章 退学

乐哥"唔"了一声，皱皱眉："那你想过以后怎么办吗？他没有户口，有大名也没用。"

是的，魏谦心里一动，魏之远有了大名，可依然是个名副其实的"黑人"。

其实如果不是魏谦他妈的一个客人喝多了装好心，现如今魏谦肯定也是个"黑人"。

魏谦皱皱眉，户口这玩意可不是那么好摆平的，对此，他确实无计可施。

乐哥故意停顿了一会儿，让他好生苦恼了一番之后，才悠然开口说："你要是信得过我，不如这事就先交给我吧，你看怎么样？"

魏谦当场就是一愣："我……我这个……这个事这么……"他一时间几乎说不出完整的话来，魏谦颇有些不好意思地低头一笑，自嘲说，"完了，都快被麻子传染成结巴了。"

乐哥亲昵地摸了一把他的头，好整以暇地等着他的答话。

乐哥虽然年轻，却是个野心勃勃的人物，并且野心专走歪门邪道。

他颇有心计，多心多疑，知道将来要成事，必须要有自己的死忠。他在替自己铺路的过程中就看上了魏谦。首先魏谦年龄合适，十四五岁，正是一知半解的年纪，懂事，又不太懂；对他好一点，他就容易死心塌地。而那么多的小兄弟，乐哥就看上了魏谦一个人，也是因为魏谦能混、能打、能豁得出去，有这样三个特质已经罕见，何况他竟然还会读书。

乐哥第一次听说这个小子竟然能参加中考，还能考得那么出息的时候，简直都震惊了，即使乐哥已经算是个当地的人物，他依然是个从小流氓混上来的大流氓，从没有和"读书"这种事扯上丝毫的关系。

魏谦这个小崽，哪怕生在个穷一点的普通家庭，将来也必成大器，可偏偏命运这样怠慢他，简直再合乐哥的心意也没有了。乐哥觉得自己就像出门逛花鸟市场买石头，结果捡着个价值连城古董的漏。

乐哥心里盘算着，唯一的问题，就是魏谦这个人脾气有点难摆布，虽然难得对自己有几分敬畏，却是绝对不愿意求人的。

供一个半大小子念高中，也没几个钱——以乐哥当前的财力来说，哪怕是送个孩子出国念书都不值几个钱——雪中送炭的情义，他不怕魏谦将来不肝脑涂地。

乐哥看得出来，这个孩子心重脸皮薄，这样的人，恐怕干不出忘恩负义的事。

当时的户口比后来宽松很多，只要有门路，花点钱，还是有些可操作性的。只是再有可操作性，也不在魏谦的能力范围之内的，所以魏谦想了想，没有不识好歹地拒绝，心里暗暗给乐哥记下——这都是人情债，要还的。

　　乐哥又和他随口说了几句闲话，没提学费的事，户口无论如何都是魏谦办不到的，这小鬼尚且能接受，可学费的问题，他却不能说，说了反而容易伤了少年人的自尊。

　　但乐哥不着急，他看得出魏谦是真想读书，不然成绩也不可能那么好，所以他等着，魏谦总有一天会主动来求自己。临走，乐哥意味深长地对魏谦说："跟哥客气什么？谦儿，你记着，以后碰见任何困难，都可以来找哥，听到了吧？只要在哥能力范围之内，天塌下来也能给你扛起来，别自己憋着，谁让咱们是好兄弟呢。"

　　他说完，用力地拍了拍魏谦的肩膀，看着手足无措的少年，自觉自己这事办得真是草蛇灰线，伏脉千里，这样的雄才大略，将来不成事简直天理不容。

　　乐哥办事麻利，魏之远的户口很快就下来了，落在了魏谦家的户口本上，这下送他去上小学都没问题了。

　　而养活魏之远其实也不难，给他吃饱饭就行了。魏之远给什么都吃，不挑食，抓紧时间吸收一切他能吸收的营养，小半年的光景，他就蹿了半个巴掌高的个子，完美无缺地解释了什么叫作"给点阳光就灿烂"。

　　小宝的衣服他是再也穿不了了，魏谦只好给他穿自己的旧衣服。

　　魏之远依然不爱搭理人，除了魏谦兄妹和经常到家里来的几个兄弟，他几乎不跟别人说话，防人之心依然很重。

　　除此以外，魏之远这个孩子几乎没别的毛病了，他极具察言观色的能力，魏谦只要稍微一皱眉，他立刻就能收到信号，知道大哥不高兴，三秒钟之内就能把自己伪装成墙上的壁画，假装不存在。

　　他在家里简直勤快极了，每天把屋子打扫得干干净净。自从魏之远来了以后，暖壶里的热水从来都是满满当当的，垃圾从来没在屋里过夜，谁换下来顺手扔在哪儿的衣服被他看见了，他都会默默地拿去洗干净。

　　他戒备而谄媚，把自己定位成了一个附庸，又像是一条看家护院的狗——对于陌生人，他的眼神简直让人瘆得慌，眼珠像黑豆，看人的时候直勾勾地，是个不好惹的野

第二章

退学

狗崽子。

以上这些是三胖观察到的，魏谦听了也没往心里去，他心想狗崽子就狗崽子，反正这小孩也不麻烦，自己平时不在家，让他给小宝做个伴也好。

直到紧接着发生了那么一次事。

那天有一帮不长眼的，拔份儿*拔到了乐哥的地盘上，把乐哥一个干弟弟的脑袋给开瓢了，他们一帮兄弟当天就带着家伙去了，跟对方干了一场，不巧，地点就在魏谦家附近的一条街上。

就在他们把对方的人脑袋干成狗脑袋的时候，突然听见后面街上有水管刮着地面的动静。

魏谦还没来得及回头看，就听见三胖在旁边大呼小叫地说："亲姥爷哎！"

魏谦一看，也吓了一大跳——只见魏之远那小崽子拎了一条比他人还长的水管，在地面上拖着，正以一种异常喜感的姿势，支楞八叉地往这边奔跑着。

魏谦正好看到了他的眼神，他发现三胖说得没错，小东西的眼神真就像条凶狠的野狗崽，虽然拖着那么长的一条水管，连路也走不稳当，却诡异得能从他身上看出他要把敌人都干掉的决心。

说得神一点，他身上简直有武侠小说里描述的那种"杀意"。

三胖："乖乖的，你捡了个什么玩意回来？"

魏谦："别提了，捡的时候没带放大镜，我要是知道就好了。"

三胖叹为观止，远远地冲魏之远喊了一声："行了哎宝贝，咱哥儿几个今天都收工啦，用不着你出场啦，咱们准备起驾回宫吧！"

魏之远认识三胖，听这话就站在了原地，眨着圆溜溜的大眼睛看了看他，又看了看魏谦，把水管扔下，抹了抹鼻子，擦干净鼻涕，说："哦。"

结果魏谦当天晚上回家就做了个梦，梦见魏之远变成个变态杀人狂，杀完人他也不知道跑，淡定地坐在一片血泊之间，面无表情地开口叫了他一声"哥"。

魏谦当场就冷汗涔涔地醒了，他坐在床上，看见在一边光着屁股趴在床上睡得昏天黑地的小崽儿，忍不住抬手在他软乎乎的头发上摸了一把。

而魏之远就像只小猪，无意识地蹭了蹭他的掌心。

魏谦又捏了捏他的小胳膊腿儿，发现他哪都是软乎乎的，跟小宝一样软，一点也不

---

* 拔份儿：在北京话里指再同辈人中抖威风，提高自己身份，压倒别人，含有挑衅意味。

像个杀人犯，做着梦还咂吧嘴，也不知道梦见了什么好吃的。

魏谦坐在旁边观察了男孩一阵子，心想这崽子才这么一点大，就这么凶残，将来还了得？

别的无所谓，别出去给他惹事就是好的。

将来……唉，"将来"是多么渺茫的一个词。

想得多了，魏谦睡不着了，他下了床，走到了阳台上，把窗户推开了一点，就着寒冬腊月里的阵阵寒风，在一片夜深人静里思考起他那虚无缥缈的"将来"。

高中的学费比义务教育的时候贵那么多，贵得魏谦砸锅卖铁，也就只勉勉强强地凑够了一个学期的。他念高中的这小半年里，从他那死鬼老娘那得到的积蓄快要花完了，眼下，随着天气一天凉似一天，魏谦几乎已经到了山穷水尽的地步，可这样的重压却无处诉说，因为他是大哥。

魏谦做梦都想把高中念完，做梦都想要像这个城市里的大多数人一样，西装革履、朝九晚五，体体面面地活着。

"体面"，那是他打断骨头连着筋一般的梦想，尽管它看起来是那么的愚蠢、遥远又虚无缥缈。

现实容不得他再这样幻想虚无缥缈的未来了，高中繁重的课程占用了他所有的时间，老师不会允许他在别人上晚自习的时候独自一个人离开学校去哪儿打工。

而算起来小宝已经到了七岁，也是要上学的年纪了，因为他这个做大哥的自私，只顾着自己的学费和梦想，有意无意地错过了小学报名时间，这一年就这么让他耽误了，魏谦怎么也不敢再耽误她下一年。

魏谦悄悄地走进厨房，米缸里只剩下不到两斤的陈米，厨房里还有一颗大葱和几棵烂菜叶子，他兜里还剩下十块零五毛。

他要买吃的，要买日用品，要交水电费……

他需要那么多的钱，才能维持起码的生计。

这样的生活就好像一个千疮百孔的麻袋，四处都是窟窿眼，让魏谦筋疲力尽弄来的钱轻易就"哗啦哗啦"地流出去了。

魏谦弄钱的方式依然是每个周末都去打零工，随着家里多了一口人，钱开始不够花了。

第二章

退 学

　　魏谦每天早晨离开的时候，都炒一个菜，留下两个馒头给俩孩子，然后自己声称在学校吃。

　　不把午饭钱省下的话，就不够花了。可他毕竟也是个半大小子，正是饭量大的年纪，饿不得，所以魏谦想了个办法，他趁中午午休时间翻墙溜出学校，到乐哥的台球厅里给人暖场，顺便蹭顿午饭吃，一个学期下来，他自觉台球都快成半个专业级别了。

　　每一天……每一天的柴米油盐都是一条鞭子，从他一睁眼开始，就抽打着他不停地奔波，不停地想办法。

　　这让魏谦心绪难平——重压之下，任是谁都心绪难平。

　　他从兜里摸到了半包烟，是下午打架的时候不知谁塞给他的，他突然想起别人喷云吐雾时的模样，于是魏谦坐在厨房，把烟点着了。

　　他就这样一边咳嗽，一边无师自通地学会了抽第一根烟，肺部缺氧让他觉得头晕目眩，甚至有些恶心。

　　魏谦坐在地板上，靠住门板休息了片刻。

　　要不然……就不上学了。

　　他茫然地这样想着。

　　"我实在没有办法。"魏谦对自己说，"我真的是山穷水尽，一点办法也没有了。"

　　他难过得快要哭出来了，像是眼睁睁地看着那扇通往另一个世界、另一种生活的大门在他面前缓缓地关上，他拼命地赶，可总是鞭长莫及。

　　就在这时，魏谦想起了乐哥的那句话——有任何困难都可以去找他。

　　魏谦睁大眼睛思量了片刻，忽然像是抓住了救命稻草一样地猛地站了起来，他两根手指间还笨拙地夹着香烟，整个人都为这突然出现在他面前的康庄大道而战栗不已。

　　魏谦有些口干舌燥，他恨不得现在就冲到乐哥面前。

　　对，乐哥肯定会借给他钱，等他上完学，甚至他可以上完大学，他会回来报答乐哥，以一个不同的身份。

　　只要乐哥肯供他，他就再也不用每天吃了上顿没下顿地发愁，再也不用算计家里的那一点钱乃至于算计得心尖都疼，他可以踏踏实实地把这几年念下来，他保证自己会成绩一流……

　　滚烫的烟灰落在了魏谦的手上，烫得他一哆嗦。

他默默地低下头，盯着劣质香烟散碎的烟蒂发了一会呆，把烟屁股捻灭了，丢在了垃圾桶里。

魏谦滚烫的脑子逐渐冷却了下来，他发现自己做不到。

他总是记得那个"过河"的故事，记得格外深刻——靠在母亲怀里听故事的经历，对他而言，是绝无仅有的奢侈记忆。

他记得女人说过的话，"人不能过得太舒服，等你脑满肠肥、每天都吃饱混天黑的时候，就离嘱屁着凉不远了"。

乐哥能帮他一次，能一直帮他么？

救急不救穷。

乐哥有什么义务给他钱，让他上学，让他吃饱穿暖，让他无忧无虑？

而那种无忧无虑的日子不知道为什么，魏谦想起来，就觉得既向往，又毛骨悚然，他仿佛恍然看见那安逸而软弱的自己，就像是一头被圈起来的猪。

世界上还有什么比"软弱"更让他这样的少年恐惧的吗？

世界上还有什么比"没有希望"更让他这样的少年绝望的吗？

如果魏谦不软弱，他就只好退学，只好走上一条没有希望的路——离开学校，去当混混、当打手，打零工，成为一个城市底层的人渣，艰难地熬过这一生，这几乎是一条一眼能看到底的路。

魏谦也不知道自己在厨房里僵立了多久，他感觉手被冻得有些麻木了，这才吸了吸鼻子，回到客厅被帘子隔出来的小卧室里，躺回床上。

魏谦家只有一室一厅，小宝三岁以后，他就觉得让她和自己一起睡不大方便了，于是把卧室给了妹妹，他自己在客厅里拉出一条帘子，又在角落里放了一张床，算是隔出了一个卧室。

魏之远一直是和他睡在一起。

魏谦躺回床上的时候，旁边的小家伙动了一下，不知是没睡着还是被吵醒了。

魏之远小心翼翼地睁开眼睛，打量了一下大哥的神色，嗅到了他身上一股呛人的烟味。魏之远不是小宝，他从小没被人那样宠过，因此不敢像她一样没心没肺。

小远察言观色，小心翼翼地轻轻叫了一声："哥。"

魏谦心绪烦乱，不想理会他。

第二章 退学

小远等了好久，没等到他的回复，轻轻地拽了拽他的衣服，他问："哥，是不是你没钱，养不了我了？"

魏谦心道，亏你还知道——可这话他没说出口，并不是为了不伤害小孩的心，而是他觉得"承认自己无能和没钱"非常地伤面子，所以他没好气地甩开魏之远的手，说："废什么话，你还睡不睡了？闭嘴！"

魏之远好半响没吭声，魏谦以为他睡着了。

谁知过了一会，小家伙竟然窸窸窣窣地凑了过来，钻进了他的被子，碰到魏谦冰凉的手和脚——冬天屋里是很冷的，当时暖气并没有普及到这种被人遗忘的旧棚户区里。家里还有小孩子，魏谦不放心生炉子，于是用攒了大半年的钱买了二手的电暖气，可那玩意毕竟费电，他们通常是能不开就不开。

魏谦冰冷的皮肤让魏之远本能地瑟缩了一下，然而下一刻，男孩却又哆嗦着凑过来，双手抱住魏谦的手，塞进怀里，努力伸直了腿，头几乎都要埋进被子里，才勉强够到魏谦的脚，轻轻地把自己的脚搭在了大哥冰凉的脚面上。

顷刻间，小远就感觉到浑身的温度在飞快地流走。

他做完这些事，带着一点讨好的意思，小声说："别不要我，行吗？我能干活，我还能去捡破烂，我也能赚钱。"

这轻轻的几句话让魏谦的心神几乎一颤。

大概是他久不答话，魏之远开始心慌了。

魏谦为他提供了一个安全而温暖的住所，给了他一个让他从前欣羡不已、不敢想象的家，也从未打过他，甚至连活也不怎么指使他做。

甚至这个冬天，大哥还给他和小宝一人买了一件厚厚的棉衣裳。

魏之远觉得这几乎像是一场美梦，他生怕梦醒了，自己又是那个没人要的流浪儿，徘徊在城市最阴冷的地方，以捡垃圾为生。

"求求你了，"魏之远压得低低的声音有些颤抖，"别扔了我。"

两秒钟之后，他又补充了一句："哥。"

魏谦心里五味杂陈，要说他不想扔了这个崽子、给自己减轻一点负担，那是不可能的，然而他终究只是扒拉了一下魏之远的脑袋，简单地命令说："睡觉。"

就再没有别的话了。

猫狗养了大半年，也该养出感情了，何况是个人。

更不用说这个小家伙每天围着自己转，每天想尽办法做事干活，就只为了让自己高兴一点，能让他留下来。

魏谦知道自己是心软了，他认为自己不该心软，可他没办法，他毕竟不是石头。

"算了吧，"他这样想着，听着耳边细小的呼吸声，心说，"这小崽子，可怜。"

魏谦曾经幻想过，有一天，有一个记者会在这样一个老旧的筒子楼里发现他和他的弟弟妹妹这样的人，然后记者就会拍几张照片，大笔一挥，写着"有志少年打工供弟妹上学，稚嫩肩膀扛起一个家"这样催人泪下的题目，接着就会有政府机构上门给钱，还会有各种各样钱多得没处花的大款往他们家捐款，而他只要上个电视，跟他们一起举着一张大支票合个影就可以了。

可是呢，电视上仍然天天播各种"穷困大学生"、"穷困中学生"、"穷困小学生"的报道，但是没有一个找上魏谦他们。

大概那年头穷人太多，上电视也需要像后来买车一样排队摇号。

马上就要期末了，天气越发的冷，早晨出门的时候天还没亮，魏谦骑着二手的自行车披星戴月地出了门。

他没有手套，到学校的时候双手冻得几乎没有了知觉，只好一边低着头往楼上跑，一边飞快地搓着手。

他上楼的时候正好碰见了班主任，班主任是一位中年的女老师，姓李，平时对他非常好——像魏谦这种读书认真、成绩好而且态度低调不惹事的学生，如果他恰好长得也比较精神，基本上就注定了他在学校格外受宠。

李老师叫住他："哎，正好碰见个小伙子，快过来帮我搬点东西！"

魏谦帮她把学校新发的二十斤大米和两桶油领了回来，一路扛到了她的办公室，李老师笑呵呵地问他："吃早饭了吗？"

魏谦顿了顿，摇摇头。

李老师从桌子底下掏出了一个面包和一根火腿肠递给他："早晨赖床起晚了吧，拿去吃。"

第二章 退学

魏谦有点不好意思地笑了笑，接过来道了谢。

李老师并不知道他的家庭情况，那时候高中的孩子都穿校服，小伙子们除了有个别爱干净的，全都是一样的邋邋遢遢、不修边幅，名牌包和地摊上买的包全都塞得满满当当看不出原来的形状，和女生要个吃完的小薯片桶，涮洗涮洗往桌上一戳就是一个笔筒。

那时候人与人之间出乎意料的平等，表面一扫，也看不出哪个是市长的儿子，哪个是要靠打零工才能勉强度日的孤儿。

只在开学的时候，学校发过一张家庭情况调查表，有父母工作单位一栏，魏谦盯着那个空格看了很久，末了胡编乱造地写了"个体"二字……

反正没人问他是活个体还是死个体。

李老师踮起脚拍拍他的肩膀，嘱咐说："快去吧，今天礼拜一，升旗讲话准备好了吧，快回去再看两遍，别一会忘词。"

升旗讲话由每班轮流派学生上台完成，是学校的老传统了。魏谦上主席台之前，情不自禁地挺了挺背——并不是他紧张，而是昨天晚上混战的时候后背挨了一棍子，早晨起床一看，乌青了一片，怪疼的。

魏谦脱稿站在台上，滚瓜烂熟、行云流水般地说完了他充满了梦想和主旋律的演讲稿，下面照例是全体哈欠连天的同学们敷衍礼貌的掌声。

魏谦非常轻地笑了一下，然后退后两步，把话筒让给主持人。

在他将要下台的时候，魏谦最后站在高高的主席台上，扫视了一圈校园的全景——

一排黄叶快要落光的银杏树，四百米的标准运动场，红砖的教学楼，那些穿着校服、少不更事的学生……还有教学楼前的几棵大樱花树，据说那是南方的樱花树和本地种杂交出来的，每年春天的时候，飘下来的花瓣有厚厚的一层，能把人的脚面都埋住，可惜他秋天入学，还没来得及看。

魏谦像是要把这一切都装进眼睛里，然后他转过身去，头也不回地顺着石阶下了主席台。

他在所有人没有解散之前回了教室，快速收拾好了自己的东西，拿起提前写好的退学申请，往教务处的方向走去。

教导主任并不了解学生情况,只是常规性地问了缘由,魏谦不想把自己弄得像贫困失学儿童一样——说了也没用,学校可能出于同情,经过艰难的周转给他弄来助学金,然而他的主要问题不在助学金,他需要更多的钱,或者更多的时间来赚钱养家。

不能解决问题,何必把他脆弱的自尊抬出来让人围观?

于是魏谦只是轻描淡写地解释说家要搬去外地,不能在这里继续读书了。

离开教务处,他经过篮球场,篮球体育特长生正在训练。一个球飞向他,他敏捷地伸手接下来,吹了声口哨又丢了回去,体育场上的男生冲他远远地挥了挥手:"谢了啊哥们儿!"

魏谦对他笑了一下,可随即,他的笑容干涩了起来,他不再停留,飞快地低头走过。

魏谦把自己沉重的书包拎到不远处的一个收破烂的大爷那里,把包里的书本纸张都倒了出来,卖了一块二毛钱。魏谦又凑了八毛,用这两块钱买了一支康乃馨,趁李老师上课,溜进了她的办公室,把花放在了她的办公桌上,然后他背着空空如也的包,离开了学校。

他骑着自行车回家,卖早点的麻子娘儿两个还没有收摊,麻子见了魏谦,惊诧地问:"七——伊——谦儿,你、你怎么回、回来了?忘、忘、忘什么东……"

魏谦从车上下来,把空书包甩到身后,冷静地打断了他的话:"没有,麻子,我不念了。"

麻子仿佛一时没有反应过来他是什么意思,呆呆地重复了一遍:"不、不不、不念了?"

魏谦:"嗯,我退学了。"

麻子的反应总是迟钝,大概真是脑子有点问题,魏谦有时候怀疑,是不是扇他一个耳光,他都要一分钟之后才知道疼。

脑子有问题的麻子愣愣地站在原地,足足有半分多钟,他那大疙瘩摞着小疙瘩的脸红成了一块烧红的铁碳,胸口剧烈地起伏着,片刻后,他的眼睛里突然充满了眼泪。

随后麻子向他扑过来,猛地照着魏谦的胸口推了一把,魏谦跟跄了一下,自行车倒在地上,轱辘还在一圈一圈地转。

麻子张开嘴,"啊啊呜呜"地嚷嚷一通,越是着急越是说不出来,憋了他一个脸红脖子粗,最后他忍无可忍,扯着嗓子哭了出来,声音凄厉,哭声扎耳。

第二章 退学

他虽然话说不利索，却有一把号丧的好嗓子。

魏谦胸口堵得快要炸开。

也许在他漫长的一生里，退学是件没什么大不了的事，可是对于一个一直用功读书、期待着这能让他改变命运的少年而言，退学，就仿佛是他一直勉力支撑的、摇摇欲坠的天塌下来了。

但是天塌了，魏谦也不想和麻子在大马路上抱头痛哭，难看死了。

所以魏谦只是弯下腰，借着扶车的动作掩去了脸上一闪而过的难过表情，然后他抬起头，冲麻子挤出了一个满不在乎、乃至于显得轻蔑的笑容，说："你哭什么？傻缺，我还没死呢。退学就退了，你们不都没上吗？多大点事，至于么？"

麻子哭得更凶了，声嘶力竭，忘乎所以。

魏谦终于再也说不出话来，他背着老旧的帆布包，垂着手站在麻子两步远的地方，看着他的傻兄弟用手抹了一把眼泪。

凛冽干涩的寒风和带着盐分的眼泪冲开了麻子手上冻裂的口子，露出里面年轻而鲜血淋漓的皮肉。

这个漫长的冬天就从一个油条小弟狗熊一样的号啕大哭声中，开始了。

魏谦走上了他的职业流氓生涯，他成了乐哥手下的一个名不见经传的小打手。

十四五岁的半大孩子，个子刚刚挑起来，肉还没跟上骨头长，脸上也还带着稚气。他给乐哥看场子，每天沉默寡言，和那些三句话不离女人的大老爷们儿实在没什么话好说。而一旦打起来，他却总是比别人要凶狠，他心里存着一股说不出的气。

乐哥一开始对此非常失望，毕竟他对魏谦的期望很大，他原本想着把魏谦送到大学，让他去念法律类或者财经类专业。乐哥盘算着，自己的买卖不能老见不得光，他要功成名就，明面上的事就要个有会钻法律空子、会做假账的人来打理好，这人得伶俐，还得完全信得过，非魏谦莫属。

乐哥胸中原本已经排兵布阵一般地勾勒出了他未来的宏伟蓝图来，每个人什么用处都是一一对号的，可他没想到自己抱以厚望的魏谦竟然这么烂泥糊不上墙，高中就给他辍学不念了。

有一段时间，乐哥已经不再去关注魏谦了，因为没用了。

可他没想到，沉寂了一年以后，这个小子竟然打出名来了。

魏谦毕竟是个少年，体力和真正的成年人不大好比，所以干打手这种"体力活"不大占优势，乐哥也没有很看重他，一般都只是让他白天值班——乐哥名下的娱乐场所，其实就是一家夜总会，白天也开，不过白天就只是个普通的吃饭的地方，不涉及主营业务，晚上才有重头戏。

　　真有闹事的，一般也都是晚上去，这是业内共识。

　　谁知偏偏三十六行，行行出流氓，而真正的流氓行当里竟然也有不良从业人员，也有罔顾职业操守之辈——那几个人隶属于本城另一家娱乐城，老总财大气粗，想挑了乐哥这个地头蛇，可偏偏人不在本地，鞭长莫及，于是派了手下安排。

　　他的手下是个旷世奇人，凑齐了人怂、气短、臭不要脸等几大特色，一无是处得少见。

　　此人仔细寻思了一阵子，觉得晚上去可能干不过人家，怕进得去出不来，但又不敢违抗老板的命令，于是别出心裁地在光天化日之下跑去夜总会去闹场。

　　对方带了十几个外强中干的彪形大汉，雄赳赳气昂昂地来到了人员萧疏的夜总会踢馆。

　　白天看场子的，要么是乐哥通过正经渠道雇佣来的保安，要么是魏谦这样被当花瓶摆着的半大孩子，装装样子可以，动手可见不了真章。

　　踢馆的这几位一看就来者不善，闯进来压根没人敢拦。

　　那位领头的，一屁股往大厅一坐，摆明了就是捣乱，大声污言秽语，调戏端盘子的小姑娘，酒瓶子打碎了一地，本来就不多的吃饭的客人吓得站起来要走。

　　大堂经理皱皱眉，低声吩咐底下的小兄弟，让他们给乐哥打电话。

　　结果小兄弟还没来得及去，穿着娱乐城制服的魏谦就面无表情地走了过去。一个闹事的人以为他是来制止的小保安，一把抓住他的衣领，丝毫不把他放在眼里："叫你们老板来，聪明孩子别出来当炮……"

　　"炮灰"俩字没说出来，他先陡然变了调子，那人一声尖叫，慌忙放开魏谦，连着往后退了五六步，面露惊惧。

　　只见他胸口一道大血口子，血像喷泉一样地喷了出来，人们这才发现，魏谦手里拎着一把厨房剁骨头用的大砍刀。

　　魏谦砍人毫不手软，一刀下去，他连脸都没抹擦，一手拎着砍刀，一手捡起一个碎

第二章 退学

了一半的酒瓶,招呼不打,话也不说,直接就像是看到杀父仇人一样地冲上去肉搏。

有道是"愣的怕横的,横的怕不要命的",这些人避开晚上人流高峰,挑白天清净的时候过来闹事,可见本来也不是什么横的。

于是十几个人,当场就被一个不要命的全部干翻了,用他们惊世骇俗的"金玉其表,熊包其中"成全了这一段传奇。

乐哥听说这事带人匆匆赶来的时候,战局已经结束了,就见现场一地的血和酒水。

半个身体鲜血淋漓的少年身上就剩了一件白背心,坐在沙发上,伸着胳膊让闻讯赶来的三胖哆哆嗦嗦地给他清理胳膊上的碎玻璃碴子,手不自然地垂着,也不知是脱臼还是骨折。

然而他好像不知道疼一样,一声不吭,甚至连看都不看一眼,只是低着头,全神贯注地抽着一根烟。

CHAPTER 03

第三章·打手

  从退学到那场以一对多的打架，一整年的时间，魏谦一直过着一种机械而日复一日的生活，这种生活就像是一块粗粝的磨砂纸，把他身上一点年少生气像死皮一样地磨下去了。

  前途的大门在他面前缓缓关闭，时光推着他疲于奔命地走，魏谦原本以为这样的日子会很痛苦，可是后来他发现，一旦人身处痛苦的日子中，反而对痛苦的感受不那么敏感了，他依然能从中找到一些乐子，并且津津乐道很久，一年过得很快。

  其中就有一场是魏之远闹出来的。

  小远不像小宝，魏谦说什么他都会听，一般不用和他多费口舌，可没想到上学这事，这崽子竟然学会斗争了。

  魏之远死也不愿意去上学，他的生活环境比较畸形，对一些生存相关的事知道得

第三章 打手

格外多，对正常小孩该有的常识却欠缺得惊人。他对学校毫无概念，小宝和他说，上学就是坐在教室里学认字和算数，魏之远想了想，认为自己对认字和算数毫无兴趣，完全没有必要去。

小男孩固执认为，上学就是什么都不干，每天好吃懒做靠大哥养。

这让他恐惧去学校——尽管那年秋天，魏之远已经被魏谦捡回来整整一年，跟小宝也混了个十成熟，甚至经常在一起掐着打架，但他依然有一种随时会被抛弃的恐惧。

魏之远把为这个家做贡献当作减缓这种恐惧的方式，做家务和捡瓶子卖零钱就是他贡献的方式，当他被"剥夺"了做贡献的机会时，魏之远潜意识里觉得，这是他被抛弃的前兆，于是开始了他激烈的反抗。

魏谦每天忙得像狗，当然不会体察少年儿童那点扭曲的小心思，他只是在开学那天早晨，简单粗暴地把魏之远和宋小宝从家里拎出来，不顾魏之远的扑腾，回手反锁上门，然后一路连拖带拽地把他们俩送到了学校。

其间，魏之远表现得像个炸毛的猫，被魏谦连人带书包一起拎着，脚不着地，悬在半空中，以狗刨的姿势连抓带咬，无所不用其极，不时引起路人围观。

出门遇上三胖，三胖一看就乐了，问："哟，谦儿，这是要干吗去？他挣得这么厉害，是不是你终于决定要把他俩宰了吃肉啦？"

魏谦狠狠地在魏之远屁股上扇了一巴掌，说："听见没有，丢人现眼的东西，待宰的猪都比你视死如归！"

魏之远脸红脖子粗地宣布："我不上学！"

宋小宝起哄架秧子*，蹦蹦跳跳地跟旁边，欢快地学舌说："那我也不上学！"

魏谦刚要说话，身边突然又炸开另一声带着哭腔的自由宣言，一个小男孩也是被他爸强行拎到了学校，一路哭得肝肠寸断，伤心欲绝地说："我不想上学！"

男孩妈迈着小碎步紧跟着，在旁边絮絮叨叨地对那熊孩子进行思想教育，魏谦侧耳听了一阵，发现她从科学家说到了赚大钱，又从远景未来说到了晚上给买酱肘子，天文地理，上下五千年，无所不用。

做大哥的少年没法认同这种烦琐的教育方式，他走简洁路线，当即冷笑一声，转过头来高贵冷艳地扫了这俩熊孩子一眼，冷酷无情地说："我问你们俩的意见了吗？有你们俩说'不'的份吗？"

---

* 架秧子：捣乱。

一句话出口,掷地有声,魏之远顿时不吭声了,宋小宝本来就是纯属跟风,立刻也见好就收,不捣乱了,连旁边那一直哄不好的熊孩子都跟着抽噎一声,莫名地不敢哭了。

魏谦在学校门口把魏之远放下,冲着小学一扬下巴,用大赦天下一般的口气说:"进去吧。"

宋小宝走了两步,回头看了一眼,发现魏之远还在原地,又犹犹豫豫地站住了。

魏谦耐心彻底告罄,沉下脸看着小远:"反了你了,你想干吗?"

魏之远梗着脖子不吭声,魏谦冷笑一声:"爱去不去,谁还求你,有本事你滚啊。"

魏之远本能地退了一步,他不怕大哥发火,就怕大哥这样毫无人情味地冷嘲热讽。

魏谦懒得惯着他毛病,转身就走。

魏之远心里委屈极了,一直以来,他都努力地想要多亲近这个人一点,想要为这个人多做一点事,可好像无论他怎么样,对方都毫不领情,大哥就像是一个他永远也讨好不了的人,总是给他这么一个转身就走的背影,连笑容都是那么的稀有。

魏之远突然扑上来,照着魏谦的手腕咬了一口。

魏谦本能地缩手一别手腕,少年那突兀而坚硬的腕骨就磕到了男孩的门牙上,魏之远突然松了口,魏谦低头一看,就看见那小孩吐出了第一颗掉下来的小乳牙。

魏之远当时简直愣住了,从来没人跟他说过换牙的事,牙被磕掉、打掉他都能理解,但是自己掉下来,他就怎么也不能理解了。

在魏之远的认知里,胳膊、腿都能被砍掉,砍了也不会死,可它们会无缘无故地自己掉下来吗?

魏之远萧萧瑟瑟地站在那,呆呆地盯着自己掉下来的门牙,脸上露出了一个震惊恐惧的表情,好像电视剧里那些刚听说自己得了绝症的人。

魏谦成功地被他诡异的表情娱乐了,阴沉的脸险些没绷住,连忙转过身去,笑着走了,甚至忘了计较那小狗咬了他一口的事。

魏之远心烦意乱,偏偏还有唯恐天下不乱的宋小宝,这个成事不足败事有余的孩子瞧见,在旁边大惊小怪地嚷嚷:"哎哟,你的牙掉了,想必是中毒已深,时日无多了!"

魏谦花了五块钱收购了一个别人扔了不要的旧电视机,回家修好了,宋小宝这几天正在看武侠片,学了满嘴狗屁不通的台词。

第三章 打手

说者无心听者有意，魏之远听了她的话脸色煞白，本能地抬眼去找魏谦，却发现人已经走了。一时间，巨大的凄凉涌上了魏之远的心，他魂不附体，浑浑噩噩地被宋小宝拉进了学校，茫茫然地想：我就要死了。

魏之远不再就上学的事和魏谦做斗争了——他就要死了，一切的斗争都没有意义了。

那段时间魏之远午夜梦回，经常会在一片黑暗里坐起来，感受着自己越发松动的其他几颗牙，自觉命不久矣。他内心遭受着生离死别的折磨和刺痛，近乎贪婪地看着魏谦平静的睡颜，好像想把大哥印在脑子里，带到下一个世界去。

一个月以后，魏之远的牙掉了三颗，说话都开始漏风，他就不再说话了，摆出一副沉默的等死架势。

在此期间，别的小孩汉语拼音还没学利索，魏之远已经以他超常的学习能力和异于常人的动力自学了课本后面的常见字——他的动力就是，要趁自己死之前，留下一封遗书。

为了这封遗书，魏之远特意请教了老师如何使用字典，每天下课的时间、玩的时间，他都在老师借给他的旧字典上拼命认字。

因此，魏之远心无旁骛，认为快死的人没有必要结交同学，所以对所有人都漠不关心，也就理所当然地没注意到，班上有成群结队的像他一样说话漏风的小豁牙。

终于，到快要期中考试的时候，魏之远以"人之将死"的毅力认识了上百个汉字，顺带语文考了满分。

他"宠辱不惊"地丝毫没有关心老师的表扬，抢在牙掉完之前完成了他的大作——遗书一封。

那天正好麻子和三胖都在魏谦家里吃饭，魏之远郑重其事地把那封遗书交到了魏谦手上。

三胖不着四六地问："哟，弟弟，刚上了两个月的学校就会给你大哥写情书了啊？"

魏谦含着筷子接过来，三两下拆开，饶有兴趣地开始看。魏之远扫了他一眼，心情沉痛地低下了头："是遗书。"

三胖没听清："是什么？"

魏之远就像一个将要牺牲的战士那样平静地说:"是遗书,我就快死了。"

所有人都以一种诡异的目光注视着他。

半晌,麻子问:"你……你、你怎、怎么判断出自、自己快要死了?"

魏之远觉得喉咙里被堵住了,这使得他的声音听起来气如游丝:"我掉了好几颗牙,还有好几颗也松动了。"

三胖满是横肉的脸抽搐了一下,小心翼翼地问:"那你就……没觉得掉了牙的地方还有新牙在往外长?"

魏之远终于忍不住哽咽了:"那不是回光返照吗?"

众人沉默了两秒钟,随后三胖和魏谦互相看了一眼,同时爆发出一阵大笑,唯有麻子还算厚道,勉力抑制道:"笔——耶别、别笑,你……们别——笑话他,他、他还、还小呢……"

魏谦被自己的口水呛住了,滚到了沙发上,不住地咳嗽,边笑边咳嗽,眼泪都出来了。

大哥在家里老是端着一副不苟言笑的家长派头,还从没在他们面前这样肆无忌惮地大笑过,魏之远几乎呆住了,一时间连"生离死别"都忘了。

他没想到,那任他怎么讨好都熟视无睹的大哥,就这样被一封乌龙的遗书逗得前仰后合。

所以后来魏之远不知出于什么想法,自己偷偷地把那封"遗书"珍藏了起来。

魏谦在乐哥的夜总会里一战成名的时候,小宝和小远都已经安安稳稳地升上了二年级。

据说那天有不少人当场就被魏谦给镇住了,而当时正好在本地的一位南方来的大佬胡四爷还对他颇为赏识,偷偷叫人给他递过名片,企图挖角。可惜魏谦拖家带口,走不开,只好拒绝了胡四爷的好意。

从此"小魏",变成了"小魏哥"。

魏谦的胳膊确实是骨折,到医院固定了一下。乐哥对他的态度再次三百六十度大转弯,十分殷勤地亲自开车把他送回家,又打电话叫来了麻子,让麻子帮忙好好照顾一下,近期不用来上班了,工资照发。

麻子为了维持家用,也在乐哥手下做事——麻子负责在每天清晨的时候打扫夜总会里的卫生。

第三章 打手

他打扫得兢兢业业，可惜没什么大出息，如果不是因为魏谦的缘故，乐哥都不一定记得住他。反倒是三胖，随着年龄的增长，他开始和乐哥这帮人渐渐疏远，纵然依然藕断丝连，也只是念着哥们儿义气，偶尔有事的时候能给帮个忙，支个手。

三胖似乎对杀猪卖肉这个家传的手艺更有热情。

魏谦拖着一条断了的胳膊回到家休息的时候，两个崽子放学回来了。

魏之远包都没放下就扑了过来："哥！"

麻子忙一把拦住他："可、可不……不能扑他，他……他的胳……膊……"

魏之远皱紧了眉："胳膊怎么了？"

魏谦叼着烟，含含糊糊地说："狗咬了一口。"

宋小宝没心没肺地说："狗咬了一口怎么包得跟个粽子似的？"

魏之远小脸绷得紧紧的，还要追问，魏谦已经明显不想说了，他摆出严肃的表情："写作业去，废什么话？大人的事你们少管。"

就这么着不由分说地把俩孩子打发了。

麻子看了看心不甘情不愿的魏之远，又搓了搓手，转头对魏谦说："晚、晚上丝——三哥给你做、做饭，我、我还是、还是得去——去……"

乐哥虽说大方地放了他的假，但麻子却不敢当真。

麻子有些不好意思地看着魏谦，磕磕巴巴地试图和他解释。麻子就是这么一个实心眼的人，让他偷奸耍滑他也不会，魏谦不是第一天认识他了，摆摆手："行了，我知道，你去吧，你啊！"

麻子艰难地嘱咐说："笔——耶别碰水，小、小心……"

魏谦："得了，您快行行好，少说两句吧，您老人家省劲，我也能多活两年。"

麻子走了，三胖在厨房做饭，魏谦百无聊赖，随手拿起小宝他们的一本课外阅读材料看了起来。

阅读材料是学校发的，给二年级的孩子看的，一般是英雄人物之类的励志故事，看完让写读书报告，有时候还会让家长监督，在作业上签字。

魏谦看了几篇，忽然就觉得自己挺熊包的，故事里，人家要么是小小年纪为祖国抛头颅洒热血了；要么是身残志坚，克服万难依然好好学习天天向上，好像谁的困难都比他的大，可是人家照样能成为榜样。

魏谦小的时候也读过好多这样的励志故事，可都忘了，大概情感发育不是很跟得上平均水准，当时念了毫无感觉，直到现在才稍微有点触动。

他随口跟两个孩子说："你们老师有点水平，选的课外阅读不错。"

做饭的三胖从厨房里探出头来，在一堆煎炒烹炸的声音里说："讲了啥？来大点声，给哥念念。"

魏谦就清了清嗓子，打算给三胖展示一下升旗讲话的嗓音，结果他一个字都还没来得及念出来，魏之远那小崽就突然在旁边煞风景地说："哥，我不想上学了。"

他旧事重提，魏谦没搭理他，也没当回事，因为他作为一个称职的"封建家长"，打算把独裁的光荣传统进行到底，上不上学这种事，根本轮不着小崽子发表意见。

魏谦冲着厨房的三胖嚷嚷说："让你也受受教育，我看看从哪段开始……嗯，就这篇吧——理想……"

"哥，"魏之远走过来，蹲在魏谦面前，直勾勾地看着他，又说了一遍，"我不想上学了。"

小宝惯于添乱，连忙颠颠地跑过来，脆生生地说："哥，他不学好，打他。"

魏之远皱皱眉，义正辞严地对她说："你一边去，哪儿都有你。"

"你才给我一边去，"魏谦随手拿课外阅读材料在魏之远脑袋上打了一下，顺口溜出一句，"再说一句老子打断你的腿。"

这句话是有出处的，魏谦小时候，他们班有一个同学，因为调皮捣蛋被老师找了家长，同学他爸就是这么在那小子脑袋上打了一下，恶狠狠地说："再逃学一次，老子打断你的腿。"

幼小的魏谦一直觉得这种说法很有家长范儿，那时候他还年少无知，就把这句话写在了摘抄笔记上，结果让老师打了个大叉……

总之，他一直渴望能套用这句话教训别人一次。

魏之远看着他吊起来的胳膊，神色复杂。

他第一次抗拒上学是因为根本不知道上学是干什么的，但这一次，小男孩经过了深思熟虑，并且有理有据地说出了自己的想法："我不想上学了，上学挺好的，可是要上好多年，花好多钱，我还是跟你出去挣钱吧。我会干活，会打架，能养活自己，也能养活

第三章 打手

你。"

可惜魏谦是个没法沟通的人，小远的有理有据被当成了耳边风。

魏谦低头看了魏之远一眼，觉得这个小崽子是不知天高地厚，他手痒，想揍这小崽一顿——魏谦想，自己每天披星戴月出去，随着业内竞争压力增大，他得时刻流血流汗地准备跟各路同行斗智斗勇，结果被小崽子一说，好像这么有技术含量的事是个人就能干似的，真是不当家不知柴米贵，一点也不知道别人养着他的辛苦。

可是呢，魏谦一看他那认真而信誓旦旦说要养活自己的模样，就没下手去。

小东西……好歹有点良心。

于是魏谦敷衍地对他说："那你好好念书，将来大学毕业不行，硕士博士也不行，你得博士后，叫别人是'刀克特'魏，你争取给咱弄一'剪克特'魏，那才牛掰呢。"

魏之远低下头，他读了点书，懂了点事，听出大哥这是在逗他玩，这件事显然是没有商量的余地的。

宋小宝这个熊孩子笑嘻嘻地凑过来，摇头摆尾地讨打说："'剪克特'魏，嘿嘿嘿嘿。"

魏之远说："一边去，小丫头片子。"

宋小宝不甘示弱地反驳："我才不是'片子'，我是'鼓子'！你是个芦柴棒顶着的羊粪球！"

魏之远怒视，道："丑丫头片子。"

宋小宝愤怒地尖叫："羊粪球！"

魏之远冷静地回复："叫你自己呢。"

俩人于是掐到了一块，魏谦在旁边看着，没有一点拉架的意思，巴不得他们俩掐得热闹点，看小孩打架也是他的娱乐项目之一，反正打不坏。

刚来的时候，魏之远是非常野性难驯的，性格也总比同龄人沉闷些，跟每天在家里喋喋不休地发表自己毫无建树的看法的小宝形成了鲜明对比。那时候，乍一看，魏之远就像是把一个青春期的大孩子塞进了一个小家伙的身体里，总让人觉得，他这沉闷的人跟小小的模样并不配套。

然而最近半年以来，魏之远却越来越"小"了，言行举止也跟着幼稚了起来。

魏之远一边和小宝掐架，一边用余光瞥着魏谦，发现吊着一条胳膊的大哥喜闻乐见地围观他们俩的战斗,这才有几分表演性质地继续搓宋小宝的火。

自从上次换牙闹出笑话来之后,魏之远无意中找到了一个讨好大哥的方式——就是把智商拉到和宋小宝一样的高度,时常和她一起做些让人啼笑皆非的傻事。

他们俩表现得越幼稚、越缺心眼,大哥的态度就会越随和一点,少装腔作势一点。

于是魏之远越发地朝着这条路走了下去。

他的天生资质原本能让他长成一个炫酷的人,然而他却走上了一条二货的道路,人生际遇,真是难以捉摸。

魏之远对魏谦和这个家的感情是非常炽热的。他和别的孩子不一样,别的孩子天生就有家,魏之远没有,他把家当成了一种事业来经营。

只要能留下来,留在这个家里,别说只是装傻充愣,让他拼命都可以。

小远始终记得,有一天,他白天在学校里被冻感冒了,总是冷,睡着了以后不自觉地钻进了魏谦的怀里,窝在那暖烘烘的怀里,一直睡到了第二天。

清晨,男孩醒过来的时候,趴在那半天没舍得动地方,他睁大了眼睛抬头望着身边熟睡的少年的脸,突然默默地在自己心里叫了一声"哥"。

大哥自然是听不见,但魏之远这样在心里叫过了。

小远和小宝这场热闹纷呈的战争最终被三胖终结了,三胖一手一个,像拎小狗一样把两个崽子扯开了,喊:"哎哟小祖宗们,这是要大闹天宫啊?咱先挂免战牌啊,吃完饭提枪再战,不着急!"

三胖把蛋炒饭从厨房里端出来,盛在一个小盆里,也没拿碗,拎了四个勺子,一人一个,围着一盆饭开吃。

三胖这货好为人师,比唐僧还唠叨,饭都堵不上他的香肠嘴,他边吃边教育孩子:"小朋友们要有理想,不能一天到晚跟大肚子蝈蝈似的,没完没了地掐,你们哥他就是个二百五,也不管管……"

魏谦无辜被波及,刚想收拾这胖子一顿,好让他知道马王爷有几只眼,可他还没来得及开口,两个崽子就同仇敌忾地冲三胖嚷嚷:"不许说我哥!"

三胖:"……"

魏谦一人给夹了一块火腿肠,欣慰地说:"干得好,多吃点。"

三胖的大饼脸扭曲了一阵,仗着脸皮厚,勉强将方才的话题进行了下去:"行吧,

第三章 打手

不提你哥——你们看,在学校学了那么多关于理想的课文,跟三哥念叨念叨,你们的理想都是什么呀?"

小宝说:"我想当歌唱家。"

魏之远朴实无华地说:"挣钱,养我哥。"

小宝看了他一眼,又补充了一句:"我当了歌唱家要挣大钱,养我哥。"

三胖就像个猥琐的儿童诱拐犯……不,就像个伟大的教育家那样,循循善诱地对魏之远说:"你看,小宝这个理想比较有目标,那小远你呢,你要养你哥,你该怎么挣钱呢?"

魏之远眼皮也不抬地说:"我可以看场子、卖碟、办证、拔份儿……"

三胖顿时痛心疾首,转过头来对魏谦说:"谦儿啊,我看你这孩子没救了。"

魏谦看向一本正经的魏之远,目光落在了他鼓起来的腮帮子上,忽然挺想笑的,于是他就笑了,顺便言简意赅地给三胖指了一条明路:"滚!"

他一笑,魏之远就觉得自己这一天晚上撒泼打滚也值了,于是不再吭声,省下力气来,凶狠地低头扒饭。

魏之远吃饭的模样非常凶残,好像要把每一颗饭粒都变成他的骨头和肉。

其实魏谦也有理想,他原来的理想是要当一个科学家,穿着白大褂在实验室里转,记录各种数据,写写论文,打打材料,研究点什么,每天吃饭也研究,睡觉也研究,除了研究的东西,什么也不往心里去,衣食不愁。

当然,魏谦心里明白,眼下这理想已经变成了幻想,于是也就没和别人提过,假装他一出生就是一根社会上的老油条,从来没犯傻过。

三胖做了饭,吃完饭还要负责刷碗,他一边洗一边发牢骚:"唉,你三哥是上辈子欠了你的钱啊,这辈子给你当童养媳……"

这话正好被经过的魏之远听见,他二话不说地撸袖子,说:"三哥,我洗。"

三胖挥挥手哭笑不得地说:"还有抢着当童养媳的,你还是快跟小宝看动画片去吧。"

魏之远抬头请示魏谦,魏谦对他以一厘米的上下浮动点了个头:"去吧,别在这绊脚。"

打发走了孩子,三胖才开口对靠在厨房门框上的魏谦说:"你那胳膊疼不疼了?"

魏谦点了根烟，回答道："还行，有点。"

三胖没跟他贫嘴，沉默了片刻，难得正经地问他："你想怎么着？一直这样下去？"

魏谦早看出他是有话憋着，没吭声，等着他说。

三胖比他和麻子都大一些，已经快二十岁了，想的也比他的两个小兄弟多一些："我这么说你别不爱听，乐哥——乐晓东那人，不是什么善茬，你跟着他混，能有什么好下场？哪怕你去工地搬砖，卖的也是力气，吃得踏实。乐晓东给的那两块钱，是要让你卖命啊，傻兄弟。"

好一会，魏谦才反问："我能干什么去？"

"干什么不能吃饭？"

魏谦靠在门框上，茫然地想了片刻，低头看看自己被包得粽子一样的手，感受着里面透出来丝丝的钻心的疼，低声说："我什么也不会。"

"你打工也好，做小买卖也好，"三胖顿了一下，说，"大不了你跟着三哥，咱俩开车拉熟食去，不也算个营生吗？"

魏谦轻轻地笑了一下，没吭声。

"只要你点头，回去我就跟我爸说……"三胖说到这，突然若有所感地回了下头，他发现魏谦已经不在那儿了，他就这样非暴力不合作地走人不听了。

三胖住了嘴，愤愤地甩了一把手上的水，怒气冲冲地说："孙子，早晚有你后悔那天！"

三胖跟他是打小的交情，总不会害他，魏谦心里知道，他说的话都有道理。

他在娱乐城一年多，已经渐渐放下了对乐哥的盲目崇拜，他干的是什么营生，魏谦也多少知道一点。

魏谦有时候也会想，为什么别人再苦再难，都能走一条正路，只有他自己这么孬种呢？

是他愿意当一个流氓吗？

他虽然混，却也知道好歹，他在学校当了那么多年的好学生，可不是为了辍学当流氓的。

是为了钱吗？

第三章 打手

是，魏谦承认，乐哥给他的钱多，可三胖说得对，他卖的是命，钱再多一倍也划不来。

那是怕吃苦吗？

大概也不是，是搬砖手上磨出的大泡和晒爆的皮疼，还是被人一棒子活生生地砸断胳膊疼，这不好比。

那是为了什么呢？

魏谦无数次地这样问自己，后来他发现，大概还是他那一点要了命的自尊心在作祟。

他从生在这个世界上第一声啼哭开始，就注定了低人一等，所以当他稍微长大了一点，稍微有了一点选择的余地时，他就死也不愿意再低下头——哪怕是像现在这样凶狠，让所有人都畏惧憎恶也好。

让别人都怕他，总比看不起他强。

CHAPTER 04

第四章·横祸

乐哥让魏谦先上着白天的班，等胳膊拆石膏了就转到晚上去。

夜总会的夜班待遇非常好，两拨人倒班，一个班只有四个小时，钱却是白天的三倍，这意味着他每天只上四个小时的班，就能让自己一家人过上非常宽裕的日子——当然，拿高薪的是打手，不是麻子那种苦哈哈打扫卫生的小弟。

以魏谦的资历，原本是不能上这个荣耀的夜班的，乐哥为了表示亲近，亲自和经理盼咐了，破格提拔。

麻子羡慕得不行，魏谦却没什么喜色，烟抽得反而更凶了。

前途凶险而迷茫，即使魏谦是个钱串子，他也很难对那些多出来的收入表达喜色。

这一天，宋小宝和魏之远放学回家，魏谦把一个两斤多的小西瓜一切两半，让他们俩一人一半拿勺子挖着吃，吃完写作业去。

第四章 横祸

宋小宝盘腿坐在沙发上，吃得满嘴都是西瓜汁，兴致勃勃地边吃边说："哥，妞姐姐死了。"

魏谦一愣："谁？"

"妞姐姐，这么高，脸上有两个小窝窝，眼睛是这样的，梳……这样的头发，在前面小平房那边住……"宋小宝描述眼睛就伸手撑开自己的眼睛，描述到头发就去揪自己的头发，一席话说得手舞足蹈，全是肢体语言，可见她一年级语文就不及格是有原因的。

魏谦往后一仰，躲她远了点："你给我坐好了，好好说话，喷我一脸——死了？怎么死的？"

"这样死的。"宋小宝说完，原地翻起白眼，抱着她的半个西瓜往旁边一倒，一行西瓜汁应景地从她嘴角淌了出来。

魏谦："……"

他的小妹妹尽管还年幼，可有一种透过现象刺穿本质的超凡脱俗的模仿能力。魏谦第一次觉得这丫头长得不好看也挺可惜的，不然等她长大了说不定能当个演员。

魏之远在旁边冷静地补充说："吃耗子药死的。"

宋小宝从"死亡"状态里复苏，忙问："你怎么知道的？"

魏之远像个见过大世面的人那样淡定地说："她嘴里吐白沫，脸是那个颜色的，肯定是吃耗子药死的，我以前见过。"

傍晚，三胖和麻子一起买了菜，到他家来做饭，端菜的时候，三胖故意不满地踹了魏谦一脚："老子来伺候你当大爷的是吧？别坐那等吃，不是还有一只手呢吗？拿碗筷去！"

魏谦扬声叫道："麻子！"

麻子利落地答应一声，就要替他去干活，被三胖眼睛一瞪给吓得缩了回去。

"麻子啊，"魏谦慢慢腾腾地站起来，中肯地评价说，"您老人家可真是怂得难受啊！"

麻子不以为耻反以为荣，美滋滋地说："是呢！"

魏谦："……"

魏谦晃荡到厨房，脚尖挑开柜橱，懒洋洋地往小屋看了一眼，那俩小崽子终于消停了，一人占着一个桌角，对着写作业。

魏谦的心情忽然无法抑制地好起来，感觉屋子里有这么两个会喘气的小东西在，显得像个家了。

"谦儿，"这时，三胖突然开口说，"这两天看着点咱妹妹小宝，放学了别让她出去瞎跑。"

魏谦随口应了一声："怎么了？"

三胖说："你知道妞妞吧？"

魏谦："嗯？"

"前边住着扎小辫的那个，比小宝大一岁。"三胖往两个小的屋里看了一眼，压低了声音凑在魏谦耳边说，"那丫头今天下午没了，自己吃耗子药死的。"

魏谦懒得听这些别人家的破事，他自己的破事都思虑不过来呢，于是不耐烦地看了三胖一眼："我看你是闲得慌吧，胖子，一天到晚不是说媒拉纤就是满脑子三只耗子四只眼的破事，你……"

三胖表情凝重地在他受伤胳膊上不轻不重地拍了一巴掌："你他妈小点声！"

"嘶……你大爷……"

三胖严肃地说："你听我说！那小丫头是被人糟蹋了，孩子胆小，好几天过去她都不敢告诉大人。这两天天热，听说最后下面都化脓了，也不知道受多大罪，昨天一时没想开，自己吃耗子药自杀了——你对你妹妹上点心行不行？"

魏谦皱着眉看了他一眼："扯淡……"

"谁跟你扯淡？有拿这事扯淡的么，人都死啦！我有那么缺德吗？"三胖瞪了他一眼，"我跟你说正经的呢，这两天把咱妹妹看紧点，听见没有？"

魏谦难以理解地伸手在自己腰上比画了一下："那小屁孩细胳膊细腿的，有什么好那个的？谁啊？有病吗？"

"跟你丫个不开窍的孙子说不清楚，每天就认识钱，就知道打架，你还知道什么？"三胖不耐烦地挥挥手，"有些人就是对着正常女人没反应，有喜欢那种没长大的小孩，还有喜欢男人的呢——妞妞她妈都快哭成神经病了，嚷嚷着要报警，现在被她奶奶给锁在家里了。"

听见"男人"两个字，魏谦不适应地皱了皱眉，又问："干吗不让报警，她奶奶老得痴呆啦？"

第四章 横祸

　　"老太太脑子不转弯，她觉得这事要是报了警传出去，他们一家都抬不起头来做人了。唉，总之……"三胖说到这，突然住了嘴，因为他一抬头，正看见魏之远不知什么时候趴在了厨房门边上，也不知道他听见了多少。

　　三胖给吓了一跳："哎哟，这倒霉孩子，怎么走路都没动静，跟黄鼠狼似的！"

　　黄鼠狼魏之远面色无异，好像没听见他们俩说话，挺胸抬头地说："我帮我哥端盘子。"

　　"嘿，这小黄鼠狼，还挺会孝顺！"三胖蒲扇一样的大巴掌糊在了魏之远的后脑勺上，几乎把他的小脑袋都给包进来了，匆忙地往他后背上一推，"快去吧。"

　　说完，他和魏谦对视一眼，两人不约而同地停下了方才的话题。

　　之后好几天，魏谦都是接送俩孩子上下学的。

　　败家的小学校，早晨上学太晚，晚上放学又太早，魏谦配合他们的时间非常困难。

　　早晨还勉强能凑合，下午放学那点钟尤其缺德，三点多，魏谦离下班还早，他得拖着一条打着石膏的胳膊两头跑，每天以最快的速度冲到小学校，急匆匆地把两个崽子弄回家，一人给买个五毛钱的"双棒冰棍"，然后把他们俩反锁在家里，再赶投胎的一般风驰电掣地跑回去。

　　字面意思，他真是用腿跑的，魏谦因为即将要转到夜班那边，本来就有好多人暗中看他不顺眼，他怕耽误时间太长，给别人说三道四的机会，又不舍得那点车钱。

　　他就这样活生生地练出了一双赶超公交车的飞毛腿。

　　宋小宝那个没心没肺的一点也不知道心疼她哥，对这样的生活还挺满意，因为每天有一根半的"双棒"吃……多出来的半根来自于魏之远。魏之远一般会把双棒掰开，自己先吃一半，剩下一半多数时候就便宜小宝了。

　　好吃懒做——他已经完全摸清了这个小妹妹的德性，并十分擅长对付她了。

　　这么驴拉磨似的来回跑了十几天，等魏谦去医院复查的时候，当场被医生劈头盖脸地臭骂了一顿，提出严重警告："你要再这样，就等着长一条'山路十八弯'的胳膊吧！"

　　麻子就带着两个小东西在外面等着，这一大两小都没见过世面，魏谦觉得在他们面前挨训十分没面子，自己大哥的权威都遭到了破坏。

　　魏之远在外面听着，一声没吭，感觉心里好像被磕了一下，酸疼酸疼的。

他心里生出某种男子汉一样的保护欲，而躯体依然是幼小稚拙的。

日益生长的渴望强大的心和儿童有限的生理条件之间的矛盾，构成了魏之远青春期之前的主要心理矛盾。

当天半夜，魏谦就听见厨房里乒乓乱响，他伸手一摸，旁边的那小子不知什么时候起来了。魏谦揉着眼低骂了一句，走进厨房，抬手拉开厨房的灯，一边抬手挡刺眼的灯光，一边不耐烦地说："大半夜不睡觉，你瞎折腾什么？"

魏之远正拖着一条长长的钢管，无辜地抬头看着他。

厨房连着阳台的那一半地方平时是做饭用的，另外这一半就用于堆放各种杂物了，杂物里不乏各种魏谦随手丢在里面的"凶器"。

魏之远就是从这堆杂物里拖出了一根废旧钢管，他这回特意挑了一根比较短的，趁他的手，不至于像上次一样丢脸地将钢管拖拉在地上。手里拿着武器的时候，他会觉得自己非常有力量。

魏谦愣了愣："你拿它干什么？"

魏之远看了一眼他换了新绷带的胳膊，挺了挺胸说："我带着上学，明天你就不用来了。我带小宝回来，到家我看着她不乱跑，会反锁门。"

他说这话的时候带着某种理所当然的态度，俨然是个能扛事的小大人。

魏谦觉得心里怪窝得慌的，这捡来的小子不是个白眼狼，懂事，知道心疼人，可面上，魏谦却依然不客气地皱了皱眉，一只手把魏之远拎起来，打开水龙头把他的小脏手冲了冲并说："你还能耐了——把手洗干净，给我老实睡觉去，再折腾我揍你！"

魏之远顺从地没争辩，大哥表情虽然臭，话也不好听，但是魏之远不在意，反而很爱听。他是受过真虐待的孩子，分辨得出哪种是真正的恶意，哪种只是不同形式的关心。

不过魏之远虽然当时是没吭声，第二天趁魏谦不注意的时候，他还是把那根水管塞进了自己的书包。

下午魏谦按着平时的时间跑来接人的时候，却在半路上就看见了小远正带着小宝往家的方向走。

这两个崽子竟然没等他，胆大包天地自己回家了。

因为在马路对面，他们俩没看见魏谦，魏谦也没过去，只是不远不近地在后面跟着。

第四章

横祸

虽说是营养充足了、长开了点，那小男孩也不过只比小女孩高出两个指头，然而他就像一个有力的保护者，表情严肃，一只手拉着妹妹，另一只手举着一根脏兮兮的钢管，把回家的这一小段路走得如同闯天门阵一样义无反顾。

魏谦有些啼笑皆非，他一路目送着俩小孩到了家，魏之远非常严肃地让小宝先进屋，然后他就像地下工作者一样举着那可笑的钢管，探出头来在家附近仔细地侦查一番，没能侦查到敌情，却发现他哥正吊着胳膊，站在不远处的墙根下看着他。

魏之远愣了愣，随即，他看见魏谦不但没有对他擅作主张发火，反而对他微笑了一下。

魏谦抬起少年人那种特有的极清瘦的下巴，冲魏之远点了点，示意他锁好门。

魏之远乖乖地转身进屋，把门反锁，爬到床上，扒开窗帘，趴在了窗户上，看着魏谦点了根烟，默默抽完，算是歇了歇脚，快步转身走了。

"哥连口水都没喝呢。"魏之远这样想。

当天晚上，魏谦回家的时候就惊讶地发现桌子上的搪瓷缸子里，有人给他凉了一杯白开水，伸手一摸，不凉不热，温度正好。

之后一个礼拜，都是这样过的，魏之远独自带小宝放学，然后魏谦远远地缀着他们俩，看着他们到家锁好了门，再离开。

终于，妞妞的事已经过了一个月，附近没再发生过别的不太平的事，而魏之远又看起来非常靠谱，魏谦决定不再接送他们俩了，三个人又各自恢复了生活的正轨。

结果就真出事了。

那天魏谦早晨起来晚了，他头天晚上断断续续地做了一宿模糊不清的梦，梦的内容，他一睁眼就不记得了，但肯定是不怎么愉快的，直到起床，他的胸口都被压得难受。

他在床边坐了两秒钟，突然想起来两个崽子还要上学，早饭还没着落，赶紧爬了起来，谁知他到厨房一看，发现魏之远正在一脸严肃地用大勺子搅着开水锅里的速冻饺子。

魏谦靠在厨房门上，轻声问："怎么不叫我一声？"

魏之远回过头来冲他呲牙一笑，露出两颗白得要命的小虎牙，讨人喜欢极了。

魏谦在他的脑袋上摸了一把，转身进了卫生间，他用力揉了揉自己的眼睛——眼皮不知道怎么回事，一个劲地跳。

等他把脸洗完，魏谦才想起来，今天早晨原本是想让麻子给炸几根油条的。

魏之远像做化学实验一样一丝不苟地煮完了一锅饺子，三个人刚在餐桌旁边坐下来，突然，楼下一声巨响，好像是什么东西倒了，紧接着是一声尖锐得刮耳朵的惨叫，跟着就一片混乱。

魏谦端着碗推开窗户往下看了一眼，随后，他像是火烧了屁股，跳了起来，饭也顾不上吃了，一把抓起钱包跑下了楼，只来得及匆匆嘱咐了一句："你们俩自己上学，路上慢点。"

没有几分钟，楼上三胖也跟着下来了，此时楼下已经围了一圈人。

出事的是麻子他们家的早点摊。

麻子每天凌晨下班，帮他妈把早点摊支起来，炸油条卖豆浆，到九点半左右才收。

早点摊是露天的那种，几张简易桌椅，一个豆浆桶一个油锅。

起因是一辆出租车开了过来。这条路平时不走车，因为太窄，一辆车进来几乎能占了整条路，司机不知是迷路了还是怎么的，误闯了进来。就在出租车小心翼翼地往前开的时候，路口那突然拐进来一辆电动三轮车。

电动三轮车的车主在赶路，开得飞快，拐过来才发现前方有车，再要刹车已经来不及了。

三轮车的车主本能地一扭车把，车子借着惯性冲上了路边，毫无缓冲地撞上了撑着油锅的小摊。麻子妈正好在油锅后面炸油条，一锅沸腾的热油倾倒下来，整个泼在了她身上，连油锅带人，被停不下来的三轮车拱出去一米多远。

魏谦暴力地拨开人群挤进去的时候，头皮都炸起来了，因为天热，麻子妈只穿了非常薄的短袖和七分裤，大片暴露在外面的皮肤被热油一烫，顷刻就不能看了。

有那么一瞬间，魏谦觉得她都熟了。

空气里甚至散发出某种诡异的肉熟香味。

麻子整个人都傻了，眼睛睁得快要脱开眼眶，直眉楞眼地在旁边一动不动，仿佛成了一尊雕像。魏谦照着他的脸扇了一巴掌，对着麻子的耳朵嚷嚷说："你还看什么看！啊？你妈都熟了，还不去叫救护车！"

他转过身对旁边的人咆哮："车！把那三轮车搬开！"

几个路人忙站了出来，七手八脚地把肇事的电动三轮车搬走。电动三轮车主见势

第四章 横祸

不妙，本能地想溜，被魏谦一只手拽了回来，一脚端在了膝盖窝上，狠狠地摁在地上。

三胖在后面喊："谦儿！别管那孙子了，我报警了，交给警察，这锅都粘在肉上了，怎么办？"

魏谦回头冲他喊："我怎么知道！"

最后，是三胖的父母用大澡盆接了一盆的凉水抬过来，小心翼翼泼在了滚烫的油锅上，也不知处理得对还是不对。接着，救护车和警车都到了，把麻子妈拉走抢救去了。

魏谦也不知道为什么自己一发现出事了，本能的反应就是拎起钱包往下冲，大概此时此刻，他已经有了成为一个钱串子的本能，潜意识里就觉得只有带着钱才有安全感。

不过也幸亏是这样，麻子那傻缺浑身上下只有十二块五毛，木呆呆傻乎乎，什么也不知道，魏谦跟着过去，作为一个独臂大侠，在医院上上下下跑了个焦头烂额。

快到中午的时候，三胖和一个警察过来了，带来了另外两个事故当事人。

说来也是倒霉，这两个人，一个是开出租的司机，一个是卖杂货的小贩，司机脸色灰白如丧考妣；小贩也不知道是不是被魏谦一脚端的，腿始终在哆嗦，站着不动都两股战战、摇摇欲坠，活像一片风中飘零的树叶。

交通事故，解决的是要钱的，麻子妈要是死了尚且好办，万一她活下来了，这种重度烫伤，以后指不定是个什么状况，说不定还要负责一辈子。

而要命的是，这两个肇事者偏偏都没钱。

可在医院的楼道里，面对着几双沉默得仿佛要把他们扒皮抽筋一般的眼睛，"希望正在抢救的人死了"这种话，肇事者是无论如何也说不出来的。

巨大的恐惧和不知所措无从发泄，骑电动三轮车的小贩突然"扑通"一声跪在地上，撕心裂肺地大哭起来。

随行警察问三胖："你是他们什么人？"

三胖答："邻居。"

警察"哦"了一声，又问："小孩是她儿子吧？那女的他们家还有谁？她男人呢？"

三胖答："死了，就孤儿寡母。"

警察颇为动容，但对此情此景，他既不知该发表什么感慨，也不知该给什么建议，好一会，才叹了口气说："这不好办，都没钱，肇事方肯定无力承担赔偿金，你啊……唉，还是让家属做好心理准备吧。"

三胖抬起眼,茫然地问:"那……不赔钱怎么办?"

警察想了想说:"家属可以起诉——不过我跟你说句实话,省省,起诉也没用,这种事法院多半会判肇事方赔偿,可判不判没区别,赔不起照样赔不起。"

仿佛是为了印证他的话,跪在地上的小贩突然用力地在地上磕起头来,磕得地板都在震颤,完全是要一头撞死的模样,嘴里含糊不清地喊着:"你们让我给她偿命吧……我家里还有个病婆娘,孩子才五岁……我怎么办啊?我没办法,求求你们了,求求你们了……让我给她偿命吧!"

一直沉默的麻子突然冲上去,疯了一样地对着那人拳打脚踢,众人赶紧上去把他拦了下来,魏谦吃力地用一条胳膊抱着他的腰,喊道:"行了行了,打死他有什么用?"

麻子喉咙里爆发出一声嘶哑的吼叫,像是一只受伤的野兽,把全身的力气都吼出去了。

而后他忽然全身脱力一样跟跄了几步,背靠着墙滑了下来,捂住脸,肩膀剧烈地颤动了起来。

受害人依然在抢救,生死不明,肇事人和受害人家属在外边面对面地痛哭。

随行的警察大概是个刚上班没多久的年轻人,脸上稚气未脱,还没能习惯人间无可奈何的生老病死,临走的时候,他翻遍了全身,也没能翻出什么值钱的东西来,只好颇为自嘲地对三胖说:"我也是个穷人啊。"

然后他把证件和卡抽了出来,把钱包留下了,里面总共有两百块零三十块的纸币,还有一把钢镚。

魏谦和三胖陪着麻子在医院待了一整天,傍晚的时候,魏谦的眼皮莫名其妙地又开始狂跳。

他跟三胖打了个招呼,出去透了口气,抽完一根烟,掐算着时间差不多,两个孩子已经到家了,于是用医院门口的 IC 电话拨通了家里的号。

那时候市面上已经有手机卖了,可不是他们这种人能用得起的,不过家用座机电话倒是随着手机上市而走下了神坛,变得便宜起来。

尽管如此,魏谦家的电话号码只有乐哥和几个好兄弟知道,魏家长定的家规,电话严禁滥用——电话费是要收钱的。

电话通了,没人接。

第四章

横祸

　　魏谦皱了皱眉，挂上电话，等了一会，又拨了一遍，还是没人接。

　　第三遍电话没人接的时候，魏谦的心已经狂跳了起来，身后有等着排队打电话的人不耐烦地开口催他："哎，小伙子，你电话打完没有？这么多人都等着呢！"

　　魏谦杀气十足地回头看了他一眼，对方顿时不敢吱声了，骂骂咧咧地嘀咕了两句，转头去找其他的公用电话。

　　魏谦不死心，又打了几遍电话，一遍一遍地依然无人接听，他手指尖凉得都麻木了。

　　"谦儿，怎么了？"三胖见他许久没回来，出来找了他一趟。

　　魏谦勉强镇定，舔了舔干裂的嘴唇，强迫自己压低了声音，放慢了语速："我……我不知道，家里电话没人接，那两个小崽子……"

　　他说不下去了，意识到自己再说下去，可能就要开始嚷嚷了。

　　三胖在他肩膀上推了一把："你先回去，我在这盯着，我再给你找几个人帮忙——俩崽子指不定今天没人管跑哪玩去了，你别着急。"

　　魏谦撒腿就跑。

　　三胖愣了愣："你慢点，看车！"

　　三胖感觉自己已经算是出身贫寒，然而在他一生中见过的人里，像魏谦和麻子一样倒霉的孩子还真是绝无仅有。尤其魏谦，这小子活到这个岁数，好像就没过过几天舒心日子，不是在操心就是在操心。三胖总是忧虑地想，迟早有一天，他得把自己的心活生生地操碎了。

　　这是福无双至，祸不单行。

　　魏谦一路狂奔回家，老远看见三胖的一个兄弟磊子正蹲在门口，大概是被三胖打电话叫来帮忙的。

　　看见磊子正蹲着跟宋小宝说话，魏谦才停了下来，此时，他的背心已经让汗浸透了，他弯下腰，一只手撑住膝盖，大口地喘了一会儿气，额头上一滴汗水落下来，从浓密的睫毛缝里渗透下去，没落进眼，顺着眼睫毛的边缘流下去了，简直像哭了一样。

　　魏谦抹了一把额头上的汗，沉着脸大步走过去。

　　他先和磊子打了招呼，道了谢，然后急迫地一只手捏住宋小宝的肩膀，粗鲁地把她扯到跟前，上下一扫，见她除了眼圈有点红之外，连皮也没擦破一块，这才稍微放下点心，而他脸上却依然凶神恶煞，像审犯人似的审问小宝："怎么回事？为什么不接电话？

为什么不进家? 小远呢?"

小宝嘴一瘪，可算是见到亲人了，眨巴着眼睛就要哭。

还没等她哭出来，就被魏谦一嗓子吼住："不许哭! 小远呢?"

小宝硬生生地把眼泪给憋回去了。

宋小宝说得断断续续，词不达意，好不容易才说明了事情的经过。

自从魏谦不再接他们俩放学以后，每天晚上一根"双棒"的福利就没有了，对此小宝非常的不高兴，可是她不敢开口找魏谦要钱，魏之远肯定不会要，指望他们大哥能自己想起这点鸡毛蒜皮的屁事，更是天方夜谭。

于是他们俩商量好，每天走小路沿途捡易拉罐，捡回来以后偷偷藏在小宝床下，等着卖了换钱用。

这一天不知道为什么，小远照常走到一半，突然不让她走小路了，两人绕回到了大马路上，宋小宝不明白是怎么回事，照例是跟他吵嘴，结果这次魏之远连招都没接，不由分说地一路强行拽着她走了。

当时魏之远表情太可怕，所以宋小宝最后毫无异议地顺从了。

宋小宝这个同学，是个非常典型的怂孩子，平时蹬鼻子上脸，别人声色一厉，她一秒钟就能变成一只小鹌鹑。

幸亏是个丫头，不然将来长大了没准是个当公公的好材料。

魏之远带着她漫无目的地在大马路上乱转，先是到了十字路口处的百货商场里，七扭八歪地转了一圈，出来以后他又非常警觉地往周围看了看，带着她走了好几家小店，都是从前门进后门出，足足在外面晃荡了半个多小时。

之后，魏之远才带着小宝往家的方向走去，那时天都有点黑了。

回家要穿过一片小胡同，必经之路，没法绕。

宋小宝看见，当时小远不把书包好好背着，而是拎在手里，书包拉链拉开，他一只手塞在包里，也不知道是在找什么，足足找了一路，手都没拿出来。

然后她听见脚步声，魏之远的神经好像一下就绷紧了，宋小宝就看见一个男人走过来。

第四章 横祸

具体多大年龄，长什么样，她哭哭啼啼地也说不清楚，只会说是个大人，像三胖的爸爸一样大的一个陌生人。

魏之远突然使劲推了她一把，让她快跑。

直到这时，宋小宝依然弄不明白发生了什么事，然而小远的态度带给了她莫大的恐惧，尽管小宝不知道她自己在怕什么，可当时就是吓得汗毛都立起来了。

她本能地遵从了他的话，跑到了小路尽头，越跑越害怕，忍不住回头看了一眼，发现小远把手从书包里伸出来了，原来他的书包里藏了一根钢管。男孩双手握住了，侧身贴在墙上，警惕地看着那个陌生人。

瞥见她回头，魏之远愤怒地冲她喊："快跑！打电话找大哥！"

宋小宝再不敢停歇，一口气地跑回家，可直到家门口，她才发现，自己根本没有钥匙——他家的钥匙总共有三套，一套魏谦拿着，一套放着备用，还有一套以前是三胖妈拿着，现在给了魏之远。

魏谦本意是想着反正这俩孩子总是同进同出，用一套钥匙就够了，小宝毛手毛脚的，给了她也怕被她弄丢了，可节骨眼上，两个孩子把这码事给忘了。

如果不是碰见接到三胖电话匆匆赶来的磊子，小丫头现在还主意全无地在门口哭呢。

魏之远在外面流浪过，对各种恶意的人比小宝敏锐得多，恐怕是半路上就感觉到自己被人跟上了，所以才带着小宝绕路。他的处理方法其实很正确，只是孩子毕竟还小，最后到底没能甩掉对方，还是被堵住了。

这时，三胖也赶到了，三胖实在不放心，打完电话以后跟着就打了辆车回来。

一下车，他就上气不接下气地对魏谦说："没事，谦儿，你放心，乐哥也听说了，他知道是你家的事以后，立刻派人去帮你找了，你……"

他的话音突然被打断，因为魏谦面无表情地抬起手，一巴掌把小宝的脸打到了一边。

磊子吓了一跳，忙跳起来拦在魏谦和小宝中间劝道："谦儿，哎，谦儿！她还小呢，一个小屁孩子，她懂什么？你跟她急什么？"

三胖比较不客气，三步并两步地冲过来，冲着魏谦的耳朵咆哮："你是活驴吗？往哪打呢？小孩的脸不能打你知道不知道！魏谦你是不是疯了？你个混账的玩意儿下手那么重，打聋了她怎么办？啊？！"

小宝有生以来第一次挨打，她简直是震惊的，开始没反应过来，好一会，才感觉到脸上火辣辣地疼，她难以置信地伸手捂住脸，脸皮涨得通红，眼眶里开始蓄满了泪珠。

被三胖扯到一边的魏谦冷冷地看着她说："我看你敢哭！你还有脸哭？"

小宝果真就不敢哭了，竭力忍着，实在忍不住，她抽筋一样地抽噎一声，脸都憋得由红变紫了。

魏谦把自己的胳膊抽出来，居高临下地看着可怜兮兮的小丫头，问："你把他一个人丢哪儿了？"

小宝抽抽噎噎地说了一个胡同名："我……我刚、刚才跟磊子哥说、说过了……"

磊子赶紧说："对对，我刚才通知过了，现在有兄弟往那边过去了，谦儿你别急啊。"

魏谦弯下腰，直视着宋小宝的眼睛："明哲保身，临阵脱逃，宋离离，我教过你这么做人吗？"

这句话里有两个词小宝没听懂，可不妨碍她领会了精神。这比大哥抽她一耳光还疼，宋小宝的眼泪终于大颗大颗地掉了下来。

三胖看不下去，把小宝拉到身后："你怎么说话呢？你这是迁怒！非得把你亲妹妹搭进去你才爽是吧？你有病啊！"

魏谦无视了他，从兜里摸出钥匙递给磊子，客客气气地说："谢谢兄弟，屋里喝杯水去，我今天招待不了，得先看一眼去。"

说完，他看也不看宋小宝一眼，扭头就走。

宋小宝哭得更凶了，三胖赶紧弯下腰把小宝抱了起来，笨拙地像只大熊一样拍着她的后背，哄着说："妹妹，咱不哭啊，你哥今年没打疫苗，狂犬病犯了。没事，三哥给你找条毛巾敷敷，一会就不疼了，不怕不怕，三哥在这，你哥不敢再打你了。"

小宝趴在他的肩上，哭了个死去活来。

在宋小宝的童年里，她只记得一个人的怀抱，就是她的胖子哥。

胖子哥一到夏天身上就有股怎么也洗不掉的汗味，再干净都显得臭烘烘的，更别提有时候他身上还会沾上油烟味、菜味，呛人得很……然而那几乎是她能得到的唯一一点温暖的抚慰。

第四章 横祸

她短命的妈死得太早太不体面,以至于她对那个女人没有任何印象。

而哥哥……打她有清晰的记忆以来,大哥似乎就没怎么抱过她,最亲昵的行为也顶多就是在她头上摸几把。

小宝有时候半夜里踢被子,被冻醒了也不盖上,都是故意的,她装睡等着哥哥来给她盖,哥哥会非常轻柔地拉上被子,掖一下被角,有时候还会顺手把她脸上的头发拨到一边。

那是他白天没有的、难得一见的温情。

她哥疼她,小宝知道;她要什么大哥给什么,小宝也知道,可是她依然畏惧他。很多时候她主动开口跟他要点东西,也要得心惊胆战,并不十分地理直气壮,因为大哥在家里老是冷着一张脸,皱着眉来去匆匆,甚至没耐心和她多说几句话、陪她看一会电视。

小宝总觉着大哥虽然爱她,爱得却非常有限,如果她太讨人嫌,说不定大哥那一点爱就收回去,不再给她了。

小宝号啕大哭,并不是因为魏谦打了她,她更害怕大哥不喜欢她了。

可惜胖子哥是个糙人,安慰人总也安慰不到点子上。

魏谦是在半路上碰到小远的,小远跟着乐哥的一个小兄弟,那位兄弟叫小贺,跟魏谦虽然不是很熟,但也偶尔有些来往。

小贺走在前头,不时回头看一眼后面的孩子还跟没跟着,魏之远见过他一面,算是认识,因此肯跟他走却拒绝让小贺拉着抱着,只一言不发地拎着他的钢管走在后面。

小东西走路的时候不抬头,专心致志地看着脚下,从小贺的角度,只能看见他头顶上小小的发旋。

小贺找到魏之远的时候,没能看见那个传说中专挑小孩下手的变态,只有一个六十来岁的老阿姨手里拿着个长把的扫帚守着小远,不时问他两句什么。

那变态已经跑了,魏之远外衣扣子崩掉了两颗,脸肿起一半,头上有一条大口子,明显是有人按着小孩的头往墙上撞的,钢管底下的尖沾了一点血迹,墙上和地面上都有尖利的钢管划过的痕迹,可见是经过了一番战斗。

这个小战士从头到尾没有放弃他的武器,直到幸运地惊动了一个刚好经过这边的老阿姨。

小贺过去的时候,魏之远正缩在墙角休息,感觉到有人靠近,肩膀明显收紧耸动了一下，整个人紧绷起来，虽然没有动作，但是小贺有种错觉，仿佛自己再往前走一步，那小崽手上的钢管就敢照着自己的脑袋削。

小贺停下脚步，试探着叫了一声"小远"，魏之远费力地睁开肿了的眼睛，打量了他片刻，认出了小贺，身体才微微放松了下来。

老阿姨狐疑地看了看这个疑似混混的小青年，不放心地问："孩子，你认识他吗？"

魏之远点点头。

老阿姨这才放心，带着她的长把扫帚走了，末了感叹了一句："都什么人啊？该枪毙！"

小贺检查了一下，发现小孩身上的衣服还是完完整整的，好歹先松了口气。

他在前面走，魏之远就不远不近地在他身后跟着，脚步有些踉跄，但是态度非常强硬，他不让人扶，也不正眼抬头看人。小贺觉得这小子小小年纪，身上就有种亡命徒一般的气质，好像不知道疼也不知道害怕，本能地会和人拼命。

小贺也不再试图和他交谈，因为这小崽满脸血一身伤，还杀气腾腾的模样让他有点毛骨悚然。

直到魏谦冲过来一把抱起了魏之远。

小男孩好像愣了几秒钟，才反应过来抱着他的人是谁，他后知后觉地放松下来，手里的钢管"当啷"一下落到了地上弹了两下。小贺看见那双布满尘土和血的苍白的小手紧紧地攥住了魏谦的衣服，接着，魏之远整个人都哆嗦了起来，就好像这孩子天生反应比别人慢半拍，直到这会儿才明白发生了什么事，直到这会儿才刚知道害怕。

他像小猫一样叫了一声："哥……"

小贺看着小孩猫崽一样小心翼翼地把头埋进魏谦的颈窝里，还以为他要哭，可是魏之远到底没哭，他只是在大哥怀里瑟瑟发抖了片刻，过了一会，仿佛要确认什么似的，又叫了一声"哥"。

魏谦问："疼不疼？"

魏之远从不知道大哥也有这么温柔的时候，几乎有些受宠若惊，先是本能地点点头，而后反应过来，又用力地摇了摇头。

没想到他这一摇头，两行鼻血就流淌了下来，魏之远立刻抬起袖子，囫囵地抹下

第四章 横祸

去，偷偷地把沾了血迹的手背在身后，生怕大哥嫌弃。

可是这回，他那脾气臭、嘴毒的大哥没有嫌弃，也没有放下他，甚至允许他腻腻歪歪地伸出胳膊搂住自己的脖子，把头靠在自己的肩膀上，一路把魏之远抱回了家。

魏谦还是个少年，个头已经差不多了，肩膀却没有完全拉开，骨头有些硌人，肌肉没来得及长成型，硬邦邦的。

可是这硬邦邦的肩膀硌得他越疼，魏之远就越觉得有安全感。

小男孩不知不觉中，靠在了这么一个硬邦邦带着些许药味的怀里睡着了。

CHAPTER 05

第五章 · 歧路

宋小宝和魏之远这两个崽子的相处模式，比每年妹子身上流行的衣服款式还要让人费解。

通常是五分钟之内能在"互掐"和"和好"之间无障碍切换好几次。

比闪电还要迅捷无常，不是愚蠢的凡人们能跟得上的。

宋小宝在给魏之远起外号上，极尽其稀有的语言天分，她最喜欢的几个外号是"狗崽子"、"大眼灯"、"芦柴棍顶的羊粪球"（简称"羊粪球"）、"小王八"、"王八蛋"等等，魏之远则比较简洁，通常"丑丫头"三个字就能眨眼间杀她个干干净净。

不过那天以后，宋小宝对魏之远的称呼忽然之间不再那么千变万化了，她从此将其精简成了一个"二哥"。

宋小宝停止了单方面的挑衅，在魏之远面前，她终于从一个讨人嫌的熊孩子，变成

第五章

歧 路

了一个可人疼的小丫头。魏之远投桃报李，自然也把对她的称呼精简成了"小宝"，从此，两个小崽子从宿敌关系进化成了正常的兄妹关系。

然而魏谦没空对这些小孩子们的闹腾与和好喜闻乐见，他们俩只要不动手，即使吵架了他也看不出来，和好了，他也同样没什么感觉，魏谦天生能做到对自己不感兴趣的事熟视无睹。

那天，魏谦给魏之远的小脸上抹完消肿的药，脸上不动声色，也没什么表示，极尽别扭地安抚了被他迁怒的小宝。

小宝泪眼蒙眬地看着他，可怜巴巴的小眼神简直让人心碎："哥，你还生我气吗？"

魏谦垂下眼，手指无意识地在身侧捻了捻，他脸皮绷得严肃，心里却尴尬又懊恼。面对他的宝贝妹妹，魏谦既抹不开面子，挺胸抬头地承认一句"对不起，哥纯属迁怒，不该打你"，也难以厚颜无耻地把自己的错误揭过去，摇个头说一句"不生你的气了"。

俩人足足僵立了十多秒，魏谦才开腔说："我……咳，我以后一个礼拜给你们俩十块钱吧，你不是爱吃冰棍吗？"

竖着耳朵旁听的三胖听了简直要绝倒，服了这头顺毛眯眼、逆毛炸的驴。

魏谦擦干了小宝的眼泪，把她哄好，又把俩孩子赶去睡觉后，他这才走出家门，和三胖他们说："找到这个人，我必须要废了他。"

他说这话的时候，表情和语气收敛得几近于平淡，就好像随便一句"我要去楼下买包烟"。

大概就是从那时候起，少年魏谦开始学会了喜怒不形于色。

三胖觉得，出于哥们儿义气，他应该附和，可不知为什么，他总觉得有一点隐隐地恐惧，当着其他人的面，他没有说出来，说出来显得自己很怂。魏谦眼下是乐哥那儿的红人，小贺他们多少有点巴结的意思，一个个信誓旦旦地说一定帮他找到这个人，三胖在旁边拍了拍少年瘦削的肩膀，最终一言未发。

表面上，是别人把话都说尽了，三胖他一切尽在不言中；实际上，在三胖的内心世界里，某种巨大的忧虑开始浮现出来。

打架、闹事，甚至小偷小摸，这些都是浑小子们的日常，尽管都不是好事，可也捅不出大篓子，可魏谦只说了那么一句话，就不再提这件事了，转身去和小贺他们客套地道谢。

三胖了解他,知道他这是在憋着大事,他感觉到魏谦那种孤注一掷、无法无天的杀意,觉得魏谦这是要疯的前奏。

那一瞬间,三胖衷心地希望那个变态躲远一点,永远不要被魏谦找到。

魏谦确实要疯,第二天就拆了石膏,转到了妖魔鬼怪的夜场,这样,他就能在白天继续接送俩孩子。

那时候,摇头丸之类的新型毒品还没能流行起来,相关的监管也不严,夜总会里什么都有:有早期的特殊工作者,也有病病歪歪的瘾君子;有年轻人疯狂的舞池,还有摇滚青年深夜狂欢的剧场。

通宵达旦,酒气熏天。

两碗黄汤上了头,几乎每天都有闹事的。

魏谦对付的就是这一帮人。

他的胳膊刚长好,就开始了新一段密集的干架生活,他几乎每天都要带人打一架,每天凌晨都是一身酒气一身伤地回来。短短的两个月,魏谦就以疯狗一般的姿态,横空出世,成了一个颇有名望的打手。

乐哥不亏待有本事的兄弟,那段时间让魏谦收入颇丰,而那个变态的消息,也一直有小兄弟在给他打听。

可不知道是不是三胖少年的祈祷感动了上苍,竟然真的一直没找到。

魏谦的身体在一次又一次激烈的冲突中变得结实起来,也开始有人叫他"小魏哥",他以不可思议的速度染上了真正的打手那种危险的气场,和当年那个中午偷偷溜出学校跑到台球厅蹭饭的少年判若两人。

暴力,是一种非常危险的行为,在这种行为中,它能不断地自我奖励、自我加强,最后改变一个人的人格。

没有接触过的人,永远也不会明白为什么会有人沉迷于暴力。它就像一剂毒品,能在一瞬间点燃身体里的肾上腺素,能用一种剑走偏锋的方式建立起扭曲的自尊和自信,安全感、归属感,甚至于在小兄弟们畏惧的目光下,魏谦能在其中找到某种程度上的自我"价值"。

它能带给人一种类似于"成功"的体验,而就如同"成功"会在潜移默化中把一个

第五章 歧路

人变成"成功者"思维，"暴力"也会在潜移默化中把人变成"暴力者"思维。

沉迷于其中的人，会不由自主地开始自我膨胀，规避正常人对"后果"的顾虑，规避解决问题的其他思维方式。

畏惧与负罪感会在自我否认的情况下率先瓦解，而后自我控制力开始崩塌，直到最后，这个人所有的良心、道德感与温情，都会一同在内心泯灭，终于落到一个"不可救药"的地步。

有人说所谓"亡命徒"大多是为了钱连命都不要的人，其实并不准确，他们不要命换来的东西，远比单纯的"金钱"来得复杂。

而魏谦，正步履清晰地走在这条"康庄大道"上。

他走得无知无觉，冷眼旁观的三胖却看得心惊胆战。

三胖终于忍不住，第二次私下里和魏谦说："你别干这个了，还是去看网吧，那多轻松，白天还能休息一会，咱弟弟妹妹上下学我替你接送好不好？"

当时已经是深秋了，魏谦仗着年少火力壮，傻小子睡凉炕，丝毫不讲究地把脑袋伸进水龙头下面，用凉水冲洗，听见这话的时候，正好抬起头来。

他拎起一条毛巾把自己劈头盖脸地乱擦一通，然后用力左右甩了甩脑袋，回答说："不用，你别多事。"

三胖只好再次闭了嘴。

三哥看着魏谦长大，了解这小子，说一遍可以，他知道是好意，也知道领情；说多了，他那驴脾气上来，真能六亲不认地跟你急。

三胖只好岔开话题说："哎，你说那麻子怎么回事？神出鬼没的。这街坊邻里的住着，我还一天往医院跑一趟去看他妈，可愣是半个月没见过他了，怎么回事？"

麻子他妈在重症监控室住了好长时间，高昂的住院费弄得这哥仨差点砸锅卖铁。最后，麻子把他们家房子给抵押出去了，借了一笔钱，好歹让他妈捡了一条命，可是她被烫得不像人样，一条胳膊和一条腿彻底截肢，再也站不起来了，估计以后也要这么不人不鬼地过一辈子。

以后他们再也没地方吃她做的豆浆、油条了。

魏谦一愣，他白天没事的时候也会去医院，看看账上还有没有钱，尽自己能力补上些，但他也有半个多月没见过麻子了——他还和麻子在同一家夜总会工作呢。

三胖皱起眉说:"你说那孙子二百五傻兮兮的,不会出什么事吧?"

被他一提,魏谦上了心。有一天晚上,他正好值后半夜的班,魏谦特意磨蹭了一会,在监控室里等着,等到了三点多,他险些睡着了,才看见麻子打扫完第一批退了的包厢走出来。监控很不清晰,魏谦看到距离麻子不远处还有另一个人,长什么样看不清楚,但是一直和麻子保持同样的距离。

好像竭力不让别人发现,他和麻子是一起的。

魏谦一激灵,他从监控室出去,留了个心眼,避开了摄像头,小心地跟上了麻子。

他不敢跟太近,和麻子一起的那个人太警觉,几次三番地往后看。

麻子和那人走进了一个避风的小胡同,天还没亮,魏谦站得又太远,只勉强能看见麻子掏出一叠钱给那个人,那人接过去以后点了点,然后抽出几张递给麻子,又给了他一小包东西。

两人匆匆分手,魏谦被深秋清晨的风吹得头疼。

确定那人走了以后,魏谦又小心翼翼地跟了麻子一段路,直到他觉得安全了,才走出来,叫了一声:"麻子!"

他准备对方才的事好好审问麻子一番,谁知麻子回头一看,见他如见鬼,惊弓之鸟一般,撒腿就跑。

魏谦立刻追了上去。

麻子跑得像兔子一样快,在小胡同里东拐西拐,没多长时间,魏谦就失去了他的踪迹。

魏谦用力踢飞了一块石子,低骂了一声:"该死的!"

他无计可施,只好回家,在麻子家门口蹲点等着。

可是魏谦等得天都快亮了,自己家的灯都已经灭了,小远和小宝起床准备上学了,他也没能堵住麻子。

麻子好像知道魏谦会蹲在他家门口堵他,干脆不回家了。

他甚至连医院也不去了,只有账上快没钱的时候才神龙见首不见尾地悄悄去交个钱,自从在夜总会里被魏谦看见一次,他就铁了心地开始躲着魏谦。

第五章

歧路

这天晚上，魏谦不当班，他和三胖不知道第几次在麻子家门口转悠，三胖从魏谦手里抢了根烟，往地上一蹲，盯着地上的蚂蚁窝说："丫够能藏的啊，哎谦儿，你说那小子当年念书那会儿，要是有这迂回的脑子，他能连个数也数不过来吗？"

魏谦被他念叨得烦，说："闭嘴，那么多话，你嘴漏？"

三胖捂住胸口："你们这群小兔崽子，都'儿大不由娘了'是吧？我一把屎一把尿……"

魏谦凉飕飕地扫了他一眼。

三胖的话音戛然而止，片刻后，他用一种半开玩笑的口气意味深长地说："你没发现你最近戾气越来越重？毛血旺吃多啦？"

魏谦没理他，三楼的玻璃上，魏之远趴在了窗户上，指了指某一个方向，冲他们做着口型。

三胖问："那猴孩子趴窗户上跟个壁虎似的，干什么呢？"

魏谦一把拉住三胖，拐进了麻子家后面的小胡同，悄声对三胖说："我让他盯着远处给我望风。"

三胖大感惊奇："因为这事，你还给他买了个望远镜？"

魏谦回答道："没有，他不知道从哪弄来的塑料的凹凸镜，对好焦距自己拿硬纸卷糊的。"

"真棒，心灵手巧，科学家的好苗子……我去，这是什么？"三胖感慨万千。

魏谦从墙角拎起了一个麻袋和一卷麻绳，自己拎起麻袋，把绳子丢给三胖："躲老子？绑了他。"

三胖低头看着手上的一卷麻绳，更加感慨万千地说："真棒，'杀人绑票'，你是做梁山好汉的好苗子！"

魏谦走了两步，回过味来："你骂我是土匪？"

三胖："哎哟喂，宝贝，你可真有自知之明。"

魏谦："……"

三胖看不惯他，所以三天两头地要拿话茬刺他两下，魏谦心里都知道，但他也不计较。

他走着自己选的路，生死不论，无怨无悔。

可如雨中孤身穿行，凄风苦雨，满身泥泞，别人愿意拿手心捂他一下，他只觉熨帖，并不反感。

麻子远远地窥探了一番，确定胖子和魏谦都不在，这才做贼一样地回到自己家。麻子紧张得要命，一边哆哆嗦嗦地掏钥匙，一边鬼头鬼脑地四处寻摸，终于，他把钥匙插进了钥匙孔，松了口气。

然而这口气没松到底，突然，他眼前一黑，被人猛地推在了墙上。那人一膝盖顶住他的身体，拧住他双臂的手好像铁打的，随后，麻子的双手就被绑住了。

麻子心里一沉，一股难以抑制的尿意涌上来，他第一反应就是被警察逮了，心里就俩字——完了。

魏谦和三胖一边一个架着麻子到了魏谦家里。

宋小宝好奇地看着她那被五花大绑的麻子哥，跳出来大喝一声："绑票！缴枪不杀！"

三胖苦笑道："亲妹妹，你可真是添得一手好乱。"

魏之远连忙一把拉住她，推着她到小屋里，学着大哥的口气说："你数学作业写了吗？我不给你抄。"

没地方抄作业是天大的事，宋小宝撅起嘴，对"绑票"失去了兴趣。

魏之远把她推进屋，从门缝里往外看了一眼，三胖看见了，连忙满面堆笑，对他竖了个大拇指以资鼓励。魏之远冲他笑了一下表示友好，却依然等他大哥的反应。

魏谦从兜里摸出一盒夜总会免费给客人准备的薄荷糖，隔空扔了过去，这回魏之远眉开眼笑，屁颠屁颠地伸手接住，心满意足地关门走了。

三胖觉得此情此景分外眼熟，后来才想起来，此乃标准的驯狗动作——魏之远就差张着嘴接了。

"你啊，"三胖摇头晃脑地对魏谦说，"缺德得祖坟上都烤羊肉串了。"

然后他们俩一起把麻子脑袋上的麻袋解了下来。

他们俩都没想到能把麻子吓成这样——麻子刚被放出来的时候，眼神都是散乱的，直到看清了是他们俩之后，好半响，呆滞的眼珠才转了一圈，随后他倒气似的深吸了一口，两腿一软，一屁股坐在了地上。

"我嘞个二舅姥爷，"三胖蹲下来，仔细打量他的脸色，"青春痘都吓白了，你到底

第五章 歧路

是做了多少亏心事啊，弟弟？"

魏谦没打算废话，一把扒拉开三胖，问麻子："那天和你见面的人是谁？他给了你什么东西？为什么要给你钱？你干吗见了我就跑？"

三胖拉他："慢点慢点，别把他脑子烧了。"

"烧了更好！"魏谦一把拎起麻子的领子，"你想自己说还是让我搜你的身？"

麻子看着他近在咫尺的兄弟，舌头像是打了结，一个字也说不出来，只能深深地看着魏谦，眼睛里折射出某种惊心动魄的悲哀。

魏谦不管他悲不悲哀，说到做到，一言九鼎地开始动手搜他的身。很快，他就从麻子兜里找到了几个小纸包。

魏谦当然知道那是什么，他死也不会忘了他妈临终时是怎么个鬼样，然而他竟然一时间难以相信，愣了一下之后，他缓缓地拆开了其中一个纸包，里面细白的粉末终于成了他无法逃避的现实。

"这是什么？"魏谦问，随后他的声音陡然变了调子，"这是什么？！"

一行眼泪从麻子的眼角流了下来，就像一只在干涸的河床边垂死的乌龟。

魏谦突然跳起来，当胸给了他一脚，可惜没踹实在，就被三胖一把抱住往后拖到了沙发上，魏谦奋力地想要挣开他，一边骂道："反正他不要命了，不如我直接打死他，还能干净环保，节能减排呢！"

三胖作为一个非战斗人员，兜不住他，连忙说："孩子孩子，那两个孩子还在屋里呢，你别在这喊打喊杀的。"

一句话，奇迹般地让魏谦冷静了下来，魏谦下意识地回头看了一眼小屋，发现小屋的门被推开了一条门缝，两双小眼睛一上一下，正鬼鬼祟祟地往外面窥探。两个崽子一对上他的目光，顿时吓了一跳，"咣当"一下，欲盖弥彰地把门关了。

魏谦心口一把怒气，顿时哭笑不得地散了大半。

而麻子却再也压抑不住，他像是胸中压抑了整个世界的荒凉无望，往后一仰，侧身躺倒在地上，双手依然被绑着，蜷缩成了一个大虾米，不住地以头抢地，号啕大哭，仿佛非这样不能发泄他胸中万中之一的郁结。

三胖放开魏谦，蹲下来，圆滚滚的手指沾了一下不小心洒在地上的粉末。

他静静地等着麻子哭了一会，直到他哭声渐弱，才轻声开口问："这是'白面'

吧？"

麻子只是"呜呜"地哭，说不出话来。三胖低了下头，再抬起来的时候眼圈都红了，他拼命地望向另一边，企图把眼泪憋回去，嘴唇不自觉地抿成了一条线。

"我知道这肯定不是你自己吸的，你干不出这事，我也知道，是咱妈钱不够用……"三胖声音沙哑，至此，却说不下去了，他深吸了好几口气，宽厚的后背就像一个起伏的风箱，才接上了话音，"可这是死路啊兄弟，哥不能看着你往死路上走啊！咱妈要是知道了，她今天晚上就能吊死在医院的暖气片上。你怎么……你们怎么都那么不懂事呢！"

魏谦木着脸，默然不语，麻子的眼泪好像都流干了，奄奄一息地躺在那里，毫无反应。

三胖的手指在眼睛上抹了一下，不让别人看出他哭了。

三个人在小小的客厅里相对沉默了半响，魏谦突然走到床头柜前，拉开，里面有一小叠人民币，都是他最近积攒的。他把钱塞进了麻子的兜里，一字一顿地说："三哥还有父母，做不了他们家的主，我们家我当家，我说了算——你看我这房子，要是出手，能值多少钱？够养咱妈多长时间？钱用完你就跟我说，有钱我给你钱，没钱我把它卖了。"

麻子的目光缓缓地落在他们俩人身上，眼睛里全是血丝。

魏谦不耐烦地说："看什么看，遇到点屁事就抱头痛哭，你们俩出息呢？不就是钱吗？不就是钱吗？"

他说到这，接不上了。

是啊，钱有什么了不起的？可他们就是没钱啊！

魏谦站起来，一屁股坐在了破旧的沙发上，努力地平复着自己的心跳——他听见了自己胸中困兽的声音。

三胖叹了口气，把麻子的绳子解开，扶起他，捡起几包"白面"，全都顺着厕所冲了下去。

那天晚上，麻子接了魏谦和三胖给他的钱，一声不吭地走了。

他走到楼前面——他和他妈原来炸油条的地方，突然停住了脚步，麻子仰起头，冲着楼上喊了一声："啊！"

第五章

歧 路

魏谦和三胖推开窗户往下看。

麻子"扑通"一声跪在了原地，弯下的脊梁团得像一只虾，他给他的兄弟们赤诚的情义磕了个头，然后伸手摸了一把额头上的泥土和草屑，站起来走了。

他不善言辞，关键时候说不出话来，非如此不可。

天上一轮新月升起来了，再圆，就是中秋了。

那个专门欺负孩子的变态还是没找到，大概是变态也没想到，一样米能养百样人，香香软软、好欺负的小孩子里面，也有诸如魏之远这样打架不要命的壮士，那位变态估计让魏之远一管子戳得当场瘪了，后来一直也没再出现过。

八月节头一个礼拜，魏谦挂了一回大彩，有道是"人在江湖漂，哪能不挨刀"，他眼下是才混出个名头，真想在这小小的江湖上扬名立万，不挨个千百刀，熬不出头来。

魏谦这是第一回挨了砍刀，他是被人抬回来的，虽说都是皮外伤，可满身的血也吓人得要命。

不过他虽然最后趴下了，当时到底还是扛住了场子，乐哥非常感激他，也认为他是个可造之才，给了他好大一笔过节费，让他回家休养个把月再来。魏谦"带薪"休假了。

钱能慰藉魏谦的心，却慰藉不了小宝的心，小宝一辈子没见过这么多血，当时就活像被竹签子扎了屁股的耗子，对着他嚎了个惊天动地，宛如一阵阵炸雷在魏谦耳边响，把他烦了个死去活来。

三胖彻底沦为他们家的保姆，拍着小宝的后背哄道："哎，不哭不哭，没事啊，你哥皮糙肉厚，没事呢。"

小宝哭得直打嗝。

"三、三哥……"她断断续续地说，"我哥，我哥……是不是要……要死啦？"

"……"三胖沉默了片刻，"去你的，倒霉孩子，胡说八道，你盼点好的行不行？"

小宝哭得更加肝肠寸断："我、我看见他……翻白眼啦！"

三胖沉重地叹了口气："我的祖宗哎，那分明是让你气的啊！"

相比她的惊天动地，小远的反应平淡得多，他低着头，始终一声不响地蹲在魏谦床边，好像一个没有存在感的背后灵。魏谦被小宝吵得脑袋疼，看她哭得那么伤心，又不好一嗓子吼住她，只好试图分散自己的注意力。

魏谦伸出包着纱布的手，粗鲁地摸上魏之远的头，掰着他的后脑勺让他抬起头来：

"哎，低头干什么，捡钱啊，你……"

他的话音就此陡然中断，他看见原本低着头的魏之远眼圈红红的，悄无声息地"啪嗒啪嗒"掉着眼泪，紧紧地咬着牙，捏着他小小的拳头，显得又伤心、又愤恨。

魏之远那年不满十岁，个子长了一些，还没来得及进入疯狂发育的青春期，他心里满是清晰又难以忍受的愤懑，他认为是自己拖累了大哥，让大哥为了一点钱这么卖命。

只有蜜罐里泡大的孩子才不想长大，魏之远不是，那一刻，他歇斯底里地想要变得强壮，歇斯底里地想要变成一个真正的男人。

宋小宝的号啕大哭只让魏谦觉得无奈，然而魏之远却让他觉得动容，魏谦难得心软，往旁边挪了挪，给魏之远腾出一个小小的空间来，伸手拍了拍："上来。"

魏之远乖顺地爬到了床上，小心翼翼地窝进了他的怀里。

宋小宝眼巴巴地看着他说："哥，我也想和你一起睡。"

魏谦对她的眼神毫无办法，只好妥协："行啦，你也过来吧。我警告你啊，宋小宝，这是最后一次，你是女的，老跟男的一起睡像什么话？多大了，一点事也不懂。"

三胖啧啧称奇，小狼崽子魏之远像个没骨头的猫似的拽着魏谦的衣服不撒手，黏糊得不行；另一边宋小宝变成了个只会唠叨一句话的八哥，来回来去那几句"哥，咱不干这个了，不许干这个了"。

而魏谦这种耐心指数为负的人，竟然没跟他们俩急。

开始小宝说一句，魏谦就应一句，后来发现她这一句话说成了车轱辘，就气笑了："你快睡觉吧，不许说话了！"

小宝："哥你不许干这个了。"

魏谦："……"

他叹了口气，勉强坐起来，拍着小宝哄她睡觉："听你的，你是我老板，行了吧？"

三胖悄无声息地帮他们锁了门，自己走了，他突然觉得也没那么严重，有这两个孩子的牵绊，魏谦怎么也不至于落到六亲不认的地步。

八月十五那天下午，魏谦买了两盒月饼，经过医院的时候，他顺便进去，给麻子妈放下一盒。

第五章
歧 路

麻子推着他妈出来转，麻子妈却不怎么自在，她半张脸被热油溅得坑坑洼洼的，基本是毁容了，对别人的目光格外的敏感——要是别人看她的脸，她就会惊慌失措地躲开，可是要别人刻意不看她的脸，她又会觉得自己很吓人，心里难受。

只有见到魏谦和三胖他们，她才能稍稍放松些——他们俩比麻子来得还勤快，哪怕她的脸烧成了一块黑炭，他俩也都看习惯了。

"姨，买了点月饼，我给你放下一盒，过节应个景，你多少尝一块。"魏谦说，他买的不是散装月饼，是有包装盒的。

麻子妈不跟他道谢，脱口就说："买这个干什么？你又瞎花钱！"

魏谦从善如流地接着她的话茬说："谁说不是呢，这腻呼呼的东西也不知道有什么好吃的，谁让我那两个'老板'都爱吃呢？"

麻子妈笑了起来："可不能这么惯着，到时候惯得都没样了。"

她嘴上不说，心里却难得地快乐。没人有财力给她请专业护工，大部分时间，麻子妈都只好自己孤零零地一个人住在医院，连个说话的人都没有。对她而言，有个熟人来聊聊家常琐碎的事，就是了不起的享受了。

更不用提她的儿子竟然抽出了一整个下午的时间推着她在外面溜达。

麻子妈已经很久没这么高兴过了，这天，她的笑容即使丑，也丑得真心实意。

魏谦其实不习惯与人长篇大论地侃大山，他陪麻子妈坐了一会，险些把半个多月的笑容一次性花干净了，说得口干舌燥，脸都有点僵了才走。

期间，麻子依然和往常一样，默不作声地在一边听着。

魏谦离开医院的时候，有种卸下什么一样的轻松感，他觉得自己和三胖已经把麻子捞回来了，以后对于麻子他妈，大不了大家轮流照顾，反正他自己也没妈，多一个不算什么。

魏谦回到家一推门，两个原本坐在沙发上的小东西就和狐獴一样，做了一个一模一样的伸长了脖子回头的动作，大有望眼欲穿的架势。小宝刚想开口控诉，谁知先一步看到了魏谦手里拎着的盒子，眼睛都直了，语无伦次地跳起来说："月饼！电视坏了！"

"……"魏谦看着她说，"行，让它给你修。"

宋小宝摇头摆尾地笑道："嘿嘿嘿嘿。"

魏谦下午说话太多，此时懒得再张嘴，就伸出一根手指，指了指厨房的方向，宋小宝呆呆地顺着他的手望去:"厨房里还有月饼?"

而魏之远却已经训练有素地跳下沙发,钻到厨房,把储物盒下面的工具箱拿出来了。

这小狗腿已经修炼到能读取脑电波的地步了,魏谦感到老怀甚慰,同时不满地指责宋小宝:"走开,跟你简直说不通。"

宋小宝委屈地说:"你根本什么都没说!"

他家的电视修过不止一次……他家什么都不止修过一次。

魏谦早已经是熟练工,坐在地上,三下五除二就拆开了电视机的盖。宋小宝垂涎三尺地对着月饼盒子抛媚眼,魏之远却趴在魏谦的肩膀上看他检查故障,乖乖的。

魏谦瞥了他一眼,觉得这小子比小丫头还眉清目秀,也比小丫头还像个贴心小棉袄。

魏之远崇拜地看着他说:"哥真厉害,我将来也要当个修电视的。"

魏谦:"……"

魏之远瞪着一双无知的大眼睛看着他。

魏谦说:"老子供你读书,就是让你当个修电视的?"

魏之远犹犹豫豫地说:"那……我可以当个卖电视的!"

魏谦失笑——小崽子装傻当可爱。

自从魏之远开始正经八百地上学以后,成绩单已经充分地体现出了这小子的天分,魏谦自己小时候已经是不同寻常地早熟早慧,回想起来,都不一定有这小崽子的成绩好。

晚上,魏谦修好了电视机,拿小刀分好了月饼,坐下来陪着他们一边吃月饼,一边看电视剧。

《射雕英雄传》里刚演到郭靖离开蒙古,跟着江南七怪回中原,他们家门突然被人敲响了。

敲门的人手不重,似乎有些不确定,敲几下,犹豫几下。

魏谦以为是哪个兄弟,也没穿上衣,叼着根烟,露着满身的绷带就去应门了。

一开门,他先愣了,只见面前站着一个陌生的老太太。

老太太头发花白,但精神矍铄,个子不高,还没到魏谦的肩膀,又黑又瘦,上身穿着一件旧式农村老人家出门时常见的对襟布褂,下面是一条不肥不瘦的九分裤,裤腿吊着,露出她细脚伶仃的干瘦脚踝。

她背后背着一个灰扑扑的行囊,手里提着一个装满了空易拉罐和饮料瓶的塑料袋,

第五章 歧路

头发梳得整整齐齐，一丝不乱，衣服也很干净，约莫有六七十岁，但是腰不弯，背不驼。

这老太太大概是个捡破烂的，却是魏谦见过的最体面的捡破烂的。

同时，老太太有些惊惧地打量着面前这个明显不是良民的小伙子，显然没料到开门的竟然是这么个人，但她没往后退，下意识地挺胸抬头，底气十足地开口问："宋大伟是住这的吗？"

她态度说不上好，隐隐还含着某种非常不友好的戒备，魏谦没来得及计较，就是觉得"宋大伟"仨字忒耳熟，他一时没想起这是谁。

老太太见他脸色茫然不答话，又问："那宋离离是不是也住这？"

"宋离离？"魏谦皱眉反问，"你找她什么事？"

小宝在屋里听见了，蹦蹦跳跳地跑出来问："哎！谁找我？"

她乍一蹦出来，那干瘪瘦小还尽量想表现出自己毫不怯场的老太太却突然哆嗦了起来。她贪婪而专注地打量着宋小宝好奇地探过来的头，颤抖得越来越厉害。突然，在魏谦没来得及阻止的时候，老太太上前一步，一把搂住了小姑娘，随后一点也不体面地大哭起来。

直到这时，魏谦才后知后觉地想起来，"宋大伟"就是那个曾经让他过了几年好日子的短命后爹，宋小宝的爸爸。

而非常戏剧性的，这老太太就是他后爹的亲娘。

早些年，长途火车票对于偏远地区的农村居民而言，价格是不菲的，民工流刚刚形成，还不成气候，那时外出做事的人三五年不回家是非常正常的事，村里打电话不方便，亲人之间主要靠书信和汇款联系。

后来宋大伟没了消息，老太太本来非常着急地想来看看，可巧，那个节骨眼上，她的老伴中风了，那几年她分身无暇，托人给儿子写的几封信也都陆续石沉大海——魏谦他妈那时候根本没想到联系宋大伟家里人，她净顾着毁灭性地嗑药和作死了。

这一年端午刚过，老太太的病病歪歪的老头子终于追随着先圣的脚步，彻底吹灯拔蜡蹬了锅台。

宋老太太变成了一个彻头彻尾的孤老婆子，她大哭大闹地送了老头，收拾起她不多的家当，勉强凑了点钱，一路靠捡破烂来到了这个在邮局汇款单上看到过的北方城市，来投奔她的儿子。

老太太在敲开门的时候还挺胸抬头、横眉立目，虽然手里拎着一袋没来得及卖出去的易拉罐，可她在尽可能地试图在这陌生的城市里维护着她乡下人的尊严。

而这尊严，终于在她发现儿子也早早死了之后，碎成了一把渣。

中秋节，团圆节，全中国人民合家团聚，谁也不知道在破旧的筒子楼里，有个老太太惊慌失措地发现她的老伴和儿子原来全没了，这下没人给她养老也没人给她送终了，她的前半辈子都活成了白活，落了个晚景凄凉。

她坐在地上哭得如同魔音穿耳，搅和得所有人连月饼都没吃好。

魏谦看了看老太太随身带来的黑白旧照片，上面的傻小子依稀是他那短命继父的模样，又检查了她带来的汇款单，基本相信了她真是小宝的亲奶奶。

毕竟是血亲，魏谦虽然觉得这傻老太婆很烦，但是到底没在八月节的当天晚上把她轰出去，暂时收留她和小宝住在一个屋里。

可谁知这老太婆不识好歹，抹干了眼泪，她一双和魏谦的继父宋大伟如出一辙的小眼睛里尽是精明狡猾的光，打眼一扫就知道魏谦不是什么好东西，旁敲侧击地问了他几句，起先还和颜悦色，后来得知他竟然是个夜总会里操刀看场子的小混混，老太太终于难以忍受了。

那年代，农村老太太可不明白什么是"古惑仔"，什么是"组织"。在她眼里，魏谦他就是个不学好的臭流氓。

当然，她的看法是有一定正确性的。

老太太当然不能让宝贝孙女和一个臭流氓生活在一起，但她也看得出小宝对这个大哥十分依赖。

这个老东西一辈子经历了完整的中国近代史，两场战争、改朝换代，乃至于建国后的各种运动她全都赶了个齐全，与天斗、与人斗其乐无穷，精明得仨猴都不换。

她知道什么事都讲究个策略，所以并没有和魏谦当面急赤白脸，决定先按兵不动，好好琢磨琢磨怎么把孙女从这个臭流氓手里"救出来"。

但魏谦没空去管她是怎么想的，因为当天晚上就出事了。

凌晨三点半，魏谦家的大门被人用力砸响，魏谦一激灵爬了起来。很奇怪的，他睡得最沉的时候被人这样粗暴地吵醒，他第一反应不是骂骂咧咧，而是先出了一层冷汗——好像他预感到出事了一样。

第五章

歧路

魏之远迷迷糊糊地裹着毯子爬起来,他也不知道发生了什么,脑子里一团糨糊,本能地光脚跳下床,跟着魏谦去开门。

魏谦门还没完全拉开,门缝里塞的一个东西突然掉了出来,他捡起来一看,只见那是一个信封,信封里一沓钱。

门口的三胖还光着膀子,只穿了拖鞋和大裤衩,露着一身白花花的肥肉,明显刚从床上滚下来的,他手里拿着一个一模一样的信封,没等魏谦反应,三胖就飞快地说:"是麻子!我半夜起来撒尿才看见这信封的,肯定是麻子那孙子塞的!"

那一刻,魏谦的脑子出奇地冷静,他低声问:"他哪来那么多钱?"

三胖:"不会又去给人卖……"

"不可能!"魏谦截口打断他,"不可能,三哥你不了解那群人,他们想让你长长久久地卖命,绝对会一点一点地吊着你,不可能一次性地给你这么多钱。"

明白了魏谦在暗示,麻子可能干了比卖白面还要严重的事,三胖难得仓皇失措地看着他。

"今天下午我看见他……我早该看出来他不对劲,"魏谦心里转得飞快,他伸手拿起桌上的电话,按了一个号码,打到了这天后半夜当班的一个兄弟那。好半晌,魏谦放下电话,脸色难看到了可怕的地步。

"怎么……"三胖不自觉地屏住呼吸,压低了声音。

"那边今天晚上出事了,听说来了一大帮警察,里外搜查了一遍,还带走了好多人,"魏谦飞快地套上外套穿鞋,"没看见麻子,但愿他和这事没关系……"

三胖一把抓住了他的胳膊问:"他……他和这事能有什么关系?"

魏谦压低了声音:"我怎么知道?我过去看一眼,你去医院问问值班的护士,看他晚上在不在那。"

魏之远连忙小跑着跟上魏谦,魏谦一把捉住他的胳膊,把他拎回了屋里:"你跟来干什么?回去睡觉,明天不上学了?"

魏之远:"我帮你出去找麻子哥。"

"小崽子,"魏谦不耐烦地瞪了他一眼,"你不给我添乱就是帮大忙了。"

魏之远的脚步猛地一顿,亮晶晶的眼神立刻黯淡下去了。

他骤然感觉到了自己的矛盾——如果他表现出自己的早熟,就没那么容易得到大哥的注意；可他表现得和小宝一样傻，虽然平时讨好了大哥，但关键时候，他也会被当成和小宝一样的毛孩子。

那两个"大人"此时已经慌了阵脚，谁也顾不上去揣测魏之远那颗充满矛盾的心。

"谦儿……"三胖没动地方，手心全是冷汗，他的声音干涩极了，"他要是被警察抓住，会是怎么个下场？"

魏谦在没开灯的客厅里抬起头看了他一眼，一双眼睛黑白分明，眼神如刀。

"你说呢？"他反问。

三胖的心沉下去了。

BROTHER

CHAPTER 06

第六章·霜雪

魏谦凌晨五点钟的时候回家了，顺便给家里人买了早饭。

他的头发都被露水打湿了一层，脸上的表情就像是个打算屠城的杀人魔。

宋老太在异地他乡一觉醒来就看见了这样一张经典的魔头脸，险些给吓出心肌梗塞来，大气也不敢出。

魏谦买了豆浆油条——当然，是别家做的。他心里想了好多，七上八下，全无头绪。

魏谦心里烦躁地想，如果最后麻子被证明哪儿也没去就在医院陪他妈，他一定要把那个混账东西揍成一包猪头肉，熟的那种。

可他恐怕没有这个机会了。

三胖没能在医院找到麻子，他们俩想尽了所有的办法也没找到麻子，直到几天以后，一个"语焉不详"、"暧昧不明"的消息才传出来——据说麻子死了。

然而他究竟是怎么死的、因为什么死的，没人能说清楚，人多嘴杂、王八多乱爬，

第六章
霜雪

众人都是瞎哄哄，谁也说不准。

似乎有人对这事讳莫如深，知情人都被封了口。

流言三千没一条有用，那种活不见人死不见尸的焦灼就像把人架在了火上烤。可是在魏谦和三胖心里，他们总觉得麻子不可能就这么无声无息地死了，他们依然在寻找，但都不约而同地没有提起乐哥，尤其是魏谦，他对乐哥生出了某种深深的芥蒂和戒备。

麻子妈不止一次问起麻子，魏谦和三胖要随机应变地编各种瞎话，有时候没统一口径，谁说走嘴了，另一个还要跟着费尽心机地圆回来。

魏谦也是人，精力也有限，他不可避免地忽略了自己的家。

对于宋老太而言，这简直是天赐良机，宋老太开始着手她在魏谦家后院"放火"的大业，她每天变着法地和小宝套近乎——这很容易，对孩子来说，成年女性长辈在成长中有无法代替的感情联系，这种感情在母亲、祖母或者外祖母身上都找得到，但再亲近的父兄也取代不了。

更何况魏谦虽然疼小宝，却不是普通人家那种娇宠的疼法，他惦记在心里，极少挂在嘴边，甚至有时候不耐烦、脾气上来了，还会凶小丫头几句，在宋小宝不长的人生中，从未接触过女性长辈细致的疼爱和抚慰，她倒戈简直就是时间问题。

是甜言蜜语，每天变着法地给做各种美味的奶奶好，还是每天板着一张债主脸，饭夹生不夹生他根本吃不出区别的哥哥好？

自从宋老太来了以后，两个孩子的生活几乎舒服得有品质可言了。

当然，尽管这样，宋老太依然收买不了魏之远。

魏之远就像一条养不熟的小白眼狼，对宋老太这个突然闯入他们家的"外人"，他尽管想表现得懂事一点，依然忍不住会流露出阵阵敌意。

宋老太原本想收他做盟友，没想到此君小小年纪竟然"腔力"十足，无论怎么投其所好，他总是坚定地和他那个臭流氓哥哥坐在一条板凳上。

久而久之，宋老太终究忍不住放弃了这条战线。她看出来了，这小崽子话少心眼多，属狗的，吃了就走。

宋老太于是开始专攻宋小宝。

她会时常地用开玩笑、逗孩子玩的口气问小宝："你最喜欢谁啊？奶奶好还是哥哥好？"

以此来测试她和平演变大计的进程。

不像傻乎乎的宋小宝，她第一次问出这话时，魏之远就体察到了这老太婆的险恶用心，他当即采取了非暴力不合作的措施——不再和这祖孙俩一桌吃饭了，宁可饿到半夜，等大哥回来，一起随便吃两口剩的。

一开始，宋小宝还会模仿他，和他一起等，可没两天，这个立场不坚定的小叛徒就在诱人的食物中缴械投降了。

魏之远早料到有这么一天，她好吃懒做不是一天两天了，在这方面敌军实在太过强大了，他不是对手。

而且在魏之远的内心深处，对于宋小宝的叛变，他并没有不太高兴，反而有种隐约的窃喜。

魏之远知道自己不该这样想，可他就是忍不住。

"没有宋小宝，以后大哥就是他一个人的"，这种想法无时无刻不在诱惑着魏之远，就像一颗在心里生根发芽的种子，哪怕是用火烧也烧不尽，春风一吹，再次萌生发芽。

最开始，宋小宝对宋老太那句幼稚的问话笑而不语，或者顾左右而言他，宋老太就知道，她的答案其实是"喜欢哥哥"。慢慢地，她开始松了口，改回答说"都喜欢"，宋老太相当志得意满，认为自己只差临门一脚。终于有一天，宋小宝的回答变成了"谁对我好我就最喜欢谁"。

宋老太就知道，是时候了。

小半年过去了，入了冬，荷塘上结出浅浅的冰，魏谦他们终于能确定，麻子死了——这次是当地警方发布的官方消息，称他们近期打击了一起贩毒走私案，当场抓获嫌疑人三人，抓捕途中，遭到犯罪嫌疑人负隅顽抗，一人被击毙。

被击毙的那个人就是麻子。

在那个秋老虎凶猛的中秋夜之前，有人给了麻子一大笔钱，一把手枪，一部手机和一公斤的"货"。

那时候，麻子就隐隐感觉到了什么，他脑子不怎么好，可不代表他真的傻得找不着北，他和他的兄弟们其实都不算混道上的，也不算走正道，他们只是夹缝中苟延残喘

第六章 霜雪

的鱼虾。鱼虾生存不易，因此都知道潮水涨落和信风来袭。在这个黑吃黑的圈子里，底层的人钱来得越容易，也就越危险。

可是那些人把他的家底查清了，知道他是无论如何也不能拒绝的。

麻子不想拖累他的三哥和谦儿，他们谁也不容易，都是从牙缝里省出来的钱，给他和他妈，花着那些钱，他常常半夜都睡不着觉。

也许他能厚颜无耻一点，他就不会走上绝路。

中秋夜里，他在医院吃完了这辈子吃过的最贵的月饼，转身把钱分了三份，两份还给魏谦和三胖，一份包好了埋在了他家住的小平房门口的槐树下，算是给他妈留下的养老送终钱。

然后他浑浑噩噩地带着枪和货品，跟着电话里的指示走……

直到闭眼，他也不知道是给谁当了替罪羊，也不知道自己是死在了什么地方。

他生得卑微，死得糊涂。

那天魏谦在一个臭烘烘的小酒馆里喝得酩酊大醉——即使是打手，他也做得兢兢业业，这是他第一次翘班。

麻子死得虽然糊涂，可魏谦心里明镜一样。

夜总会是乐哥的产业，那人的控制欲几近神经质，没有他的掺和，魏谦不相信有人能在他的地盘上干这事，而这件事闹得这么大，风声都紧得要命，占满了各大报纸头条，乐哥……乐晓东却依然独善其身，岿然不动。到底是他无懈可击，还是有人替他上了黄泉路？

少年时代如同神龛一样供在心里的人，"咣当"一下砸下来，断送了他傻兄弟的一条命。

魏谦也不想回家，面对着那一群老老小小，他心里有天大的委屈也只好憋着，憋得他都快到极限了。

三胖找到他的时候，他已经给泡成了一个酒糟。

"三哥……"少年的眼神几乎对不准焦距，空茫地看着小饭店泛黄发黑的墙角，声音微弱得好像被什么堵在喉咙里。

三胖一把抢过他的酒瓶说："没了一个不算，还要喝死一个是不是？"

魏谦被他一带，就软绵绵地趴倒在桌子上。他趴在桌上，头偏到一边，轻轻地说：

"三哥，你说他一个结巴，下去到那一边，都说不明白自己的冤情，可怎么办？"

说着，眼泪就无声无息地顺着他的内眼角流下来，淌过挺直的鼻梁，滑到了他嘴里。

魏谦烂泥一样地趴在桌上，竖起胳膊肘，挡住了自己的脸。

而后他咽下眼泪，嘶声笑了起来。

有今生，做兄弟；没来世，再想你。

那天是腊八，腊八下了雪，整条街都是雪化了以后的泥泞和冰碴子。

魏谦一身酒气地推门进家，屋里魏之远在角落里的小桌上写作业，宋老太正在教小宝做腊八蒜，一老一小本来说说笑笑，却在他进门的一瞬间，奇迹一样地一同沉默了。

魏谦本来不是个敏感的人，然而气氛变化太明显，有那么一瞬间，他感觉自己像是闯进了别人家里的歹徒，有股说不清道不明的滋味随着酒气一阵阵地往上冲，冲得他直恶心。

幸好这时候魏之远抬起头，像往常一样叫了他一声："哥。"

魏谦的脸色一定难看得要命，魏之远看了他一眼，立刻从椅子上跳下来，跑到他身边问："哥，你怎么了？"

魏谦一声不吭地摆摆手，转身走进了厕所，吐了个肝肠寸断。

他感到自己忽然起伏的心绪来得莫名其妙，也想强行说服自己，推门进来时那一瞬间无法言说的难堪是小题大做。

魏谦已经够焦头烂额的了，不想没事找事，他拼命地企图安慰自己说自己想多了，然而不管用，他心里就是难受。

魏之远立刻倒了杯水端给他，像个小大人一样搂住他的腰，拍着他的后背。魏谦把酸水吐干净了，才勉强直起腰，接过水杯漱了口。

他头疼欲裂，伤心欲绝，然而面对魏之远却只是状似随口地问："作业都写完了吗？"

魏之远点点头，伸手想扶着他，却被魏谦摇摇晃晃地拒绝了。

在魏谦惨白平静的脸皮下，天翻地覆的心把他的内里搅和成了一座随时可能喷发的火山。

而等他听见宋老太正在和他妹妹说什么的时候，这危险的平衡点终于破了。

第六章 霜雪

他听见那老太婆指桑骂槐地对宋小宝说:"我们离离啊,以后可要好好读书,将来上大学,当科学家,可不能跟不三不四的人学坏,听见没有?"

她说还不算,非要意有所指地回头看了一眼阴沉地站在那里的魏谦,好像一点也不怕被他听见。经过了这么长时间的摸底和探访,老太太早就看出来了,那姓魏的小子现在自诩是个"道上混的男人",要面子得要命,绝对不会对她一个小老太怎么样,顶多敢色厉内荏地装凶狠吓唬她。

连魏之远都听出了她的弦外之音,他抬头看看小妹,又看看大哥,最后充满仇恨地盯住了宋老太。

宋老太不依不饶地继续说:"不好好上学,你就会变成社会上的渣滓,懂吗?游手好闲的那些人都不是好人,奶奶跟你说过,他们叫什么?"

宋小宝这个小二百五缺心少肺地说:"流氓!"

老太太表情严肃地伸手刮了她的脸一下,接着说:"就是,臭流氓,咱们是女孩,不能老跟臭流氓在一起,要不然以后看谁敢要你,名声都坏了。"

魏之远沉下脸,一字一顿地说:"我大哥不是流氓!"

宋小宝愣住了,懵懂地看了看他,看了看大哥,又看了看奶奶,至此,方才明白这是一场严重的家变。

魏之远急了,把杯子扔在一边,走上前去,指着老太太的鼻子说:"我大哥不是流氓!"

"行了,你闭嘴,屋里写作业去。"魏谦一巴掌把他镇压下去了,一手拎一个,把魏之远和宋小宝丢进了卧室。

魏谦自己过日子多少有点粗枝大叶,家里人的所作所为,偶尔让他觉得别扭一下,转脸也就不当回事了,然而宋老太的话已经明里暗里地说到了这份上,他哪还能不明白她在想什么?

魏谦大马金刀地往宋老太面前一坐,面色不善地打量着她,毫不客气地说:"老东西,你想怎么样?"

宋老太终于挺直了腰杆,整个人就像是一门准备发射的迫击炮。

然后她对着魏谦宣战了:"我要把离离带走。"

魏谦连亲妈都敢当面直接叫"婊子"，根本就不把这小老太婆放在眼里，当场冷笑一声，用上了他十分的尖酸刻薄："你以为你是什么东西？要滚蛋自己滚，少惦记我妹妹，别以为你个老不死的没几年好活了，我就不敢提前送你上路。"

他十分没教养——当然了，以他的人生经历来看，如果他在这种情况下还能有教养，那此人一定是穿越的。

老太太活了六七十年，还没有遇到过这样没老没少的混账东西，亏得她多年劳作，身体健康，不然能当场给气得厥过去。

人在面对混蛋的时候，总是忍不住变得更加混蛋，于是老太太拿出了老一辈农村妇女们撒泼打滚的绝活，毫不示弱地说："行啊，有本事你就打死我，你就是打死我，我变成鬼也得把我孙女带走，我带她去住鸡窝猪窝，也不能让她落在你这个流氓手里！"

魏谦阴鸷地看着她，目光中的恶意仿如实质，少年几乎长出了成年男人的体魄，宽肩窄腰，身上还带着斗殴留下的伤痕，更添了几分说不出的戾气，老太太本能地瑟缩了一下。

然后她回过神来，用更加强硬的态度瞪了回去，祭出一哭二闹三上吊的架势，放了大招："有本事你就弄死我！弄死我你也是个不要脸的臭流氓！你不就会耍流氓吗？你还能干些啥？老娘反正没几年好活了，怕你？我呸！"

她的唾沫星子还没来得及从嘴里扑腾出来，就被魏谦蛮力推到了桌子上。魏谦终于不要面子了一次，他把宋老太和木头桌子一道掀翻，泡腊八蒜的醋洒了一地，酸味呛人。

宋老太"哎哟"一声，四仰八叉地坐在地上，头上可笑地顶着两瓣蒜，随后她深吸一口气，亮出她十里八村都能听见的大嗓门，坐在地上嚷嚷："杀人啦！杀人啦！臭流氓杀……"

她的喊声戛然而止，因为魏谦一把揪住宋老太的衣领，布满青筋的手捏住了她皱纹丛生的脖子。

宋老太的脖子就像鸡脖子一样细，被他一只手就给握过来，她的皮肤松弛，可怜巴巴的，魏谦死死地掐着她的脖子，活生生地把她从地面上给拎了起来。

这俊美的少年，眼睛里全是阴影，神情冷漠，手心却很热，他的手劲奇大，好像是

第六章

霜雪

铁了心地想掐死这老太婆。

宋老太根本挣扎不开,她像一条掉到岸上的鱼一样,四肢乱扑腾,徒劳地用剪得凸凸的指甲抠着魏谦胳膊上的肉,脸很快变成了青紫色。

魏谦觉得自己几乎掐到了她的器官和脊梁骨——他退学之后,日子过得无法无天,心里血气一阵翻涌,轻易地就能越过了杀人放火的思想障碍,那一刻,魏谦是真想把这老娘活活掐死。

宋老太伸出舌头,开始翻起白眼,就在这时,魏谦背后的卧室门口突然传来一声女孩的尖叫:"哥!"

小屋的门不知道什么时候打开了,宋小宝和魏之远站在那,魏之远面色凝重,而宋小宝尖利的童音像是一把直刺他心尖的剑,魏谦脑子里的那根筋被轻轻地拨动了一下。

他终于反应过来,自己竟然真的险些动手杀人,还是在自己的家里,登时骇然松手。宋老太站不稳,他一松手,她就顺着墙根滑坐在了地上,噎得不住倒气。

魏谦一只手挡住扑过来的小宝,蹲下来用力砸了几下老太太的胸口,学着电视里的样子用力地按她的人中。

好一会,老太太才倒上了这口气,先咳了个惊天动地,而后她把黑眼珠翻回来,声音尚且嘶哑,战斗精神却依然闪耀着光辉。

她不顾自己方才在鬼门关上走了一遭,清醒过来的第一句话,就是指着魏谦的鼻子,森然地说:"杀千刀的小畜生,你这个小杂种!"

魏谦还没来得及对这句话勃然作色,小宝就一头扑进了老太太怀里喊:"奶奶!"

宋老太没想到自己的晚景竟然凄凉成这样——寡妇失业,千里迢迢地到城里投奔儿子,被告知老年丧子,而后又让一个小畜生给欺负成这样……她顿时悲从中来,娘儿两个抱头痛哭起来。

魏谦的表情是麻木的,心也是麻木的,他手足无措地站在旁边好一会,终于叹了口气,试探地伸出手去摸小宝的头发,却被老太凶悍的一巴掌狠狠地打开。

这个老太婆十分神奇,鬼哭狼嚎成这样,竟然也不耽误她骂人。

"别碰我孙女,你这个臭流氓、杀人犯!迟早有一天枪毙你!你不得好死!"

有那么一瞬间,魏谦竟然认为她说得对。

他从巨大的打击、悲伤和愤怒中回过神来,突然就觉得心灰意冷。

宋老太收拾了简单的行囊，当着他的面把小宝领走了。魏谦靠在墙上眼睁睁地看着，没有阻止，甚至没有吭气。

小宝一只手被奶奶牵着，被动地跟着她往外走，不停地回头看她的大哥。

大哥的眼睛里有血丝，整个人显得疲惫极了，一路目送着她离开。

小宝以为他会说点什么，可是他什么都没说，那眼神却印在了她小小的懵懂的心里，印了一辈子，永不磨灭。

大门"咣当"一下当着魏谦的面关上了，好一会，他才脱力了一样坐在了地上，靠在墙上，点了根烟叼在嘴里，他心里茫茫然一片，哭不出也笑不出，只想倒头大睡一觉，可他知道，自己大概也是睡不着的。

麻子没了，小宝走了……

还睡个屁。

魏之远默默地蹭过来，把烟灰缸放在了魏谦的手边上，小心翼翼地往他旁边靠了靠。

魏谦抬头看了他一眼，魏之远连忙停住自己的动作，谨慎地观察大哥是不是烦了。发现没有，他就试探着更小心地靠近，最后，魏之远搂住了魏谦的一条胳膊。

男孩发现大哥没有反对，又试探着把自己挤进了魏谦怀里，把头靠在了他身上，嗅着他身上有些刺鼻的烟草味。

"麻子没了。"魏谦忽然开口说。

魏之远抬起头，看见魏谦的目光没有焦距地落在地板上，直觉他的话不是对自己说的——魏谦不管自己怎么称呼，从不对他和小宝直呼"麻子"，都是"你麻子哥"。

所以魏之远识相地没吭声，静静地听。

魏谦把他揽得紧了一点，男孩的体温给了他难以形容的慰藉。

这一句话过后，魏谦就再没声音了，他倾诉不出。

苦难磨钝了他的神经，他早就失去了真实地表达自己感受的能力。

等魏谦抽完了身上所有的烟，才想起魏之远来，小孩已经像个无尾熊一样抱着他的胳膊，靠在他怀里睡着了。

魏之远开始有一点长个儿了，脚先长了起来，接近了大人的型号，但骨骼依然稚嫩，

第六章

霜 雪

站起来不矮,缩起来却依然是小小的一团。

长得真慢啊——魏谦垂下眼看着他喟叹。

而后他把烟掐灭,弯下腰,小心地抱起小孩放在床上,像往常一样,关了灯一起躺了下去。

突如其来的黑暗有种极强大的力量,几乎是一瞬间就击垮了他强撑的坚强和自以为的麻木。

魏谦睁着干涩的眼睛想,他是个臭流氓,连一手养大的亲妹妹都不愿意和他在一起,他这样的人活着,还活得这么艰难,根本就连一点价值也没有。

活什么劲呢?

还不如死了算了。

魏谦生于冬天,腊月月底,此时日子还没到,也就是说,他还没满十七周岁。

他还没活到成年,却先想到了死。

当然,尽管这么想了,魏谦依然没死。

死可不是一个念头闪过、说去就去那么容易的事,他就算不愿意活,也万万不敢死。

他得苦恼麻子的妈以后怎么办。

还得去把麻子的尸体领回来,他洗不脱麻子身上的罪和苦难,唯一能做的,也就是把他留在人间的这个念想打理干净,好好安葬。

背负得太多,他死不起。

魏谦依然阴沉麻木地过他的日子,每天去乐哥的夜总会里当他的打手,拿着乐哥的钱,把自己心里日渐增长的憎恨讳而不言地藏起来,只在夜深人静的时候,一个人睁着眼看着天花板,一遍一遍地提醒自己,他迟早有一天要乐晓东的命。

然后他再强打精神地去和三胖商量,怎么办麻子的后事,要不要告诉麻子妈,什么时候去接她出院。

只有寒假放假在家的魏之远安安静静地陪着他,好歹是个会喘气的活物。

只有魏之远才能让魏谦感觉到一点生命力——他还那么小,还什么都不知道,还有前途,还要全心全意地依赖着自己。

魏谦养着魏之远,也从小孩身上汲取微末的希望,他刻骨铭心地懂得了"相依为命"是什么意思。

　　三胖来他家,开始还惊异地问小宝和宋老太怎么不在,被魏谦发疯似的发作了一通之后,立刻了然,不再提这事了。

　　那一阵子,没有人敢在魏谦耳边提宋小宝。

　　家里的气氛沉闷了好多天,魏谦连吃饭都开始敷衍了事,三胖生怕他活活饿死自己,于是每天受虐一样地来他家里,像个任劳任怨的钟点工一样哄孩子、做饭,保证电视里二十四小时播放娱乐幽默节目。

　　可惜效果不良,电视越娱乐,现实就显得越冰冷。

　　电视里面马三立老先生正在说"逗你玩",三胖一个人坐在椅子上笑得前仰后合、肥肉乱颤;魏之远嘴角刚往上扬了一下,就想起了什么似的扭头去看魏谦,发现大哥表情木然,于是也跟着把那一点笑容压了回去,同样摆出一副漠然的表情。

　　这两兄弟一大一小都在用上坟的表情听相声,一个模子刻出来的扫兴。

　　三胖越笑越孤单,最后变成了干笑,只好无奈地闭了嘴,再好玩的包袱*也索然无味了。

　　魏谦沉默一会,就会点根烟转身往窗户边上一站,他一身的烟味重得呛人,三胖说他都快变成一根瘦高的烟筒了。

　　而宋小宝就是这个时候回来的。

　　魏谦真的以为自己一辈子也见不到小宝了,所以开门的时候看到她,足足有半分钟没反应过来。

　　他反应不过来的表现就是面无表情,弄得宋小宝越发惴惴不安。小姑娘活像是犯了诛九族的大罪,怯生生地叫了一声"哥",背着她的小书包,用下巴点到胸口上的忏悔姿势,孤零零地站在门口。

　　魏谦的理智这才不为人知地缓缓回笼,他第一时间往外扫了一眼,发现那个老不死的竟然没跟着,看来宋小宝是自己一个人偷偷跑回来的。

　　他心里终于毫无顾忌地炸开了花。

　　魏谦缓缓地半蹲下来,目光与小宝齐平,伸出双手,扶着她小小的、细瘦的肩膀,开口问:"你怎么……咳,回来了?"

　　魏谦尽可能地不想反应那么强烈,可还是没能一次性地说完这句话,中途就破音

---

* 包袱:指在相声、独角戏、山东快书等曲种中组织笑料的方法。习惯上,笑料也被称作"包袱"。

第六章 霜雪

了，他不得不清了清嗓子，拖长了语音，这使得他这句话的语气听起来几乎是温柔的。

宋小宝说："我想大哥了……"

魏谦沉思状地低下头，在她看不见的地方，轻轻地闭了闭眼，那么一瞬间，小丫头的一句话，就把他从沼泽里生生地拉出来了，他发现那始终缭绕自己身边的不想活的念头奇迹般地烟消云散了。

他不知道该怎么表达这种大起大落的心情，也许是抱着小宝转一圈？或者和她抱头痛哭一通？魏谦觉得自己哪个都做不到，所以他只是默不作声地站起来，轻描淡写地说："哦。"

除了这一个字，他好像想不出别的什么了，他拉开门，让小宝进屋，看见她一动不敢动，这才想起来，又补充了一句："那进来吧。"

小宝知道自己是个叛徒，没想到大哥还肯要她，整个人都受宠若惊了。

她战战兢兢地走进来，先是如蒙大赦地松了口气，同时，见到大哥似乎可有可无的态度，小宝心里又涌起某种说不出的庆幸，以她那幼稚而不发达的逻辑，她庆幸自己回来得还算及时，说不定再晚两天，大哥就真的决定不要她了。

小宝走近了魏谦，顿时从他身上闻到了一股浓重刺鼻的烟味，她向来不喜欢烟味，忍不住揉了揉鼻子，不过没敢说，她怕大哥改变主意，不让她进门了。

魏谦却敏锐地看见了。

他弯下腰从柜子里拿出一套新衣服，对三胖说："锅里还有炒米饭吗？你给她盛一碗。"

三胖冷眼旁观他们的互动，叹了口气，冲宋小宝招招手，把她招呼到自己面前，慈祥地摸了摸她的头发，看了魏谦一眼，随口问："你干吗去？"

魏谦答："我洗个澡。"

三胖惊奇道："没到睡觉的时候你洗什么澡？再说你烧水了吗？"

魏谦说："没有，我用凉水。"

三胖说："寒冬腊月天洗冷水澡，你有病啊？"

魏谦拎着衣服一把推开他，光速脱离了之前行尸走肉的状态，恢复了他一贯的跋扈和混账，说："我乐意，你跟老母鸡似的瞎叫唤什么？要下蛋？"

三胖说："是啊，怎么样？"

魏谦瞥了他一眼:"憋着,明儿再下。"

三胖:"……"

三哥发现以自己简单的内心和平滑如鸡蛋的大脑皮层,是真的跟不上魏大少爷的思想境界。

其实魏谦的想法并没有多复杂,他就是怕身上的烟味熏到妹妹。

以及……他只是一时不敢相信,有点脑残了而已。

小宝是他的亲妹妹,这个世界上统共只剩下了她身上那么一点血脉和他相连,他从她没有自己一条胳膊长的时候就养着她,一直养到了这么大。

有多深的感情,他连自己也说不清,她有时候不像他妹妹,更像他女儿。

小宝几乎是他整个童年和少年时代的精神寄托,魏谦就算舍命也舍不得这个宝贝,哪怕宋小宝是个吃里扒外的臭丫头。

魏谦被凉水冻得一激灵,心里想:我这是有多贱啊?

小宝期期艾艾地叫了魏之远一声:"二哥。"

魏之远看她就烦,不想搭理,一方面心疼大哥,一方面……

他冷眼旁观着大哥和小宝的互动——大哥内心的欣喜若狂表现得隐晦又内敛,以至于小宝会错意、三胖不明白,只有他一个人不知怎么地心领神会,越发不高兴起来。

突然之间,魏之远无师自通地发现,争宠才是他正确的人生路线。

魏之远整整两天,坚决不和敌人宋小宝说一个字,只要魏谦在家,男孩就每天里出外进地跟着他。

每次魏谦一转身,他都在后面绊脚。魏谦实在被他跟烦了,但他也知道魏之远为什么这么别扭,所以不想对他发火。

于是做大哥的难得轻描淡写地和起了稀泥,对他们俩说:"好好一起玩,别打架。"

这回是圣旨下来了,魏之远无可奈何,只好谢主隆恩,满心怨念地重新和宋小宝建交。

魏之远争起宠来,宋小宝真是拍马也赶不上——没办法,她实在是在这方面天生

第六章 霜雪

少根筋。

比如魏谦一推门进来,就能发现小男孩一个人低头扫地、擦桌子,小宝眼睛长在脸上活像喘气用的,熟视无睹地坐在沙发上看电视。她刚回来,魏谦也不想跟妹妹闹别扭,只是不咸不淡地说了她两句,但与此鲜明对比的是,他奖励了魏之远额外的十块钱做零花。

第二天,眼红的宋小宝一大早爬起来就吭哧吭哧地在家里做大扫除,中午之前就麻利地收拾完了,魏之远冷眼旁观,简直想冷笑。果然——晚上魏谦回来,压根就没注意到屋里变干净了。

再比如,魏谦晚上冲完凉,四处找自己脱下来的脏袜子,打算顺手洗洗,结果发现魏之远正把洗干净的袜子往晾衣竿上挂。当天,魏之远摇头摆尾地享受了大哥有点不好意思的摸头和表扬。

宋小宝羡慕嫉妒恨,于是企图效仿。第二天,她把小爪子伸向了大哥换下来的内裤,被魏谦面红耳赤地抢走了,以及……她得到了大哥一声被踩了尾巴一样的大吼:"你瞎动什么?"

可见人世间是多么的不公平啊——魏之远和宋小宝竟然真的属于同一个物种!

宋老太一发现小宝不见了,就知道她回去了"小流氓"那里。

距离魏谦他们住的这片棚户区不远的地方,有一个私人经营的集体宿舍,分男女,专供进城务工人员住宿,一天一人一块钱——如果小宝和奶奶一起睡,那她俩也只用交一个人的钱。

宋老太原本打算攒一点钱,带小宝找个小平房租一间屋子,实在不行,她就带着小宝一起回老家去。

没想到"回老家"这个想法刚一抛出来,小宝就跑了,她到底是舍不得她住了将近十年的家。

自从她回家以后,宋老太每天都鬼鬼祟祟地到魏谦家附近转一圈,以便趁魏谦出门的时候偷偷看一眼小宝。

年关将至,凛冬猖狂,女工寝室里有一个年轻的姑娘不幸感染了传染性的肺结核,众人只好一边一哄而散地集体搬家,一边疑神疑鬼地感受着自己是不是有咳嗽和低烧的症状。

宋老太也背着她的行李卷,搬了出来。

她走在这个过于纷扰的城市里,在一个桥洞下看见一个快要冻死的流浪汉,她驻足一会,发现一直也没人理睬那个人,都快冻僵了。直到下午,一对正好经过的中年夫妇才停车下来查看,而后报了警。

警车很快开来,把这个人拉走,宋老太听路人议论,知道这个人如果能活下来,可能会被送到流浪人口收容所去,也有可能会被遣送回原籍。

原籍……

宋老太抬头看着这座北方城市苍茫而阴沉的天空,心里想:快过年了,我为什么不回老家去呢?

然而一个孤老婆子独自过年,还算年吗?

宋老太低下头,抹了一把冻出来的鼻涕,下定了决心,不要这张老脸了。

而宋小宝也终于不负众望地又一次胳膊肘往外拐了。

那天是腊月二十三,小年,魏谦拎着刚买的糖瓜和包饺子的肉馅回家时,就看见家门口乱得一塌糊涂,里面在进行一场无声的战争。

宋小宝贪心,放不下从小把她带大的大哥,也放不下血脉相连的奶奶,所以在奶奶抹着眼泪找上门来的时候,还是把她放了进来……纵然此前发生的一切事,已经足以让她理解到奶奶和大哥之间的剑拔弩张。

大哥还没回来,一直透明人一样不吭不声的魏之远先不干了。

自从小宝认了这个二哥,不再挑衅开始,魏之远一直对她不错,几乎没和她翻过脸,似乎一个称呼就能让小孩懂得谦让和照顾——前两天的冷战不算,宋小宝自认理亏。

所以小宝没想到魏之远的反应会那么大,他就像是被侵入了领地的恶犬一样,气势汹汹地盯着门口的宋老太和小宝。

但凡她们有一点打算越界的反应,他就准备扑过去决一死战。

宋老太一直看不惯魏谦,但是对魏之远没什么意见——魏之远只是个孩子,长得漂亮,性格也不招人烦,乍一看,其实比闹哄哄的小宝还讨人喜欢。

宋老太先是站在门口试图对他讲道理,可惜魏之远一句人话也不听,那种凶狠乃至怨毒的眼神,从这么大的一个小男孩身上射出来,显得格外瘆人。

第六章 霜雪

宋老太放弃了和他和平解决问题,往门里迈了一步,把行李放了进来。

魏之远一把抢过老太太的包袱,毫不留情地给扔了出去。他还嫌不够,转身开始扔宋小宝的书包、宋小宝放在桌子上的东西,把这些都天女散花地扔了出去,他又转身跑到卧室,把小宝床上的枕头、被子一股脑地丢了出来。

要是宋小宝不存在就好了,要是她们两个都不存在就好了——魏之远被愤怒冲昏了头,心里只剩下了这一句话。

宋小宝要去推他,被魏之远反手推了个屁股蹲。

"叛徒!"他指着宋小宝的鼻子,虚伪地不表达自己的诉求,先给她定下一个冠冕堂皇的罪名,本能地掩饰自己的心,"你就是个大叛徒!"

宋小宝一开始还试图申辩:"我不是叛徒,那是我奶奶。"

魏之远骂道:"呸!她是个不要脸的老巫婆!"

宋小宝一听这话也不干了,跳着脚说:"你骂我奶奶!你个小王八有什么资格骂我奶奶?这是我家!我哥!我奶奶!你不是我家的!你走!"

魏之远愣了两秒,一下就没词了。

他从激烈的愤怒中冷却下来,意识到宋小宝说的话一点问题也没有。

魏之远几乎已经忘了,这的确不是他家,魏谦的确不是他亲哥,他也的的确确没有资格来决定,让谁进门不让谁进门这个问题。

男孩的气势一下子烟消云散,哑然在原地,脸"刷"一下就红了,分不出是愤怒还是羞耻。

一眨眼的工夫,他年幼的自尊心就被击打得支离破碎。

宋小宝那句话脱口而出,她立刻就后悔了,可她在人情世故这方面的笨拙天性再一次占了上风,即便后悔了,也不知道该怎么办才好,只好保持着倔强任性的表情站在原地。

两个小孩同时静默了一分钟,然后魏之远一言不发地越过她,转身往外走去。

宋小宝终于感觉到不对,小声地叫了他一声:"二哥。"

魏之远连脚步也没停。

他空着手,闷头往外走,带着几乎是破釜沉舟的凄凉决心。

魏之远咬着牙想:走就走,也没什么,最多接着去垃圾箱里和野狗抢东西吃,无论如何，比以前肯定是强的，他已经长大了三岁，自觉是个男人了，别说野狗，就算那天碰到的不怀好意的大人，他都能用一根钢管打败……

然后他就风萧萧兮易水寒地闷头撞到了一个人怀里。

那人揽住他的后背，熟悉的劣质烟味传来，让魏之远的心情一瞬间发生了自己都难以理解的变化——眨眼的工夫，他就从一个勇往直前的男子汉变成了一个满腔委屈的小男孩。

魏之远把脸埋在魏谦怀里，死死地扒住他，一动不动地站在原地，不让哥哥往里走，也不肯抬头。他拼命忍着不哭，两只手把魏谦的外衣攥出了一层一层的褶子。

魏谦一抬头就看见楼道里乱七八糟的行李和被褥，脸色从尴尬转为防御的宋老太……还有怯怯地看着他的小宝。

魏谦深吸一口气，有心想把这老东西一巴掌拍死，可是小宝……他的宝贝丫头好不容易才回来的。

他投鼠忌器。

魏谦明白，自己想留下小宝，大概就必须得向这个干瘪瘦小、身无长物的臭老娘们让步……纵然他心里的疙瘩有拳头那么大，恨不得冲破胸口呼号而出。

他自诩一生哪怕贱如烂泥也绝不向人低头……直到他妹妹用眼泪汪汪的眼神，强逼着他有生以来第一次妥协。

僵持了好一会，魏谦终于伸手轻轻地推了一下魏之远的肩膀，小孩别扭着不肯动。魏谦于是微微用了点力气，掰着他的下巴，抬起了魏之远的头。

一家之主的少年叹了口气，从纸包里挑出了一颗最大的糖瓜，塞进了魏之远嘴里。

魏之远懵懵懂懂地舔了一下，发现是甜的，他爱吃甜的，但是不爱糖瓜那种甜法，所以用舌头把它推到了一边，腮帮子上鼓起一块。他用牙把糖瓜和舌头隔离开，等着它慢慢融化。

紧接着，魏谦把手里的塑料袋和纸包都塞到他怀里，然后双手伸到他腋下像拎起一只小猫一样把他拎了起来，抱进了屋里。

"帮我洗菜去，晚上咱们吃饺子。"魏谦说着，刻意忽视了屋里还有其他两个人的事实，他态度几近柔和地问魏之远，"糖瓜好吃吗？"

魏之远犹豫了一下，点了点头，过了一会，小男孩偷偷把隔离到了牙齿外面的糖瓜

第六章 霜雪

重新收回了嘴里，舔了舔，觉得也还行，没那么难吃。

魏谦没有理会宋老太，也没有阻止小宝把她放进来，更没有帮小宝捡东西。

不过当宋老太期期艾艾地走进厨房，观察了他的反应片刻，试探着动手剁馅擀面皮的时候，他也同样没说什么。

魏之远心意难平，宋小宝心怀惴惴，而剩下的一个成年人和一个几乎可以当成年人的少年达成了诡异的默契——他们俩不约而同地保持了表面上的和平，谁也没输，谁也没赢。

宋老太终于还是没能把她的宝贝孙女从臭流氓身边抢走，而魏谦也只好捏着鼻子容忍了自己本来就不大的家里住进了这么一个讨人嫌的老不死。

他们俩尽管抬头不见低头见，却都完美地互相把对方当成了空气，谁也不搭理谁。

那天晚上，宋小宝讷讷地和魏之远道了歉，魏之远瞥了一眼魏谦的表情，勉为其难地表示不跟她计较。

这事算过去了，小宝依然是小妹，小远依然是二哥，之后的日子，他们偶尔也会凑在一起对寒假作业上的答案。

以前他们都是在宋小宝的小屋里一起做功课的，那里有书桌和简易的小书架，可是自从那天以后，魏之远再也没进过小屋。

他把自己的课本和习题册都搬了出来，用两块硬纸板把客厅里平时不大用的一张腿脚不一样长的小桌垫好，从此在那里落了户。

魏谦心里有数，就随他去了。

后来小宝年纪大了一点，不再那么没心没肺，开始有一些小算计的时候，曾经几次三番借着各种名目，想让小远进去，可惜魏之远完全不吃她那一套。直到他们搬家离开这个历史悠久的棚户区，魏之远也没有再踏足过小屋一步。

那段时间魏谦回家的时间越来越晚，跟着乐哥有不少"应酬"。

以前这些事魏谦能推就推，但麻子死后，他生出了和乐哥你死我活、不共戴天的心，当然要不动声色地潜伏在乐哥身边，赚取足够的信任。

而且家里的气氛也确实诡异，魏谦实在是懒得回去。

这种诡异的氛围一直绵延到了当年的三月份，魏之远和小宝已经都开学了。

阳历三月的某一天，正是旧历的二月二，龙抬头，这年的倒春寒冷得邪乎，眼看着快开春，居然又下了一场好大的雪，几乎把整个城市埋了下去。

魏谦照例在外面陪乐哥，却显得有点心神不宁，不停地低头去看乐哥新给他配的"小灵通"手机。酒喝到一半的时候，他的小灵通响了，魏谦一接，脸色一变。

乐哥偏头看了他一眼，问："怎么了？"

魏谦压低声音说："我妹妹病了。乐哥，小孩高烧容易落下毛病，我……我想回去看看。"

乐哥似乎有些不乐意，然而毕竟还是给他面子的，随口问："我给你找几个人？"

魏谦忙说："不用，我回家看看就回来。"

魏谦说完，站了起来，先和众人赔了不是，然后没等别人有所反应，他就用桌子角搓开酒瓶子，当场喝了一整瓶啤酒，算是给足了乐哥面子。

在一众大小混混的叫好声中，魏谦恭恭敬敬地弯下腰，轻声说："司机和车我都给您叫来备好了，那辆'盾牌'，让司机给您开好了暖气，在楼底下等着。"

乐哥喜笑颜开地挥挥手："去吧。"

魏谦不办事则已，但凡他接手，似乎总能挠到自己的痒处。乐哥心想，自己一直照顾他不是没缘由的，这少年人有锐气，能豁得出命，能撑得起场面，却也不是一味只会往前冲的莽撞人，魏谦有自己特有的油滑，知道怎么保存自己的面子，也知道怎么给别人面子。

魏谦应付完这些人，匆匆往家里跑，还没到家，就看见宋老太费力地背着小宝，深一脚浅一脚地走在大雪里，旁边跟着的魏之远给他们打着伞，男孩自己半个身体都被雪打湿了。

宋老太毕竟年纪大了，又不知道怎么打车，背都被小宝压弯了，嘴里呼出的白气一下一下粗重地飘在滴水成冰的大雪天里。

魏谦大步走过去，把宋小宝接过来，伸手一摸，额头滚烫，他立刻把自己的外衣脱下来，裹在她身上，抱着她直奔医院。

小宝最近老换地方住，弄得自己日理万机，加上奶奶和大哥之间那种瞎子也能看出来的不共戴天，以及小远对她芥蒂难消，一时间，她的心理压力前所未有的大。

第六章 霜雪

小宝心里从来没藏过这么多事，正好学校里开始流行病毒性感冒，她就壮烈中招了。

外面漫天的大雪仿佛预示了这个冬天的无边无际，医院的铁架病床透着怎么也暖和不过来的寒凉，西北风"呼呼"地拍着窗户，小宝满脸通红地输上了液。

其他三个人都已经是一身狼狈。

宋老太没有任何经验，之前挂号、带小丫头检查、验血、办住院手续等等的事，都是魏谦在跑，她插不上嘴，也不懂。一直以来，她在魏谦面前都表现得像个一点就着的二踢脚*，几乎可以代表广大农村中老年妇女的最高战斗力，这时却显得无助又脆弱。

她有些浑浊的眼珠总是不由自主地随着偶尔来往的医生、护士而不安地转动，坐在楼道里等候的长椅上，顾不得一身的雪水化得她浑身湿漉漉，屁股只敢挨着长椅一点边坐。每次有人不经意间靠近，她就会像犯了错的小学生一样，猛地站起来，手掌无意识地在湿漉漉的裤腿上磨蹭，露出她因为疏于保养而粗粝冻裂的手背。

魏谦安顿好了宋小宝，已经很晚了，他看了看跟来的那一老一小，披上外衣转身离开了医院，从不远处一个快要打烊的小饭店里买了两碗热汤面，打包好拎上来，纡尊降贵地放在宋老太面前一碗，剩下的推给小远，低声说："吃吧。"

魏之远说："哥，你先吃。"

魏谦摆摆手，摸出烟盒，又塞了回去，转身出去找医生说话。

魏谦等他们俩吃完了东西，又看了看，见外面的雪不知道什么时候已经停了，把雨伞递给魏之远，想了想，又从兜里摸出两百块钱，一起塞给他说："太晚了，你们俩回去吧，到楼底下叫个车，也尝尝'打的'的滋味。剩下的钱是这几天的家用，医生说小宝得住几天院。"

魏之远问："你不回去？"

魏谦说："嗯，我在这陪陪她。"

魏之远偷偷地撇撇嘴，低下头看着自己的鞋尖，别别扭扭地说："那我也不回去。"

魏谦好声好气地说："你在这能干什么，别回头你也感冒了，听话，回去吧。"

魏之远固执地不吭声。

他实在是不想和那老太婆单独相处，不然也不会这么拧巴。魏之远其实知道，大

---

*二踢脚：一种鞭炮的名字。

哥的好脾气最多两句半，超过了，他就要不耐烦了。

果然，魏谦把脸一沉，直接呵斥说："少废话，滚回去，别在这给我添乱！"

呵斥完后，魏谦抬手摸了他的头发一把，发现已经干了，于是催促说："快走吧，家里有点板蓝根，回去自己泡水喝。"

宋老太在一边，破天荒地对魏谦以一种示弱的姿态开了口："那要么我在这儿吧，我岁数大了，睡觉少……"

魏谦挑起眼角看了她一眼，毫不客气地说："你？你会干什么？"

宋老太："……"

魏谦冷笑一声，转身拉开了病房的门，示意他们俩都"快滚"。

宋老太犹犹豫豫地走出去，忍不住又回头对他说："那……明天早晨你别在外面买吃的，我给你们做好了送过来……"

这回魏谦眼皮也没抬，眉目冷淡，好像自动屏蔽了她的话音。

魏之远蔫蔫地跟着宋老太走了几步。

"等等。"魏谦突然想起了什么，开口叫住了他。

魏之远立刻如蒙主召，颠颠地跑回来。

魏谦弯下腰，几乎是贴着魏之远的耳边，低声对他说："回去别忘了跟老师给妹妹请个假，这几天……你早晚出门看着点，尽量和别的同学一起走，如果有人拦住你也不用慌，问你什么，你就照实说，不要紧，告诉他们我一直陪着小宝住院。没人会为难你……如果家里有什么事，你就直接到医院找我，不要打我电话，我不开机。"

魏之远惊疑地抬头看着他，魏谦的目光在采光不良的楼道里显得格外深沉，目光森冷而平静，里面似乎有幽暗的流光涌动。

"除此之外，你什么都不知道，记住了吗？"

魏之远点点头。

魏谦单薄的嘴角轻轻地挑起来，在背光的地方露出了一个似是而非的微笑。

"小宝不要紧，还没来得及转成肺炎，就是病毒性感冒，一个礼拜就好了。"魏谦说，"她这场病，病得可巧……"

后来魏之远回忆，他哥就是从这天晚上开始和奶奶结束了斗争，缓和了关系，乃至于后来握手言和的……哦，后来他跟小宝一样，叫宋老太"奶奶"了。

第六章 霜雪

　　这一宿发生了太多的事，看起来似乎是他们所有人命运的转折，神奇得要命，可魏谦那语焉不详的几句耳语却始终让魏之远相信，有时候那些看似奇迹的命运，要是刨根问底，竟然也会是人为的。

　　小宝的病果然如医生所说，来得快去得也快，第二天清早，她就已经从高烧转成了低烧。宋老太如约一大早赶来，带着给小宝的鸡蛋羹和给魏谦的茶鸡蛋、瘦肉粥。

　　茶叶蛋大概是煮了一整宿，味道浸得足足的。

　　魏谦没客气，接过来大口吃了，发现这老太婆干别的不行，做饭倒是挺有一手。

　　小宝吃了东西，强打精神和奶奶说了几句话又昏昏地睡着了。宋老太神色拘谨地坐在一边，几次三番试图和魏谦搭话，但魏谦不领情，也懒得给她面子，一直爱理不理，拿着一本缺页的旧杂志翻来覆去地看。

　　宋老太有些惴惴不安，两厢沉默了一会，她终于站起来，轻声说："她哥，那你……那你中午想吃点什么，我回家做去。"

　　魏谦不识好歹地冷笑一声："管好你孙女就得了，我用不着你，怕你下耗子药。"

　　宋老太眼眉一立，看起来又想破口大骂，可她嘴唇动了动，到底憋住了，一声没吭转身走了，中午依然忍辱负重地带来了魏谦的饭。

　　一日三餐，她都给做好了送来，变着花样的，带着明显的讨好意味，基本是魏谦爱吃什么给做什么。到了第三天，魏谦终于有点吃人嘴软了，虽然他照例是不大买账，可好歹说话不阴阳怪气了——他闭了嘴，好话歹话都不说了。

　　这天宋老太刚走，三胖就来了。

　　三胖给宋小宝带来了新鲜水果，心不在焉地逗了她两句，然后一扯魏谦的衣服，低声说："谦儿，出来，三哥有话跟你说。"

　　三胖脸色凝重，眼睛下面带着厚重的黑眼圈，大饼脸几乎都有些缩水了，险些奔着甩饼的形状去。

　　魏谦嘱咐了小宝几句，跟三胖到了外面，找了个没人的转角，三胖一把拎住魏谦的领子问："你为什么不开机？你知不知道外面出什么事了？你……"

　　魏谦攥住他的手，把自己的衣领解救出来，不慌不忙地说："天塌不下来。"

　　三胖急道："这时候了还跟老子装神，乐晓东出事了！"

　　魏谦面无表情地看着他。

"前天晚上,就是你送小宝上医院的那天,乐晓东他们喝完酒,半路上就被人给截下了,他那辆凯迪拉克据说当场就被人给拦腰撞翻了……当时跟着他的兄弟们全都红了眼,当街和对方干起来了,正是闹市区,一帮没谱的王八蛋,眨眼就惊动了警察。前一段时间市里刚说要重点打黑,这就撞枪口上了,你说他们是不是缺心眼……"

三胖絮絮叨叨地说了一大堆,魏谦却突然打断他的话。

魏谦的声音压在喉咙里,低得就像悄悄话,他少年时的清脆音色已经褪尽,低沉得如同沉郁的琴音,好像带着某种回响。

魏谦问:"乐晓东死了吗?"

三胖愣了两秒,而后难以置信地看着魏谦,好一会,才呆呆地问:"不是,你……你早知道?"

魏谦露出了一个讥消而尖刻的笑容,英俊得逼人。

三胖心里把这事转了转,瞬间冷汗都下来了,忙问:"你在里面扮演的什么角色?你丫找死啊,魏谦!乐晓东他们那些人是我们这些虾米小鱼能动得了的吗?你……"

魏谦竖起一根食指在自己的嘴唇上。

他走近三胖,从他的口袋里掏走了一包烟,小声说:"三哥,你说得对,我只是只虾米小鱼,什么角色都不是。我当时饭都没吃完就走了,既不知道他什么时候走,也不知道他会走哪条路,你说乐哥每天晚上都换地方住,这也能被人伏击吗?简直太离奇了。"

三胖目瞪口呆的二缺表情如同刚被外星人绑架了。

"不过知道他死了,我就放心了。"魏谦一只手托住自己的下巴,手指揉了揉自己微微冒出些胡茬的脸,拿着烟盒走出去。医院不让抽烟,这几天快要憋死他了。

那起重大贩毒案中,被卷进去的不单是麻子这样的替罪羊,还有真正的大头和老炮*,乐哥独善其身,连局外人都看得清怎么事,更别说牵扯其中的人。

乐晓东作为一个短视的阴谋家,遇到事不想着怎么坐镇大局,先第一时间把自己摘出去,还摘得不甚高明。

魏谦知道,从那件事之后就开始有无数双眼睛在盯着乐晓东——因为有人曾经找过他,他作为乐晓东手下的当红打手,还和死了的麻子私交甚笃,立场微妙。

不过魏谦当面没答应,转脸把对方卖给了乐晓东,表了一回忠心,也让因为麻子而

---

* 老炮:北京俚语,指资格较老的混混。

第六章 霜雪

对他有些犹疑的乐晓东放心。

不是愚忠的傻小弟，谁来送他们乐哥上黄泉路呢？

乐晓东属大龙，尽管全世界少说十二分之一的人都是这个属相，但他就是认为自己的属相独一无二，有帝王气。

他把每年二月二龙抬头当个节日过，必然要大宴宾客。魏谦临走替乐哥准备好了他的爱车——乐晓东养了好几辆名车，但是打心眼里最喜欢那辆凯迪拉克，不为别的，就因为这车上过电视，全中国人都认识，都知道它贵。

以及四个字的名字显得高端洋气。

魏谦这"马屁"拍得熨帖，乐哥当时心里非常满意。

乐晓东有好多住处，立志要狡兔三窟，谁也找不着他。每次都是坐到车上临时决定去哪，他自以为别人不可能提前预知他的行程。可惜，有一年他老婆去北欧扫货，给他带了一块天价名表，乐晓东当时不管是不是刚初春，为了把表露出来，硬是穿了短袖，就这一次露怯，魏谦就明白了他今天晚上会走哪条路。

乐晓东志得意满地喝了酒，大宴宾客如同土皇帝，贴心的小弟给备好了土皇帝车，酒气上头，他如果不就近去市中心的广场上转一圈显摆一下他的爱车，心里该有多难受啊。

从广场转一圈，正好接上往北城的高架桥，乐晓东在北城有个九百多平的独栋楼房，是那一片别墅的楼王，里面养着仨居然能和平共处的奇葩情妇，其中一个刚在有心人的点拨下，趁着乐晓东心情好，打了电话给他祝寿，故意把"龙抬头"说成是他的生日讨好，把乐晓东祝得龙心大悦。既然都顺路了，他要是不去看看他那"三宫"，心里该有多难受啊。

哦，对了，乐晓东从不开车，从不坐副驾，他认为车的前面两个位置是司机和小弟的座位，坐上去会掉了他的价。

所以只要冲着后面撞就好了。

太外露的人比较适合当个小人物，因为注定不可能走太远，他们通常都会莫名其妙地冤死在半路上。

第七章·希望

小宝在医院整整住了一个礼拜。

她住院的那天大雪封城,出院的时候气温却已经骤升了十几度,春暖花开呼之欲出。

宋老太在家里煮了一大锅饺子。

小宝发现,曾经剑拔弩张的大哥和奶奶似乎奇迹般地缓和了关系;而她这样病病歪歪的,小远也不好再和她过不去,拿出了这几天的笔记给她。

棚户区的旧筒子楼三楼,一室一厅的破烂房子里,恍然间有了点家的味道。

乐晓东死了,魏谦胸中一口凝滞不散的仇恨好像也随之而去了,他的精气神似乎变了不少……哪里变了,三胖也说不好,只是觉得他没有那么深重的戾气了。

不管怎么样,都是好事。

临去接麻子妈出院的时候,三胖带着小锄头和魏谦来到了麻子家门口。

第七章

希望

　　三胖往手心吐了两口吐沫，握着小锄头在树下一阵刨，"麻子那小子，属土拨鼠的，什么都往地底下埋，肯定留了东西——哎，谦爷，您能别在一边扎着手看着吗？能移驾过来，动动您尊贵的爪子帮帮俺老猪吗？"

　　魏谦把鞋上蹭的泥磕掉，头也不抬地说："二师弟，师父给你机会让你减肥，你就别废话了，甩开肥膘挖吧。"

　　他说完，摸出一根烟，塞进嘴里点了，然后倒着插到了大槐树下，拍了拍树干说："好长时间没尝过了吧？不是好烟，你凑合着用。"

　　大槐树静静地站在一边，微风中，和着微微歪斜的烟，簌簌有声。

　　真就有点像麻子，总是不声不响地站在那，谁看他一眼，他就冲谁傻笑一下，不问就不吱声。

　　三胖很快挖出了麻子埋在地下的钱，用塑料袋封起来的信封里还夹着一张纸条，说他就要远走他乡了，只好厚着脸皮地把他妈托付给两位兄弟……"托付"的"托"还写错了。

　　这炸油条的文盲，老大不小的，遗书写得还不如当年刚上两个月小学的小远。

　　魏谦和三胖合计了一下，决定把麻子已经死了的这件事瞒下来，只把钱和字条交给麻子妈，对麻子妈统一了口径，说为了给她攒钱治病，麻子跟着一帮做生意的人走了，上柬埔寨倒卖咖啡豆去了……"去柬埔寨"这个说辞是三胖想的，算远走异乡，对得上字条上的话。

　　麻子妈截了一条胳膊一条腿，已经算是残疾人，按规定，她可以申请"五保户"，可惜全部办下来没那么容易，需要开各种证明和跑手续等漫长的过程——不然当年魏谦也可以以未成年人的名义申请，只是当时太耗时间，他没这个心力，跑不起。

　　现在他和三胖都有心有力，这事却依然办不成，因为麻子妈过不去自己那关。

　　魏谦尝试着提起这事时，麻子妈坚定地认为自己已经有了个将近成年并且有劳动能力的儿子。现在儿子虽然不在眼前，但他是去国外做生意的，有经济来源，她不该蓄意欺骗政府那点补助金。

　　她觉悟高得简直让魏谦脑仁疼，于是回去以后，他狠狠地捶了三胖一顿——都是这死肥肥出的馊主意，编的馊瞎话，得，搬起石头砸自己脚了。

　　魏谦没有再回夜总会，他甚至没有再关心过乐晓东死了以后财产都由谁打理了。

　　"小魏哥"已经随着死了的乐哥一起销声匿迹，金盆洗手了。他做打手做得本分极了，谁都知道他只是乐哥养的一条咬人的狗，牙口再利也没人关注他，他们有的是别的事来互相打破头。

魏谦托三胖爸找到了一个工厂点货员的工作——哦，说白了就是搬东西的。

临时工，按件计费，纯体力活，中午管饭，一人俩馒头，魏谦没干多长时间就满手都是大泡，整天都是脏兮兮的，一天到晚要看人脸色。

打手"小魏哥"，弹指就成了镜花水月。

魏谦开始干这个活的第三天，蹲在路边拿针挑手上的血泡的时候，心里平静得自己都觉得诧异。他曾经认为，这样的日子会把自己年轻的脊梁给压弯，也许会一想到自己这副德行和"出人头地"四个字之间十万光年般的距离，就觉得心如刀绞。

然而并没有。

如今他想要出人头地的那种心绪依然没有半点改变，他依然是个做梦都想赚大钱的钱串子，依然需要钱，需要养家糊口，可大概是他已经目睹过了足够的浮华，经历过了刻骨的生死，他的心已经不知不觉间就沉下去了很多。

对此更加喜闻乐见的是宋老太。

即使魏谦每天被人吆五喝六，孙子一样地干活，她也欣慰地为他终于"走上正途"松了口气。她是庄稼人出身，不觉得体力活有什么不好，凭力气吃饭，吃得天经地义。做小工，哪怕吃糠咽菜，也比出入夜总会做混混的穿金戴银强。

宋老太主观地认为魏谦前途一片光明的时候，她也终于发现，这个大男孩，还不到十八岁，已经确确实实是在撑起一个家了，于是对他好了一些。

她不知从哪里弄来了跌打损伤的药膏，偷偷放在魏谦的床头柜上，又为了帮魏谦补贴家用，每天早晨三点多起来，煮上一锅茶叶蛋和玉米，踩着人们上班的时间出去卖；下午再去收硬纸盒子、报纸和瓶子去卖。

甚至魏谦也不得不承认，这个神经兮兮的老娘是了不起的人物——她就这么起五更爬半夜，竟然还能兼顾家里孩子们的一日三餐，还能精神矍铄地和邻居那个恶老太每天大战三百回合，相互问候亲戚地骂战一通。

恶老太被魏谦小时候拿着菜刀吓唬过，不敢出门硬碰硬，两家各自上着门上的锁链，留出一条门缝以供声音畅通无阻，开战。

这两个老货掐出了风格、掐出了水平，嘴里蹦出来的脏话让魏谦这个职业流氓都听不下去。

三胖不出门进货的时候就坐在楼道里，抓一把瓜子，一边嗑，一边津津有味地听一段。等战斗结束，他拍拍瓜子皮，扯着嗓子鼓掌叫好。他声音洪亮，一个人能打造出"满

第七章 希望

堂彩"的效果。

后来魏谦过去，一脚把恶老太家的门闩踹坏了，又和宋老太在家里大吵一架，让这两个混账老太婆把嘴都放干净点，别把家里好好的孩子都教坏了。

事实证明，两个泼妇斗不过他一个人，于是她们俩自觉将切磋时间转移到了午后或少年儿童们上学的时候，逢周末及法定节假日则休战。

魏谦把烟戒了，抽烟太贵。

魏之远感觉童年让他印象深刻的有两种味道，一种是廉价的烟草气味，一种是后来跌打损伤膏的药味。

那段时间，每天他做完功课抬头看的时候，大哥都一定已经累得躺在床上睡死过去了。天渐渐热了，魏谦就穿个"二杆梁"背心和大裤衩，把薄毯往腰间一搭，留给魏之远一个背影。

打手生涯和繁重的体力劳动把魏谦磨砺得腰间没有一丝赘肉，修长紧实的肌肉紧紧地贴着，后腰永远是窄窄地凹下去，突兀的一对肩胛骨就像一双展开的翅膀，好像只要藏在下面，就永远也不会受到伤害。

魏之远看他一眼，又低头写了两行字，正抄到一个课文课后词，那个词是"长兄如父"。

男孩按照老师的要求工工整整地写了五遍，然后合上书本，关上灯，循着空气中已经习惯了的药味爬上床，爬过魏谦，熟练地钻到了他怀里。魏谦半梦半醒间下意识地抬手拍了拍小孩的后背，带着鼻音低声说："快睡。"

魏之远从这两个字中分辨出了浓稠得恰到好处的宠爱意味，心满意足地合上眼，享受着一天最舒服的时刻。

此后每每提及"幸福"，魏之远都会想起自己年幼的时候窝在大哥怀里，蹭着他的胸口，闭上眼睛等待沉沉睡去的一刻……即使他已经长大到在大哥的怀里再也装不下了。

匆匆又过了半年。

这一天小宝和小远进行期末考试，考完试就意味着要放暑假了。

夏日如火，魏谦骑着一辆二十块钱买来的二手自行车，来到了冷饮批发市场，小商小贩们都从这里进货，魏谦也打算批发一箱冰激凌回家给两个崽子解馋。

很多家里有小孩，冷饮消耗大的人家都会从这里直接买一箱冰激凌回去，平均零售价为一两块钱的冰激凌，批发价只有四五毛，能节省很多钱。

魏谦正在看产品名录的时候，突然，一个人有点犹豫地叫住了他。

"魏谦？你……是不是魏谦？"

魏谦回头一看，只见对方是一个有些眼熟的中年妇女，他先是愣了一下，随即仔细地打量了她一番，才恍然大悟地想起来："你……您是李老师？"

李老师踩着高跟鞋快步走过来，一迭声地问："真是你！你是怎么回事？连声招呼也不打就退学，我还找过你好长时间，一直没消息，你到底干什么去了？有什么天大的事？为什么不把学上完？"

三年了，骤然见了她，魏谦竟然有种恍如隔世的感觉，学校？那好像……都已经是上辈子的事了。

然而面对旧班主任，魏谦却忍不住低下头，这一刻，他既不像暴虐凶戾的夜店打手，也不像沉默寡言的年轻小工。

他忽然变得像个正常的在老师面前有些拘谨的中学生。

魏谦苦笑了一下："老师，这说来可就话长了。"

魏谦带着一箱冰激凌和一个陌生的中年妇女回家的事，让所有家庭成员都非常的意外——因为印象里，大哥就没对谁这么客气过。

这位客人衣着整洁，戴着眼镜，说话客客气气的，非常有礼貌，举手投足间让人一看就知道是个知识分子，和周遭环境格格不入。

等奶奶弄明白了李老师的身份之后，她惊得连话都说不利索了——她老家的行政区域是这样的，先是省，省下面是市，每个市管辖着下属十几个县，构成一个行政地区。一个县下面又有七八个乡，乡下面才是数不清的小村落。

宋老太的老家相对偏远落后，村里孩子上小学要去乡里，上初中要远走县城，上高中则要坐上七八个小时的车去市里。她们村里好多年都没有能考上高中的孩子了。

更不用说高中老师了，她有生以来第一次见到一个活的高中老师。

宋老太几乎把李老师当成了国家领导人来接待，使出了浑身解数，做了一桌最高规格的菜，死活要留下她吃饭。

李老师实在盛情难却，只好在饭桌前坐下来。看着这个家，李老师多少明白了魏谦退学的原因，她在应付着热情洋溢地不停地给她夹菜的宋老太之余，试探地说："魏谦，我记得你那时候成绩挺好的，说真的，就这么不上学了，真的挺可惜的。"

魏谦没应声，拿起一边的小碗："老师，我给您盛碗汤。"

第七章 希望

　　李老师接过来，接着说："你知道，我在咱们学校里也工作二十多年了，作为老教师，在校领导那儿多少有点面子，而且你叔叔……哦，就是我丈夫，他在市教育局工作，你要是愿意，我可以让他想办法帮你把学籍弄回来，就插在我现在带的班里。"

　　这话音一落，饭桌上所有人都不约而同地停下了动作。

　　众人反应不一，小宝理智上知道这是件好事，但感情上，她显然不认为上学是什么好差事。她一方面高兴，一方面也为大哥以后要和她一样被老老实实地绑在椅子上听课、写作业而幸灾乐祸。

　　小远却比她心细得多，哪怕当年魏谦退学的时候他还那么小，但他切切实实地感觉到了魏谦心里强压的绝望和悲痛，所以他带着点期盼地抬头看着李老师，用一种"失学儿童盼来了救助"的欣喜若狂的目光。

　　而反应最大的却是宋老太。宋老太活的时间比他们仨加起来还长，经历过的事太多了。

　　她发现，当魏谦坐到这个李老师面前的时候，气质都变了，他显得文质彬彬，礼貌且应对得体，看上去比同龄人稳重很多，面容英俊，匪气褪尽了，露出他原本蒙尘的、逼人的青春。

　　大好年纪的少年，灼灼如火般的韶华。

　　一个念头从宋老太心里闪过，她当机立断地做了决定，心想，这小子应该去念书。

　　然而唯独魏谦，听了李老师的话，他只是微微愣了愣，好一会，他才眼皮也没抬地轻轻笑了一下，反应平淡地说："谢谢老师，不过……咳，我这个人，天生就不是很愿意上学，可能也不是读书的料……"

　　"你是怕没钱交学费？"宋老太突然打断他。

　　魏谦沉下脸扫了一眼这猪一样的战友，要不是不好在李老师面前造次，他敢当场摔筷子——在人家老师面前哭穷，说这话是什么意思？

　　是博取同情还是腆着脸地利用人家的爱心求扶贫？不要脸也要有一定的限度吧？

　　可是宋老太不管，满地打滚的事她都干得出来。脸面？脸面又是什么玩意？能吃吗？

　　于是她再一次抢在李老师前面开口说："没事，你去读，我还没老呢，干得动。我守着路口，连早晨到晚上，一天能卖几百个茶叶蛋，你算算，这能赚不少钱了吧？他们俩还小呢，没到花钱的时候，小学念书杂费一年没多少，充其量是交一点书本费，你安心去读你的书，放心吧。"

魏谦觑了觑李老师的神色，一边悄悄地磨了磨牙，一边对李老师勉强挤出一个纯良无害又有些不好意思的笑容："不，其实不是因为经济原……"

他尽可能保持着他如同学生会主席般的风度，宋老太再次利用这一点，扯着嗓子打断了他，她用自己骂街练出来的大嗓门冲着李老师说："老师，可谢谢您，您就是我们家的恩人，只要让这小子回学校念书，学费我老太婆出，将来就是考大学，咱们也考得起，孩子只要自己有出息，说什么也不能耽误了，是不是？哎……您说的，他真能……"

李老师笑着扶了扶眼镜，说："大妈，您放心，当了一辈子教书匠，没权没势，也就能办成这么点事，可惜一个好孩子，当时这孩子成绩挺好的，考过前十名——是吧，魏谦？过两天我就让你叔叔去办，办好了等暑假开学，你就可以直接入学，经济上有什么困难，可以对老师说，大不了你将来长大有出息了再还给老师嘛。"

宋老太大喜过望，差点要拢起袖子冲李老师作揖了："哟！是嘛！那可太谢谢您了！太谢谢您了！"

宋老太一个人大呼小叫，以绝对优势完全占领了发言权。

小宝只知道吃饭，魏之远看看这个，又看看那个，终于还是小心翼翼地夹了一块肉放在了大哥碗里——他看见大哥脑门上的青筋都迸出来了。

李老师吃完饭就告辞了，魏谦原本打算出去送她一程，顺便好好感谢老师的好意，把"重新滚回去上高中"这种荒诞不经的事拒绝掉。可没想到他刚起来，还没来得及站直，宋老太就猝不及防地给了他一记"撩阴腿"。

大哥在小弟和妹妹眼前，前所未有地大幅度蹦了起来，丧权辱国地夹起了腿，像一只受到了惊吓的兔子一样猛地躲开，然后大门就在他们仨面前"咣当"一下关上了，宋老太已经屁颠屁颠地追出去送李老师了，动作之迅捷，实在不像一个已经七老八十的老太婆。

沉寂了两秒钟之后，魏谦冲小宝咆哮："你奶奶那个老妖婆是找死吗？！"

小宝迷茫又无辜地看看他，擦了擦方才吃饭热出来的汗，对他说："哥，我想吃根冰棍！"

魏谦没好气地说："吃个毛，刷碗去！"

小宝只好委屈地刷碗去了，魏之远在旁边也开了口，他关心地问："哥，疼吗？"

第七章 希望

魏谦："……"

于是魏谦把炮火对准了他："闭嘴，滚！擦桌子去！"

魏之远就滚去擦桌子了。在擦桌子之前，他还自作聪明地从床头柜上拿起了魏谦平时用的跌打损伤膏，往魏谦面前一放，低头偷偷一笑，在大哥脸上彻底"山雨欲来风满楼"之前，跑了。

魏谦暴怒的脸色冷却了下来，他轻轻地舒了口气，往小远平时写作业用的椅子上四仰八叉地一靠，椅子腿短他腿长，只好委屈地窝在一起。

魏谦剧烈的心跳平复了下来，其实他自己心里清楚，要是他真的一点也不想去，真的像他自己说的那么讨厌学校，他根本就不会把李老师领回家吃饭。

宋老太那老东西再泼辣，还没有他的胸口高，要是一个年轻小伙子动了真格的，宋老太能拦住他吗？

那是不可能的。

他自己打心眼里想回到学校去，尽管儿时当科学家的梦想已经破碎得粘都粘不起来了，可学历依然是他可望不可及的东西。

不管是什么样的学历，哪怕将来他上一个非常破的大学，可毕业证书拿在手里，才能让他站在和世界上的绝大多数人一样奋斗的起跑线。他不期待别的，只想登上那辆能开到起跑线的火车。

用两条腿追着铁轨上的轮子跑，这太艰难了。

他真的只是想要那一点点的希望而已。

可是如果他走了，谁来养家？谁来糊口？

还有不到半年的光景，魏谦就会满十八周岁，在社会眼里，他已经是能自食其力的大人，他有手有脚有力气，没人会因为贫困而同情他，也没人会给他这样的人救济——世界上需要救济的人永远比救济金多。

靠老太太卖茶叶蛋、捡破烂的钱去念这个书吗？打死他也做不到。

退一万步说，李老师是大好人，愿意帮他，那是算他命好赶上了。可李老师有义务帮他照顾家里，帮他偷偷补贴麻子妈吗？

大概二十分钟以后，宋老太回来了，大门被推开的那一瞬间，魏谦心里已经准备好了对她破口大骂的词。

他原本想说"你又不是我奶奶，你个老太婆算哪根葱，你管得着我的事吗？这是我家,我说了算,少在老子面前人五人六地装蒜"。

　　鉴于这句话比较长,并且需要一气呵成,魏谦已经好好地深吸了一口气,然而当他看见推门进来的宋老太脸上那没来得及褪去的喜色的时候,他就连一个字也说不出来了。

　　宋老太认为上学读书是一件极其长脸、极其荣耀的事。在老家,她认识的最有学问的人是东头那个有初中学历的村支书。

　　她正在用一种非常粗鲁鄙陋的方式,尝试着对他好。

　　魏谦终于缓缓地把那口吸进去的气吐出来,连带着牵连着五脏六腑的凶戾一起,听起来就好像一声叹息一样。

　　魏谦对小宝和小远招招手,打发他们俩一人拿一根冰棍去小屋写暑假作业。

　　小宝本来不乐意放暑假第一天就要写作业,随后听见大哥让小远和她一起,她立刻忘了纠结作业的事,小心翼翼地抬头看了魏之远一眼。

　　尽管魏之远面无表情,魏谦却看出了他的不乐意,于是加重了一点声音说:"去,爱吃什么拿什么,听话。"

　　魏之远知道大哥他们有话要说,不想给他听见,可房子小没办法,除了打发他们去小屋也没别的地方可去,于是他顿了顿,摆手拒绝了小宝给他拿的冰棒,转身走进了厨房,回手把厨房的门带上,冲着外面大声说:"我切西瓜!"

　　小宝失望极了,拿着冰棒在厨房门口踟蹰良久,终于还是被那一道歪歪扭扭、不结实的小破门给拒之门外,她无可奈何地转身回到了自己屋里,感觉奶油小豆冰都不好吃了。

　　魏谦这回是真叹了口气——他一双弟妹长得都这么畸形,弟弟是个气性大得不行、死不回头的倔毛驴,妹妹呢……唉,更别提了,她简直是个别出心裁的二百五。

　　这日子,真离了他可怎么过?

　　魏谦把腿放下来,弓起后背,一手扶着椅子把手,另一只手手肘撑在膝盖上,捂住了半边脸,用一种罕见的、心平气和的语气对宋老太说:"我们学校一年多少钱,你知道吗?"

　　宋老太伸出四根手指头来:"你们老师说一年四百,这钱咱们有。"

　　这钱当然有,魏谦替乐晓东当打手那会,乐晓东一个月给他一千五,好烟好酒随便拿,在当时算比较高的收入了。他手里多少有些积蓄,四百块钱的学费确实拿得出,可学费始终是小头,其他的开销呢?

第七章 希望

魏谦搓了搓手指，他这时候真的很想再来根烟。

"我们学……我们原来的那学校，中午午休时间很少，晚上要上晚自习，全封闭管理，一天要在学校待十二三个小时，半工半读是不可能的。我们要求一日三餐在学校吃，最省钱一个月也要一百五十块钱，书本费另算，也是笔不小的开销，咱们就先暂且不算了。家里呢，你们三个买菜买肉——对，我知道你们在家做饭省钱，但是那两个崽子什么岁数？正是连骨带肉一起长的时候，饭钱绝对省不下来，加上水电费和其他乱七八糟的，一个月两百，你们得过的紧巴巴的。"

魏谦抬起眼睛继续说："你告诉我，就这三百五十块钱你去哪儿弄？刨去成本、电钱和水钱，你卖一个鸡蛋能赚五分钱吗？你一个月卖得了七千个茶叶蛋吗？你真当你那蛋是公鸡下的啊？"

宋老太哑然，过了一会，毫无底气地狡辩说："我一天也卖不少呢，能有几百个……"

"我买你几百个鸡蛋。"魏谦苦笑了一下，连续长篇大论，他有点口干舌燥，他轻声对宋老太说，"别耍你那点小聪明了，什么行情我不知道么，从早到晚，你能卖六七十个就算生意好了。"

宋老太："哎哟，你懂个啥，老娘卖破烂也能赚钱，报纸、纸盒子……对，还有瓶子，易拉罐……"

"就算你一个月累死累活地能弄出这三百五十块钱，万一有点别的事呢？"魏谦打断了她，"你年纪也不小了，我说句不好听的，万一有个磕碰住院呢？你有医保吗？再说，就算我可以凑合，你可以凑合，可是万一两个孩子学校有点什么春游运动会，别人都给买新衣服和零食，你让他们俩也凑合吗？小宝是个丫头，现在什么也不懂不要紧，过一两年她知道讲究美了，你是不是也准备让她破衣烂衫地在同学面前抬不起头来？"

宋老太听到这，不知怎么的，突然眼睛一眨，毫无征兆地掉下了眼泪来。

魏谦说得对，她心里明白，这是城里，不是他们那穷乡僻壤的老家。在老家，田间地梗，家长里短，谁家的孩子都是泥里滚大的，谁也不比谁体面多少，没什么好说的。

可是在城里，人家都是豪车宝马，衣香鬓影，穷是没有出路的。

这孩子是有多苦啊！

而她只是个鳏寡孤独的老太婆，什么本事都没有，最大的技能是种菜，可惜这钢筋水泥的城市，连二尺宽的菜地都找不着。

魏谦心里原本是惶惶茫然一片，骤然发现宋老太掉了眼泪，他有那么一两秒钟没说出话来。

随后，少年以一种不可思议的速度冷静了下来，他默不作声地站起来，从桌子上拉过一卷卫生纸，撕下一点递给她，用真正一家之主的镇定气度说："别哭了，我跟你说的都是真事。"

宋老太越发地泣不成声。

魏谦任凭她哭了一会，终于不耐烦地说："老太婆，差不多行了，哭哭啼啼的，晦气不晦气？有事说事，有什么好哭的？"

宋老太听他又没了那种文明和体面，故态重萌地出言不逊，就一边弯腰扒下了自己的鞋，拿着鞋底使劲往魏谦身上抽，一边骂："你个小兔崽子！你个没良心的小兔崽子，我打死你！你就那么想当流氓是不是？就那么想当小工是不是？抽死你得了！。"

魏谦当然不可能被一个鞋底抽死，他也懒得躲，索性缩着肩膀用胳膊护住脸任她打，任她出气。

同时，他不打算陪她发泄毫无意义的情绪，魏谦在这样混乱的背景声中，绞尽脑汁地思索起出路。

满地荆棘，而希望就像一匹踏燕的马，只有尾巴堪堪勾住了他的指尖。

BROTHER

第八章 · 深渊

魏谦本不想因为自己的事弄得家里愁云惨雾，所以虽然他依然惦记着复学这事，每天却照旧是没事人一样去工厂上班——他跟着乐晓东那几年，心事重重的时候太多了，久而久之，就这么养出了一副稚嫩的城府来。

可有人偏偏不让他消停。

首当其冲的就是魏之远，魏之远原来是多好的一个孩子啊，撒娇不捣蛋，听话又会看人脸色，可他眼下已经活生生地变成了一只碎嘴鸭子，每天晨昏定省地要问他一次决定，眼巴巴地，弄得魏谦不胜其烦。

其次是宋老太，宋老太不用变，本身就是个爱说车轱辘话的碎嘴子，一个人能顶五百只鸭子，魏之远那点啰唆和她比起来就弱成了渣。魏谦简直怕了她，有一天他回家一推门，宋老太正好从厨房里走出来，见了他，脚步一顿，张开了嘴，魏谦就好像看到

第八章 深渊

了一张可怕的血盆大口，二话不说转身往门外走……

结果其实人家老太太只是想打个喷嚏。

还有三胖。

三胖贱得绝代无双，有一天趁魏谦不在家，用刷子沾着红油漆，在魏家门口刷出了一行大字——为中华之崛起而读书。

那阴惨惨的楼道，那血红血红的大字……

对门恶老太起得早，凌晨四点多出门遛弯，天还没亮，就受到了这种惊吓，她在门口呆愣了三秒，短促地尖叫一声，拎起裤子摔门狂奔回自己屋里……差点没尿裤子。

在这种十面埋伏的情况下，魏谦从宋小宝身上找到了唯一一丝安宁。

宋小宝私下里严肃地对他说："哥，你要是不想去，就别去了吧。"

魏谦诧异地抬头看了她一眼。

宋小宝叼着一块西瓜，诚恳地说："你是不想上学吗？"

魏谦迟疑了一下，违心地点了点头。

宋小宝摇头晃脑地唉声叹气了一番，故作老成地说："唉，没办法啊，你的难处我都懂。"

魏谦吃了一惊，心想她不知不觉间居然已经这么懂事了，有点窝心，于是问："你都……懂什么了？"

宋小宝"呸"一口，准确地把西瓜子吐到了烟灰缸里，同病相怜地说："跟你说句实话吧，哥，其实我也不想上学。"

魏谦："……"

宋小宝当天晚上被勒令把语文书上最长的课文抄了两遍。

但是说起来很神奇，有的时候真有这种巧合，一个人对某事念念不忘的时候，真的会发生一些绝处的转机——尽管可能并不是什么好的转机。

这一天魏谦换下工作服，推着他的自行车刚要骑上走，突然，一个男人叫住了他。

那人一身价格不菲的衣装，人模狗样的，戴着一副墨镜，魏谦不认识，但这人身上有股熟悉的气息。

魏谦心里当时就有种预感，果然，那男人一眼见了他，就大步向他走过来。

魏谦早已经金盆洗手，不想理会，蹬上车就想走，那男人却一抬手攥住他的车把，伸脚踩住了车轮:"这是小魏哥吧,我想和你说几句话。"

魏谦按在车把上的手捏紧了,青筋暴了出来,压低声音警告说:"松手。"

男人摘下墨镜,只见这人鼻子有些歪,眼皮上面有一道疤,显得一眼大一眼小,面相凶恶狡诈。他从兜里摸出一张名片,在魏谦面前晃了晃:"胡四爷,他老人家魏哥总该记得吧?"

魏谦第一次一人在乐晓东的夜总会里单挑一群、打出名的那次,确实有一个自称"胡四爷"的人找过他,给了他一张名片,很有招揽的意思。胡四爷是乐哥的贵宾,魏谦虽然当时拒绝了,但是对此人印象非常深刻,因为他看人的眼神怪怪的,就像他眼里,人都不是人,都是能牵到市场叫卖的猪马牛羊。

后来魏谦听人提起过,那个叫"胡四爷"的老头是个黄赌毒均沾的家伙,坏得"十项全能",他名下有三四个著名的地下黑拳场,四处招揽看得上的打手和运动员,尤其喜欢魏谦这种打架不要命的职业精神。

魏谦眼皮一跳,知道这人不能得罪,于是伸脚踩在地上停住车,客客气气地问:"大哥怎么称呼?"

墨镜男见他上道,十分满意,搓了搓手,松开了他的自行车,回答说:"不敢当,我叫赵老九,你叫我老九就行了。"

魏谦笑了笑:"哦,是九哥,胡四爷不常来,可能不知道,乐……"

赵老九打断他:"乐晓东死了,这都半年了,早都知道啦。"

魏谦垂下眼顿了顿:"是,所以我现在已经不干这行了,其实胡四爷和九哥看得起我,我不该推三阻四,可你看,我拖家带口,什么事都走不开,也确实是……"

赵老九眼珠转了转,点着头说:"唉,我理解,谁都有难处,胡四爷是那么不讲道理的人吗?现在主要是这样,他老人家新开了一个'点','场子'还没捂热乎,特别缺人暖场,急需找几个厉害的去撑场,虽说是耽误你上班,可价格方面你要放心,胡四爷绝对不亏待自己人。"

魏谦曾经跟着乐晓东出入过很多场合,很多事他都多少知道一点——他听出来了,赵老九的意思,是说胡四爷又新弄了一个黑拳场,想叫他去暖场。

黑拳市场由来已久,是玩命换钱的暴利,一些地下拳场里会有真正的高手,这些人在九十年代中期,一场就能拿几万块钱,其他无关紧要暖场的小鱼小虾一场则是几千

第八章 深渊

不等。

魏谦自嘲地笑了笑:"九哥,别逗我了,我有几斤几两自己还不清楚吗?真正的拳击散打高手,一根指头就能碾死我,我死活不要紧,给胡四爷跟九哥你丢人就不好了。"

魏谦知道,他如果答应了,肯定就算赵老九的人,赵老九替胡四爷办事找人,中间必定是拿好处的,找来的人输了赢了的,他都有份。

"你说得不对,不是那么回事,"赵老九摆摆手,"真正的高手又不是大白菜,哪那么容易找来?胡四爷什么眼光,他看得上你,你也不用妄自菲薄……"

说到这,九哥突然四下看看,压低了声音对魏谦说:"再说九哥跟你透个实情,在拳场里,其实你一般厉害就行,捞几场,万八千块钱,拿了就走,这钱来得容易,什么事都没有。真厉害到一定程度反而不好,顶级的拳手在高级擂台上下不来,因为总会有更厉害的上去挑战他,到最后的结局也就是死在上面。"

魏谦眼角一跳。

"自己人,我不和你说虚的,"赵老九觑着他的神色,把声音压得更低,"胡四爷派我们出来,我也找过很多人了。像你这样的,入场价是两千,之后有没有奖金和提成,就看你的个人表现,那些人……就是那些最厉害的,进场三五万打不住,那才是玩命的价,你就是想和人家玩,也玩不到那个级别,懂了吗?"

魏谦沉默不语,赵老九这几句话确实有几分可信。

"唉,兄弟,我就是跟你说个普遍行情,没吓唬你,咱们这回,跟普遍的行情还不一样,咱们的任务就是暖场,就是把新拳场炒热,等于开业酬宾,你明白吧?就是个花絮,风险很小,不到玩命的地步。"赵老九亲昵地拍拍他的肩膀,塞给他一张火车票,"下礼拜一的票,背面写着我的电话号码,你要愿意,就去那边找我。不愿意就算了,我这也是找兄弟帮点小忙,买卖不成仁义还在呢,是不是?"

魏谦揣着这张火车票,躺在床上一宿的没合眼。

赵老九的出现,几乎是他才打瞌睡,就有人给送了枕头。

魏谦曾经想过,如果他回去上学,他该怎么维持家用?赵老九给了他答案,入场费就有两千,不用多,他只要能撑个两三场,就有五六千块钱。

五六千不算什么,可这笔钱当时在寻常人家里,已经不是小数目了。家里有一个像宋老太这样一分钱掰八瓣花,勤俭持家的老太太,魏谦相信,用这钱舒舒服服地打点一整年的生计都没有问题。

可是……

钱难挣,屎难吃——这道理谁都知道,天上没有白掉下来的馅饼,魏谦清清楚楚地明白,赵老九说的什么"开业酬宾"、什么"花絮",尽是扯淡。

为什么单单找上他?从南方到北方有这么远,能打架的不计其数。

魏谦一寻思,觉得恐怕就是因为乐晓东死了,胡四爷才千里迢迢地找上了他,要的就是他这种没根没底的。

他眼前是一池子水,清澈见底,池底是肉眼可见的金子,可魏谦根本不知道,自己一个猛子扎进去,到底里面有多深,他也不知道,自己跳下去了还能不能再上来。

麻子临死前,可也是赚过一笔大钱的啊。

魏谦翻了个身,躺的时间长了,他的肌肉开始酸痛。他轻手轻脚地爬起来,尽量不想惊醒魏之远——天太热,小孩一脑门都是汗,难得睡得这么实在。

魏谦走到楼下,一圈一圈地围着棚户区的旧筒子楼转,驴拉磨一样,企图拉出一点禅意来。

魏谦觉得这都是自己太贪心的缘故,负担尚且沉重,他却还想让他们都过上相对轻松快乐的好日子。

他总是想着,他妈卖身都能把他拉扯大,难道他还能不比出来卖的强吗?他怎么能让小宝小远他们过自己小时候的日子?

而这些尚且不够,他竟然还奢望上学。

魏谦在晨光熹微中,顶着刚落下来的露水,像个渡劫、渡心魔的大妖一样,严厉地拷问着自己的内心。

他凶狠地对自己说,上学有什么用?上高中就一定能考上大学吗?上了大学就一定能读完吗?读完了一定能找到好工作吗?就算找到了好工作,能弥补他浪费的这从高中到大学的六七年的光阴吗?

魏谦在自己心里列举了他所能想到的、种种不值得上学的理由。

这时,他看见楼下的小卖部老板打着哈欠开张了。

魏谦踢飞了一颗小石子,心里对自己说:上个屁的学,你怎么不想上天呢?

他从小卖部买了一包烟和一个打火机,正式宣告了他的戒烟行动在半年之后彻底

第八章
深渊

失败了。

魏谦蹲在路边抽完了这根烟，然后做出了和刚才想的大相径庭的决断——不就是外省吗？去！

魏谦跟谁都没提这事。周末，他骑着自己那辆除了铃铛不响哪都响的破"二八"，来到了高中门口专门卖二手书的小书店，以低价买好了高一高二的两摞课本，然后他又为自己购置了一些简单的行李，到工厂辞职结账。

星期一凌晨四点半，魏谦就悄悄地爬了起来，全家人都还睡着——宋老太三点多煮鸡蛋，之后为了入味，会用小火慢慢煨着，她自己也就趁这工夫去睡一会，要到快五点才起来关火。

魏谦不准备惊动家里人，做贼一样地点了一百五十块钱的零钞带走，其他的钱都已经兑成了整票，被他轻轻地放在桌上，用茶杯压好。

他留了张字条，简单地写了大概什么时候回来，其余语焉不详，既没说他去哪里，也没说他要干什么去。

谁知他做完这些一回头，却发现魏之远不知道什么时候已经醒了。

这小黄鼠狼悄无声息地坐了起来，正睁着一双大眼睛看着他。

魏之远张嘴要说话，魏谦连忙一把捂住了他的嘴，男孩不明所以地抬头看着他，魏谦侧身坐在床边，把他按躺下，抽过薄被子盖在他身上，小声说："别吵，奶奶刚煮好鸡蛋，让她多躺会——你也老实点，起这么早干什么？"

魏之远扫了他的行李一眼，压低了声音问："那你要干什么去？"

魏谦含糊地说："哦，我出去办点事。"

魏之远刨根问底地追问："干什么去？"

魏谦垂下眼皮扫了他一眼："你管得倒宽。"

魏之远突然一翻身爬起来，抱住他的腰，黏糊糊地猴在他身上说："我也要去！"

小崽子长了分量，还挺压人，魏谦一皱眉，把他从自己身上掀下去说："你多大了，瞎闹什么？"

魏谦心里多少有点奇怪，这孩子平时挺听话的，不怎么讨厌，怎么突然这么能找麻烦了?

其实魏之远自己也不知道为什么,平时大哥只要是一皱眉,他立刻就稍息立正不敢吭声了,可是这天,他就是心里慌得难受。

魏之远不是被魏谦吵醒的,他是做了噩梦自己醒的,一睁眼他就忘了自己梦见了什么,可是心里一下一下地跳得非常不稳当,上上下下,总好像一脚要踩空,始终是不踏实。

那是一种本能的直觉,告诉他一定要跟着去。

"带你干什么?养肥了吃吗?"魏谦不耐烦地扒拉他,"少给我添乱,魏之远,你还听不听话了?"

魏之远被驯化已久,听见饲养员指令,条件反射地正襟危坐,点头。

"听话就给我躺下睡觉。"魏谦不轻不重地在魏之远后背上拍了一下。

说完,他弯腰拎起自己的包裹,往外走去。

走了两步,他又停下转了回来。

魏谦知道自己这一去是前途未卜、生死难料,此时离愁别绪虽然说不上,但他心里多少是升起了几分不舍得,放轻了声音哄了魏之远两句:"等你开学了,哥就回来,给你买好吃的带回来好不好?"

谁知魏之远软硬不吃,像泥鳅一样一翻身,这回他扑在床边抱住了魏谦的大腿,宣布说:"别拿我当小宝那傻丫头糊弄,我就是要去!"

魏谦简直想把他一脚踹开。

魏之远察言观色,知道他耐心告罄,马上要发脾气,立刻机灵地补充了一句:"不带我去,我就喊,把他们都喊醒!"

他竟然还学会了威逼利诱,看准了魏谦选在这个点钟走,就是怕惊动了那一老一小两个女人,招她们啰唆。

可惜,要说软硬不吃,魏之远还是师承魏谦的,所以大哥哪是那么好拿捏的人?

魏谦一弯腰,轻易地就掰开了小孩的手,冷笑一声,一字一顿地说:"你爱喊不喊。"

魏之远:"……"

魏谦扬眉瞥了他一眼,一甩行李,扬长而去。

魏之远在床上呆愣了片刻,然后这小崽子当机立断,草草套上衣服,冲到厕所,花

第八章

深渊

了一分钟的时间把自己洗刷干净,连袜子也没穿,踩着拖鞋就飞奔出去了。

清晨还没有公交车,好在魏谦他们住的地方离火车站不远,魏谦决定溜达过去。

谁知刚走出小胡同,他就听见身后一阵杂乱无章的脚步声。魏谦回头一看,气得肝火险些从鼻子里喷出来,他恶狠狠地瞪着脑袋上翘着一撮头发的魏之远说:"你跟出来干什么?回去!"

魏之远就像干了坏事被主人发现的小狗,僵立在原地不动了,低着头背着手,盯着自己的鞋尖,欲盖弥彰地假装自己是个不存在的事物。

魏谦哼了一声,继续往前走。

身后"踢踢踏踏"的脚步声又跟着响起来。

魏谦一回头,魏之远就表情无辜地停下脚步;他往前走,小孩就也跟着往前走,始终和他保持着二十几米的距离。

魏谦作势回头要去抓他,魏之远反应也快,扭头就跑。

他跑得比兔子还快,边跑边回头看看大哥追上来了没有。

就在魏之远迅捷地冲过了一个小胡同的拐弯时,他一回头,发现大哥没再追他了。魏之远试探着往回走了两步,到了拐角处探探头,发现大哥不见了!

大哥肯定是趁他往前跑的时候,拐到了其他的路上,把他甩掉了。

魏谦比较谨慎,始终没提过自己要去什么地方,所以魏之远也不知道他的目的地。

男孩皱起眉,利用有限的线索,在原地仔细琢磨了一番,想起魏谦那句"你开学了哥就回来了"——大哥看来要走一个多月,那肯定是很远的地方,所以他去的不是火车站就是长途汽车站。

眼下还不到五点,天都还没亮,而小远也知道,一般的长途汽车都是早晨六点多才开首班车的,魏之远以其丰富的流浪经历判断,大哥最有可能去的地方,就是火车站。

他决定去碰碰运气,于是往火车站的方向跑去。

火车站建造得越来越洋气、管理越来越严格是很多年后的事,那时候火车站的进站口还基本没什么人管,车票当然也不是实名制的,所以每天晚上,那些短时间内找不到工作的农民工就会为了省住宿费,在火车站里打地铺。

候车大厅里三教九流,什么人都有。

魏之远混在过夜的人群里,找了个小角落藏了起来,眼睛紧紧地盯着进站口的方向,一眨也不敢眨。路上,他拿出了运动会冲刺的劲头,跑得胸口直疼,这样的紧赶慢赶总算是有了回报——他蹲点蹲了五分钟以后,看见魏谦进站了。

在看见大哥的一瞬间,魏之远就想跳起来扑上去,但是他忍住了。

魏之远心里盘算着,如果自己现在被大哥发现了,肯定会被马上送回去,或者再被甩掉,他不甘心功败垂成,于是贴着灯光昏暗的墙边,悄悄地跟上了魏谦。

到广东的车一天只有一趟,所以即使是凌晨五点半,候车大厅也挤满了人。

魏之远不怕人多,人越多他越容易混上车,这件事他有经验。

他看见大哥随便找了个角落坐下了,从包里拿出了一本旧书,在人声嘈杂的候车大厅里安安静静看了起来。

魏之远一边留意观察着他,一边寻找着合适的机会——混上车的机会。

最后,他找到了一对扛着大包小包的外地夫妻,这俩人也不知道生了多少个孩子,罔顾计划生育,都快凑出个足球队了。

大孩子小孩子满地乱窜,男人拘谨地坐在一边,神经质地一遍又一遍检查着手里的车票。

检票进站的时候,魏之远就偷偷跟上了这对夫妻,混在一大堆孩子中间。

检票的人太多,乘务员根本来不及点人数,就着男人手里的一打车票一起来了一钳子,就把他们全体都给放过去了。

魏之远有惊无险地上了站台,再悄悄地离开孩子堆,跟住魏谦,走到了魏谦所在的那一节车的车厢。

上车的人一大堆拥堵在门口,没人排队,全都你推我搡的,守在门口的乘务员也无可奈何,只得一边扯着嗓子喊"别挤啦",一边手忙脚乱地接过乘客手里的票检查。

就在乘务员低头看票的一瞬间,魏之远这个逃票专业人士已经像条泥鳅一样地蹿进了车厢里。他先是踮起脚尖看了一眼,确定大哥真是在这节车厢的,然后心满意足地暂时缩进了有洗脸台的小隔间里,大功告成。

火车严重超员,过道乃至厕所里都挤满了人,除了自古身怀绝技的那个卖"花生瓜子八宝粥"的小推车,连只苍蝇也飞不过去,三十多个小时的硬座车厢真不是身体素质一般的人能扛下来的。

由于买站票的太多,好多人不得不挤在厕所里,于是车厢末尾的两间厕所被人为

第八章 深渊

地分了男女——男的上厕所，就去挤满了男人的那间解决，女的就去挤满了女人的那间解决。

进去了的，不光脱裤子方便要被人围观，要是不费九牛二虎之力，他也别想出来。

一个长途旅客看魏之远孤零零的一个小男孩怪可怜，就分给了他一个可折叠的便捷小马扎。魏之远缩在洗脸池旁边，靠着肮脏的墙壁，在小马扎上坐下，开始打盹。

一开始还可以忍受，时间长了，他开始感到饥寒交迫起来。

魏之远已经开始蹲个子，最近一段时间格外地容易饿，这一天从早到晚，他滴水未进，觉得自己几乎已经前心贴了后心，饿成了一张纸，只好闭眼，以睡觉扛饿。

他觉得自己好像才迷迷糊糊地睡了一小会，就被人粗暴地摇醒了。

小远一睁眼，整个人都一激灵——他看见了怒不可遏的大哥。

魏谦好不容易从厕所里拼杀出来，又穿越了"千山万水"，打算到对面洗脸台洗把脸，谁知一低头就看见了那熟悉的小兔崽子。魏谦足足愣了半分钟，还以为自己看错了。

等好好地用凉水洗了把脸清醒了一下之后，魏谦才弯下腰，细细地打量了一番——见鬼了，还真是魏之远那小王八蛋！

他用了个小花招甩开了小孩，本以为小东西无计可施就会自行回去，没想到他居然还挺神通广大，不但找到了火车站，还混上了车！

魏谦打量着眼下一圈青黑的魏之远，心想这崽子不得了，可能是要成精。

但遗憾的是，别说是成精，哪怕魏之远成神了，这一顿教训也逃不过去。

魏谦阴沉着脸拍醒了魏之远，拎着他的后脖颈子，一路腥风血雨地跨过满地的人，像扛麻袋一样把魏之远扛到了车厢里，用栽葱的动作把魏之远扔到了他自己的座位上，站在旁边，山雨欲来风满楼地说："你怎么回事？"

魏之远意识到自己犯下大罪，万死莫赎——非得挨顿臭揍不可，出于"坦白从宽"的一般法则，他把自己的推理过程、实践经历以及逃票所有步骤都交代了。

魏谦听了他的历险记，觉得三胖说得对，这熊孩子可能真是个黄鼠狼变的，找死都找得这么机灵！

他正打算不顾公共道德地破口大骂时，就听见魏之远肚子里突然发出了一声空腹的响动，男孩按住肚子，可怜兮兮地抬起头，仰着一张苍白的小脸看着魏谦。

魏谦看了看他，在那一瞬间，表情几乎是忧郁的。

大哥被魏之远活生生地磨没了脾气，只好无奈地从那辆传奇的小推车上给那小崽子买了一个面包，一根火腿肠和一瓶矿泉水，在旁边看着他像头小饿狼一样将食物狼吞虎咽地塞了进去。

魏之远吃饱喝足，预感此时不能善了，惴惴不安地从座位上下来："哥，你坐。"

魏谦一句话也没说，只是看了他一眼，魏之远感到自己的小脖子附近阴风阵阵，顿时连大气也不敢出了，默默地坐了回去。

剩下的将近二十个小时，魏谦是靠着座椅背全程站下来的。

他们在某省某市下了火车，找个地方先休整，住进了一个价格过得去的小旅馆，先睡了个昏天黑地。

睡醒了，魏谦冲个澡，又买了点盒饭回来吃，等兄弟俩休息好、吃好了，魏之远就如愿以偿地挨了一顿臭揍。

精彩纷呈的"男子单打"过后，魏谦用旅馆前台的电话联系到了赵老九，然后他从兜里摸出了二十块钱给魏之远，严厉地警告说："饿了就自己出去买东西吃，不许离开这里超过一百米，再敢乱跑，我就打断你的腿。"

魏之远："哦。"

魏谦狠狠地在他的大腿上抽了一巴掌："听见没有！"

魏之远连忙挺胸抬头，中指贴裤缝，大声说："听见了！"

没过多久，楼底下来了一个骑摩托车的人，载着魏谦走了。

魏之远把头伸出了窗外，一路目送大哥离开。

这里的夏天热得没边，空气湿漉漉的，好像一个大蒸笼，看大哥的意思，是打算在这待上一个多月。

魏之远不想给他添麻烦，他专心致志地趴在了床上，晾着他险些被打肿的屁股，同时思考起自己怎样才能不做一个拖累的问题。

赵老九已经先魏谦一步到了，热情洋溢地请他吃了顿饭，酒过三巡，才拿出一份合约来给他看。

魏谦的酒量只是一般，和真正海量的人不能比，但他心里的弦绷得太紧，硬是撑出

第八章
深渊

了十分的清明。

他知道这份合约就是个笑话，打黑拳本身就是非法的，签了它，不代表受法律束缚，不能违约，而是宣布自己把命交出去了——自愿，生死两清，银钱两讫，各不相欠。

上面标注了价码，按级别排列，最低级别的，赢一场一千，级别越高赢钱越多，挑战顶级拳王赢了，能拿到一个在魏谦看来难以想象的天价……当然，他也就是看了一眼而已，没动不该有的心思——他听说过这些顶级拳王，这些人都经历过极其严酷的训练，一条腿能扫出一吨力度，真被人家一脚踹结实了，能当场从台上飞下去五脏破裂，可不是闹着玩的。

赵老九冷眼旁观他仔细推敲合同，发现这小子面热心冷，推杯换盏就坡下驴的本事驾轻就熟，很是知道怎么给人面子，但谈到真格的，却不那么好糊弄。

赵老九点起一根烟，睨着魏谦说："各地的规矩都大同小异，你看也多余，我跟你念叨念叨咱们这不一样的——头一个，你不能说来就来，说走就走，就算你想走，也得给我打完三场。四爷包吃包住，但是你得给他老人家脸，这道理你懂的对吧？"

魏谦不动声色："还有呢？"

"开弓没有回头箭，"赵老九接着说，"就是上了台，只准往前，不准往后，只准升级，不准降级，什么时候上台，怎么个打法，你得听我……也就是四爷的安排。"

这也就是说，哪怕上午刚被人把腿打折了，下午胡老板一声令下，他就是爬也得爬上擂台，还得和比以前更强的人对阵。

魏谦垂下眼睛想了想："九哥，别的地方可真没这个规矩。"

"这道理九哥我当然知道，所以我们有额外福利啊！比赛赢了的钱另算，这个……"赵老九叼着烟，从怀里摸出钱包，随手抽出一叠人民币，推给魏谦，"订金，你刚到，水土不服吧？吃点好的，算九哥一点心意。"

魏谦拿眼一扫，一千块钱。

他没伸手接，只是尽可能地显得有些局促地笑了一下："九哥不怕我带着钱跑了？"

赵老九伸出油乎乎的手用力拍了拍他的肩膀，哈哈一笑："这么点零花钱，你九哥我还不放在眼里——你岁数小，我也不虚伪地叫你小魏哥了——小魏，你年轻，有的是前途，年轻人不能贪财，可也不能不贪财，眼皮太浅的，一辈子也成不了大器，你说有道理没有?"

魏谦看了看他,缓缓地把那一小叠人民币拿了起来,塞进兜里,轻薄的纸币像一个铅球一样重重地压在了他的胸口。赵老九满意地笑了笑,继续说:"除了订金,四爷还给你提成,赢一场,奖金之外,他给你翻倍的奖励,到时候你就知道,千八百块?嘿嘿,零花钱而已。"

赵老九给魏谦在拳场附近的酒店里开了间新房,嘱咐摩托车少年每天给他送饭,点什么给买什么。魏谦和摩托车少年打了招呼,先去宾馆退了房,接走了魏之远,把这累赘小崽安顿下来之后,就独自一个人到了的拳场。

拳场确实是新的,角落里还有工人在装灯管。

台子周围十分昏暗,不刺眼的灯光只往台上打,省得拳手的精力被分散。而所谓的"台子"是中间用黄线围出来的一块区域,人们在旁边走来走去,只要不怕被误伤,想离多近就离多近。

高一点、远一点的地方是嘉宾座,嘉宾不少,但是没有满座,一个个打扮得挺像那么回事。

拳场里多数是男人,也有女人,其中有一些是女拳手,基本上一个个膀大腰圆、面目狰狞,不说根本看不出来是女的;另一些则衣着暧昧,色如春花,多半是穿梭于嘉宾席的招待。

魏谦溜边走进去,十分低调地找了个没有灯光的地方,等着看开场。

当几个赛场的灯光同时亮起来的时候,人群里爆发出震耳欲聋的口哨声和大声呼叫的脏话声,魏谦眯了眯眼睛,往离他最近的一个赛台上望去。

只见台中间站着两个男人,都光着上身,其中一个是足有一米九高的壮汉,一身的腱子肉,他缓慢地活动着自己的脖子和四肢,好像故意要给对手造成压力。

他的对手则正好面冲魏谦的方向,这男人也不能说是小个子,不过比起对面那五大三粗的壮汉,就显得有些营养不良了,他胸口上有一道长长的伤疤,像一条丑陋的大蜈蚣趴在那,灯光下,眼睛里布满血丝。

魏谦眼神不错,离得不远,他看见这个男人的眼角正神经质地不断抽搐着。

魏谦的肌肉本能地缩紧了一下,他觉得这人好像有点不对劲。

庄家在赛台后面摆了张桌子,美女们开始鼓动大家下注,壮汉和刀疤的赔率是一

第八章 深渊

比二，很多人挤过去下注，魏谦让了地方，往后退了一级台阶。

这时，一个少年穿着件背心就冲了上去，手里拿着一个大铃铛，"咣当咣当"地乱摇一通，代表开场了。

这里没有专业的裁判，所有人都是裁判，上了赛台的，没有规则，生死不论，直到一方站着，另一方躺下为止。

魏谦的注意力还没从那位穿着大裤衩的少年身上拉回来，壮汉已经一记左勾拳冲着对手的脸砸下去了，他带了拳击手套，显得拳头大如篮球，刀疤男猝不及防，被他打得脸偏到了一边，顿时鼻血横流，魏谦怀疑他鼻梁骨都被打歪了。

身后人声鼎沸，震得他耳膜生疼。

头上突然遭到重击容易脑震荡，被啤酒瓶子砸过的人都知道，一下砸重了，人当场就能懵了，谁知那刀疤男人的脑壳好像是铁皮做的，竟然浑不在意，他甚至连鼻血也不擦，猛地扑了上去，赤手空拳地把壮汉两条常人大腿粗的胳膊架住，炮弹似的发射到了壮汉被迫张开的怀里，胳膊肘一横，结结实实地捅在壮汉的心窝。

那壮汉五脏六腑都遭到了重创，往后接连退了三四步，脚步立刻显得虚浮，还没等他回过神来，刀疤男一声怪叫，飞起一脚补了上去，直接把壮汉给踹得仰面倒地。

魏谦和所有人一起伸长了脖子去看，按理一方倒地，应该有裁判数秒，可是现场没有裁判，也没有人阻挡，刀疤男人乘胜追击地压了上去，像个疯狂的鼹鼠，杂乱无章地往壮汉身上拳打脚踢，嘴里"嗷嗷"乱叫，活像犯了病。

观众们都磕了药似的亢奋了起来，有嚷嚷的，有叫好的，不远处也不知道谁打碎了酒杯，一股啤酒的味道飘来，混杂着汗臭与血腥味，魏谦情不自禁地靠了靠楼梯的扶手，他的手心上浸出粘腻的冷汗。

被痛揍的壮汉发出哀声求饶，双手举过头顶，直到这时，三四个保镖模样的男人才蹿上赛台，把形如癫狂的刀疤男架了起来，将两个人拉开。

方才敲铃铛的少年再次奔上来，举起刀疤男人的一只手，众人高声欢呼，赌赢的人一拥而上，找庄家领钱。

魏谦没有在意谁输谁赢，他紧紧地盯着赢了比赛的刀疤男人，只见他一脸血污，眼睛里的红血丝更明显，眼珠不自然地高速转动着，胸口剧烈地起伏，表情茫然而呆愣。

他似乎还没有回过神来，就被少年领了下去。

退场的出口就在魏谦旁边，魏谦一路看着那个刀疤男神色木然地向自己走过来，然后就在快要和他擦肩而过的时候，那人突然一顿，眼睛陡然睁大，瞳孔剧烈地收缩了一下，摔倒在地。那人先是抽搐，随后是口吐白沫，到最后挣扎了几下，就一动不动了。

魏谦又退了一步，站在了两层台阶上，居高临下地与这仰面朝天的男人大眼瞪小眼了片刻，借着微弱的灯光，他判断这个人死了。

一股凉意顺着他的尾椎一路爬上了脊梁骨。

不一会，就有人挤了过来，魏谦被人推到一边，来人似乎是医护人员，急慢地压了压刀疤男的颈动脉，又翻了翻他的眼皮，几分钟以后站了起来，神色冷漠地宣布说："抬走吧，死了，这个衰仔自己兴奋剂吃多了猝死。没本事打，还学人家上台，活该。"

这句话引起了群情激愤，方才赔了钱的人纷纷跳出来大骂庄家暗箱操作，赛台上依然上演着下一场生死搏斗，赛台下已经发展成为一场群殴，才开场，就高潮迭起。

魏谦躲过了几下险些误伤他这个路人的拳头，默默地走了出去，在湿润粘腻的夜风中，他快步穿过马路，走到一家贩卖烟酒茶糖的小超市，买了一包烟，猴急地拆开，迫不及待地抽出一根点着了塞进嘴里。

一个正打算进超市的老人看了他两眼，见他那样子，还以为他是在吸毒，吓得楞是没敢进去，绕路走了。

从头到尾，魏谦都面无表情，只有布满了冷汗的手一直在哆嗦。

他回去的时候，魏之远已经睡下了。

魏之远很久没有闻到过那股浓到呛人的烟味了，他在半梦半醒间睁开眼睛，迷迷糊糊地问："你抽烟了？"

魏谦轻轻地应了一声："嗯，下次不了，我去洗个澡，你睡吧。"

魏之远没吱声，对他抽烟也没什么意见，他甚至迷恋那股味道。

赵老九给他们开的房间是个标准间，条件不错，空调的冷气很足，环境也干净。最重要的是有两张床，在家的时候挤在一起是没办法，在这里，魏谦不打算委屈自己，因此草草洗漱之后，他就躺在了另一张床上。

魏之远此时已经彻底醒了，他非常不习惯地发现，大哥竟然没打算和他一起睡。等了一会，魏之远估计大哥已经睡着了，于是踩着拖鞋，悄悄爬上了魏谦的床。

第八章

深渊

谁知魏谦也没睡着，小崽一有动静，他就睁开了眼睛。

魏谦心里正烦着，没好气地在魏之远后背上捆了一下："你又过来讨什么厌？"

魏之远不吭声，轻车熟路地钻进了他的被子里。

魏谦："你有病啊？有两张床非要跑到我这来挤。"

魏之远小声说："想跟哥一起睡。"

魏谦面无表情地垂下眼看着他。

魏之远往下缩了缩，躲开了他的目光，伸手搂住了魏谦一条胳膊，无声地耍起了赖皮。

魏谦啼笑皆非，这个小东西已经十一二岁了，竟然还这么黏人，从家里一路黏着他来到了南方，大老远地出门在外，还要一直黏到他床上……真愁人。

魏谦没有再驱赶他，不着边际地想起了别的事。

赵老九给他的一千块钱还在衬衫胸口的兜里，弄得他如鲠在喉，仰面朝天地躺着也压得胸口疼。魏谦在考虑，带着这一千块钱就这么悄无声息地跑了，再也不来这个是非之地的可行性。

可是赵老九和他说的那些话不可避免地在魏谦的脑子里回响起来，魏谦郁闷地发现，赵老九简直看透了他。

为了几千块钱去打黑拳，这听起来简直是脑子有坑的人才能干出来的事。

理智上，魏谦当然也认同这个看法，然而一沓一沓的人民币就是在他的脑子里萦绕不休、挥之不去。

他没办法把这疯狂的渴望赶走。

听说有些人整天被自己的老公老婆在精神或者肉体上虐待，竟然还哭着喊着不肯离婚，魏谦算是明白那些神经病都是怎么想的了，那真是执迷不悟啊，真是割舍不掉的真爱啊！

魏谦自嘲地想，别的不敢说，但是他对人民币的感情，绝对不输给世界上任何一种或扭曲或执着的爱。

说是魂牵梦萦、鬼迷心窍也不为过。

所以要钱还是要命，就在他脑子里开始了激烈的角逐，比当年他思考要不要解决了他妈还激烈。

就在这时，魏之远说话了。

魏之远说："哥，我要跟你说个事。"

魏谦不经心地随口应："嗯？"

"咱们楼底下有一家川菜馆，我和老板说了，以后我去给他们干活，端盘子上菜。老板答应每天给我五块钱。"

魏谦一愣，回过神来问："你说什么？"

魏之远继续说："他们一开始嫌我小，怕有人来查，我就说我可以假装是他们家儿子，放暑假过来帮忙——哥，我看见他们的招工广告了，也打听过了，要是找个大人来做，一天至少要给十块钱的，老板只要不傻，就肯定要我。"

魏谦良久没吭声，魏之远生怕他不高兴，又连忙补充说："我不给你捣乱，每天上午十点出去，晚上就回来的。"

魏谦侧过身，搂住魏之远的肩膀："你哥穷疯啦？缺你这五块钱？"

魏之远："我也能赚钱，我不是累赘。"

"累赘"两个字，魏之远说得轻极了，几乎被他吞进了喉咙里，然而魏谦毕竟离得太近，还是听见了。

魏谦忽然心里一动，听出了他话里话外的意思，隐约有点不是滋味，过了好一会，他才踟蹰不决地问："小远，大哥是不是对你不好？"

魏之远一愣，连忙飞快地摇了摇头。

魏谦抬起手，摸了摸他的头，尽可能地把声音放得平缓："你不是累赘，小宝也不是，你们还小呢，我养着你们是应该的。"

魏之远抬起眼看着他，魏谦略粗鲁地把他的头按了下去："将来你们俩长大了，能记得给我养老送终就行了……行了，睡吧。"

他说完这句话，奇迹般的，心里一片澄净，再也不考虑是要钱还是要命的问题了——魏谦决定，明天就去联系赵老九，他打算休整一个礼拜，之后再上场。

如果真的死了呢？

他想，如果死了，那就算了吧。

生死有命，富贵在天，他千里迢迢地跑到这里来打黑拳，归根到底，不是为了别人，总是为了自己多一些，他想有个前程，就得搏一把，没什么好说的，也没什么好怨的，公

第八章

深渊

平得很。

魏之远如果知道是他一席话把他哥推上了拳场，一定宁可自己是个哑巴。

开始的一个礼拜，过得非常安稳，魏之远不知道大哥在忙什么，反正每天早晨，大哥就像送他上学一样把他送到小饭店，晚上又会按时把他接回去；有人按时给他们送饭，有时候还是他从来没有吃过的外国菜，魏之远有种他们是来旅游的错觉。

然而一个礼拜很快过去了，那天，魏谦第一次来晚了。

天色将晚，饭店里的客人少了，魏之远不用一趟一趟跑着上菜了，他坐在老板给他的一个小板凳上，几乎望眼欲穿地盯着门口，盯一会，就抬头看一会表，一直等到了天已经完全黑了，一个人才掀开门帘进来，先是客客气气地冲饭店老板点了个头，然后才对魏之远招了招手。

老板娘刚把五块钱塞进魏之远兜里，魏之远就迫不及待地扑向了魏谦，像个炮弹一样，每次他这么一扑，大哥都能一只手接住他，然后用胳膊夹着，把他双脚离地地晃悠起来，可是这次，魏之远却敏锐地感觉到大哥躲开了。

他扑过去的一瞬间，魏谦不大自然地弯了一下腰，只用胳膊接住了魏之远，阻止了他继续往前扑，然后又转了半个身，侧对着他，这才拉着他往酒店走。

魏之远脸上的笑容一下子收敛了，皱着眉问："哥，你怎么了？"

魏谦："没怎么。"

魏之远往他身边靠了靠，皱起鼻子，闻到了他身上有一股血腥味："那你身上为什么有血？"

魏谦眼皮也不眨地扯谎说："路上遇到一个杀猪的，溅我一身，好不容易擦干净的。"

魏之远感觉到自己的智商遭到了毫无诚意的侮辱。

魏谦却不动声色地把他领到了一家麦当劳前，赶着快要关门的时候，进去给魏之远买了一个儿童套餐和一个冰激凌。

"我警告你啊，"魏谦说，"吃就吃了，回去别告诉你妹，她烦死了，听见了吗？"

魏之远一方面本能地被食物吸引，一方面又心怀隐忧，两厢纠结，他表情苦大仇深地点了点头，把冰激凌举到魏谦嘴边："你尝尝。"

魏谦往后一闪，脸上痛苦的表情一闪而过，摆手拒绝："吃饱了，没胃口。"

说完，他又好像让自己显得比较可信，故作不屑地说："这都是给小孩吃的。"

魏之远有些遗憾地缩回手，珍惜地舔了一口手里这个死贵的冰激凌，同时也在偷偷地观察着他哥。

借着微弱的路灯光，魏之远发现魏谦的脸色极其苍白，额头上的汗浸湿了他的几缕头发，贴在额角和鬓边，几乎显得他有些憔悴起来。

魏谦的眉头轻微地皱着，并且一直保持着这个表情。

魏谦这个人，和不熟悉的人怎么称兄道弟都可以，哪怕他是天生性格孤僻，四处讨生活的日子也把他磨砺成了一个知道怎么样圆滑的人，只有面对家人，他本来的臭脾气才会不加掩饰。

魏之远知道，大哥极其讨厌别人吵闹，尤其讨厌奶奶唠叨。在家里，他要保持家长尊严，所以不喜欢让自己显得很活泼，他很少笑，也很少夸谁，久而久之，魏之远只能通过他的行为和细微的表情判断他心情好坏。

根据他的经验，他哥面无表情，但是身体姿势放松的时候，心情多半是很愉悦的。

如果脸色不好，但是肯开口骂骂咧咧，就是不高兴了，但不高兴的程度很轻，属于转眼就忘的那种。

如果他的脸沉下来，同时眼神变得很尖锐，却一声不吭，那就是非常愤怒了。

但他不会一直皱眉，只有身体不舒服，才会不自觉地长时间地轻轻皱眉，看起来表情十分严肃，实际上却是在忍痛。

魏之远默默地吃完了食物，顺从地被魏谦打发着去睡了。他一直闭着眼睛装睡——这招魏之远驾轻就熟，刚开始被大哥收留的时候，他总担心自己晚上被扔出去，不敢睡死，有时候神经太紧张睡不着，就会装睡。

果然，不一会儿，魏之远就听见魏谦窸窸窣窣地起来了，他感觉大哥的动作有些凝滞，撑在床上的胳膊略有些发抖。

魏之远偷偷把眼睛睁开一条小缝，魏谦似乎想起了什么，忽然转过身来，魏之远连忙把眼睛闭好。

幸好魏谦没注意到，很快站了起来，从床头柜的抽屉里摸出了伤药，走进了卫生间。

刚脱下上衣，还没来得及擦药，魏谦先扶住马桶吐了，然而胃里没东西，只是吐酸水，他的对手一拳砸中了他的胃，结结实实的一下，甚至魏之远让他吃冰激凌的时候，

第八章 深渊

他都不禁恶心了一下。

好一会儿，反胃感才平息下来，魏谦几乎快要直不起腰来了，低头仔细看了一下，确定马桶里没有血迹，他才略松了口气。

毕竟是年轻，不严重。

魏谦靠着墙休息了片刻，冲水漱口，开始处理身上的伤口。

他光裸的上身布满了可怕的瘀青，裤子别着的胯骨上有一大块好像蛛网一样的紫色瘀血，魏谦咬咬牙，抽下腰带，把裤子拉开一点，先沾着药膏使劲往瘀血上按去，他要把瘀血推开，关节活动开。

受过这种皮外伤的人都知道，关节处瘀青一大块，本来就疼得难以弯曲，如果惯着自己一动不动，时间一长，可能就真的疼得弯不过来了，得趁着还没"锈住"的时候，得忍着疼把它活动开。

地下拳场比他想象的还要危险，才第一场，最低的等级，魏谦就赢得艰难，可他已经走出了这一步，兜里还有胡四爷叫人送来的三千块钱酬劳和奖金，他退不出去了，除非熬完赵老九说的三场。

但艰难归艰难，他这种级别的打法，虽然遍体鳞伤免不了，但总归是死不了，况且赵老九只说三场，又不一定非要赢，实在不行他还可以认输——前提是胡四爷和赵老九他们肯让他按部就班地升级，踏踏实实地打完这三场。

那天死在他脚下的人始终在魏谦脑子里挥之不去，像这种黑拳场，几乎每个人都会服用兴奋剂，这是潜规则，拳场也会提供兴奋剂买卖，可稍有常识的人就知道，这玩意终归有度，过量食用给人的身体造成的伤害是无法逆转的，甚至有可能当场去见列祖列宗。

那刀疤男一看就是老手，他不可能不懂这些，而他的对手一身中看不中用的块状肌肉，爆发力和耐力都不一定够，绝对没有强大到让那个刀疤男死命灌这玩意的地步。

要么是有什么在逼他，要么……是他吃的兴奋剂并不是市面上常见的。

疼痛刺激了魏谦的大脑，他下狠手揉着自己身上的瘀血，脑子却转得飞快，至此，他突然有一个可怕的想法，如果胡四爷四处找一些像自己这样没根没底的打手，并不单是为了暖场，而是为了……试药呢？

魏谦思考得入神，丝毫没察觉到卫生间门口，魏之远光着脚跑下了床，正小心翼翼地透过门缝往里看。魏之远眼圈都红了，像只被激怒的小兽，他拼命地咬牙忍着，一根筋在太阳穴附近跳个没完了，有种自己把牙都咬碎了的错觉。

过了不知多久，魏谦放下药膏盒子，双手撑在洗脸池上，轻轻地"嘶"了一声，然后接了捧凉水，洗去自己一头一脸的冷汗。

魏之远这才从一片木然中回过神来，悄悄地离开，躺回床上。

他没躺多久，魏谦就带着一身冰冷的水汽和药味出来了，然而他似乎想起了这小崽鼻子灵的事，犹豫了一下，魏谦弯下腰替魏之远拉了拉被子，转身往另一张床上走去。

魏之远终于忍不住了，哑声说："哥。"

魏谦被他突然出声吓了一跳，就听见那小崽子突然带着哭腔来了一句："你要是没钱，就卖了我吧。"

魏之远心里并不是这么想的，他也不知道为什么这句话就脱口而出。

大概……是他实在身无长物的缘故吧。

魏谦先是一愣，随后他心里涌上一股说不出的滋味，似乎有一股没有血脉渊源的相连在牵扯着，在他心尖上撕拉了一下。

他放松了身体，靠在冰冷的墙上，感到那股冰冷几乎是镇痛的。

"胡说八道什么？"魏谦看着他，突然笑了起来，半开玩笑地问，"小子，你能值几个钱？小姑娘买回去还能当童养媳，买你个半大小子回去干什么？替人家吃饭啊？"

魏之远意识到自己说了句蠢话，他突然发现自己都快改不回去了，但凡开口，本能地就会模拟弱智儿童宋小宝，挑着最蠢的那些话说。

魏之远决定不能再这样下去了，讨人喜欢是不够的，撒娇装可爱也是不够的。

他宣誓一般掷地有声地说："等我长大了，我照顾你，我去赚钱，我养你好不好。"

魏谦的心忽然软了一下，他第一次明明白白地感觉到了自己陷下去了一块的心，以至于无所适从，几乎不知该如何表达，只好做出讨厌的大人模样，笑话起魏之远来："那你倒是快点长啊，我看萝卜都比你长得快。"

魏之远信誓旦旦地说："我想明天就长大，我……我一辈子都对你好，以后不让你吃一点苦。"

第八章

深渊

"明天就长大？"魏谦弯下腰，一只手就抱起了魏之远，把没穿鞋的小崽子丢回床上，"我上哪给你找那么立竿见影的化肥去？"

他胳膊上的肌肉仍然不由自主地颤抖，乃至于单手用力有些不稳。魏之远本能地搂住了他的脖子，下一秒钟，又讪讪地缩回手——他突然觉得这个动作有些羞耻，好像不过眨眼的工夫，他就已经长大到对这种小孩子式的亲近不适应的阶段了。

魏谦关了灯，很快就睡着了。

一方面是他真累了，另一方面是他从弟弟身上获得了说不出的被依赖感，进而在心里生出了真正属于成年人的力量感，有这股力量支撑着，他坦然而平静。

想要他的命？没那么容易，乐晓东说不定还没来得及转世投胎呢。

魏之远闭了嘴，黑暗中，他睁着眼看着哥哥轮廓模糊的侧脸。

魏谦轻轻地闭着眼，表情安宁，鼻梁和嘴唇的侧影如同画出来的，头发有些长了，额前有一缕斜斜地落下来，依稀显出几分即将褪去的稚气。

在魏之远初步形成的审美里，他觉得世界上再没有第二个人比他哥好看，大哥就像无往不胜的天神，把原本该落在自己头上的苦难全扛走了，在风雨飘摇中替自己撑起了一个小小的凉棚。

第二天，魏谦依然没敢吃太多东西，胃还在隐隐作痛。

魏之远跑到小饭馆请假一天，回来以后开始纠缠他，强烈要求回家，小东西昨天还拼命把自己塑造成一个小男子汉的形象，现在故态重萌，又开始撒娇耍赖，无所不用……他大概也不会用别的招数对付他哥。

抗争的结果是，他被魏谦用透明胶条在嘴上贴了一个叉。

魏谦简单活动了一下，坐下来翻看自己带来的二手课本。

高中课本是一种非常逆天的东西，一言以蔽之，就是要多无聊有多无聊，可是魏谦不觉得，他看得如饥似渴，津津有味。

魏谦离开学校已经太久，不希望自己回去以后跟不上进度。

每次他翻开旧课本，心就会奇迹般地安静下来……旧课本有旧课本的乐趣，书的原主是个酷爱发表自己感想的奇葩，连三角函数都能让他编成各种小段子。这奇葩还非常善于画乌龟，除了正文和写笔记的地方，每个空白的角落里都让他画满了各式各样的乌龟，搔首弄姿，不一而足。

哦，对了，奇葩在最后一页上标注："神龟一出，谁与争锋，欲成龟功，必先自宫。"
不知道此人读书究竟读到了一种什么样的境界。

魏谦保持平静，直到中午送饭的人来了。

来人带了两份食物——魏之远平时在对面打工，中午不回来吃，送饭的就只送魏谦一个人的。这一天，魏谦因为没胃口，所以根本没有嘱咐对方多送一份来……这说明有人在监视他们。

酒店是赵老九订的，说不定就是他们自己的产业，这样的话，连屋里也不一定安全了，因为很有可能有摄像头。

魏谦一想到这个，立刻维持住了若无其事的表情，默默地回到格间自带的小沙发和小桌，抽出一张便笺纸，一边状似无所事事地临摹着旧课本上的"神龟"，一边沉下心仔细地琢磨起来。

魏谦是惯会揣度人心的，他知道，底层的拳手大部分和他自己一样，缺钱，想捞一把就走，对于他们这些人而言，出场费拿到了，奖金多半并不奢求，也就是没有人会为了赢而玩命。

如果第二场他们平安度过，那么第三场肯定会来，但选择使用兴奋剂的可能性很小——因为输就输，输了求饶投降，挨两下，没什么大不了的。

但如果第二场就把他们逼到绝境，那这些人第三场多半就不打了。

魏谦不知道对方监视得有多严密，他基本能猜到酒店是对方的，但屋里有没有监控，手机有没有被窃听，出门会不会被人跟踪，魏谦不能确定——可能有一或两项，但不大可能面面俱到，赵老九他们不大可能会有那么大的精力。

退一万步说，假设赵老九真的能面面俱到，整个市区都是他们的囊中之物，这些人退无可退，起码第三场还可以装死。

半死不活地强行上场，被人一巴掌打趴下，这总可以理解吧？

魏谦一笔勾出了一个俏皮的王八尾巴，笔尖一顿，心想，要让他们这些惜命又贪财的穷打手奋不顾身地玩命，赵老九他们得怎么设计呢？

照着软肋戳？比如绑架家人？

似乎也不大可能，根据他这些天的了解，很多低等拳手都是没家没业，光棍一条，而且这些人南腔北调，从哪来的都有，那样工程太大，劳心费力不说，不在自己的地盘

第八章

深渊

上还容易出事。

所以魏谦断定，这个关键的因素要简单直白得多——要么是钱，要么是血性。

他猜测，第二场和第三场之间的时间肯定非常短，甚至有可能那些人会逼他一天打完两场……但是怎么逼呢？

这个具体的操作方法一定非常简单，但是巧妙而有效。

魏谦一遍一遍地勾勒着王八尾巴，心想，对钱的贪欲，他能控制住，他心里有个度，下定了决心，赚够就走，绝不留恋。而且魏谦相信，很多人也和他一样，心里有这个谱，至于血性……他们这些人哪个没有见识过三教九流，而且有些人的年纪已经不小了，血性不是那么容易被激发出来的。

魏谦想来想去，暂时想不出来，于是放下笔，抬手叫过魏之远："走，跟我出去一趟，给奶奶汇钱去。"

魏谦穿上衣服，先是假装对周遭的路不熟，在路边买了一份地图，拿着地图，还不停地带着魏之远绕圈。绕了两圈，魏之远就明白了。

小男孩敏感得惊人，立刻警惕地想要回头看，魏谦伸手拢住他的后脑勺，制止了他。

他晃晃悠悠地带着魏之远来到了邮局，自己留下五百块，剩下的三千五汇给了宋老太，然后拿出一把零钱，在路边买了两个冰激凌，自己一支，魏之远一支。两人一直走到一个相对空旷、周遭没有人的路段，魏谦才轻轻地对魏之远说："以后不要乱说话，想办法联系你三哥，但是不要被人看见，让他到了以后也不要来找我们。"

魏之远奇迹般地领会了他的意思，同样小声问："叫他来干什么？"

"我还不知道，等我再想想。"魏谦眼角瞥见路口处有一个形迹可疑的人，似乎在打量他们兄弟俩，碰到他的目光，又飞快地假装看别的地方。

是个不怎么高明的跟踪者。

魏谦不动声色地垂下目光，声音提高了些，转开了话题，"对了，我还没问你呢，期末考试怎么样？"

魏之远在一瞬间眉飞色舞起来，大声说："第一！"

由于他经常故意在"表现自己很傻很天真"和"表现自己很聪明很有用"之间快速切换，"精神分裂"的经验丰富，所以魏之远的角色变换之快，把魏谦都弄得一愣。

魏谦顿了一下，才顺口问："有并列的吗？"

这时，他们俩已经走过路口，和那个跟踪者擦肩而过，彼此都好像是丝毫没有注意到对方。

而魏之远也像个真正的傻缺熊孩子一样，挺胸抬头，毫不怯场地表演了什么叫作"好学生的卖弄"："我们班从来没有和我并列的！哦，对了，哥，我忘了告诉你了，小宝这次倒数第十，老师点名批评了，还说下学期要找你谈话。"

"是吗，"魏谦干笑一声，"我怎么那么光荣呢？"

危机四伏中装腔作势得这样到位，竟然还不忘了顺带给宋小宝上眼药*！

魏谦想，这小崽子真是绝代了。

傍晚的时候，魏谦接到了赵老九的问候，赵老九先是对他嘘寒问暖一番，嘱咐他爱吃什么就让人去买，第一场打完，给他一个礼拜的适应时间，愿意在当地逛逛，可以叫送饭的给他们当导游。

赵老九还特意提到了魏之远："你弟弟那个小孩子啊，长得实在是太快了，我看他那条裤子，刚来的时候还好好的，转眼都短了一大截……哎，这个年纪真是没办法，就是费衣服。"

他这样说完不算，当天下午送饭的人就给魏之远带来了一套衣服，一上身，合适极了。

他们刚来不到半个月，魏之远既没有吃高效化肥，也没有变成一颗一夜上天的转基因豌豆，哪能逆天到眨眼就让裤子短一大截？

魏谦知道，这是赵老九在用魏之远警告他。

作为回报，魏谦毫不客气地收下了衣服，然后咨询了送饭的少年本市最上档次的地方，选了一家法国餐厅，带着小远去开了一顿血贵的洋荤。

途中，他表现得就像个分不清东南西北的路痴一样，举着地图，不停地问东问西，间或抛出几个极其没常识的问题，用尽了办法想打开那少年的话匣子。

魏谦不知道法国菜好不好吃，他选这家餐厅，是因为走过去刚好要路过地下拳场。

经过时，魏谦往那边看了一眼，同时捏了捏牵着的魏之远的手。

魏之远立刻会意，装傻充愣地问："哥，你看什么呢？那是什么地方？"

魏谦也假装尴尬地看了一眼领路的少年，低声说："别瞎问，那是人家办公的地方。"

---

*上眼药：方言，比喻添油加醋地就某个人的情况向领导打小报告。

第八章

深渊

领路的少年脸上闪过一个嘲讽的笑容,不过很快就收敛了,顺着魏谦的话音对魏之远扯淡说:"是啊小弟,我们这最厉害的人才能进去办公,你好好长,长大了也能进去。"

正说着,潮湿的风中传来了一股臭味,魏之远捂住鼻子,直眉楞眼地对领路少年说:"你们俩糊弄小孩,臭死了,我觉得那地方一点也不厉害!"

只见一个大垃圾车从一个非常狭小的路口里开了出来,上面放着好几大桶的垃圾和数不清的大大小小的垃圾袋。

魏谦揉了揉鼻子,心里突然一动——对,那些死了的人都去哪了?

有亲人的自然有人领走,那么那些无亲无故,甚至没留个真名的,他们的尸体到什么地方去了?

魏谦心里念头急转,于是装成乡巴佬的样子大惊小怪地说:"哟,你们这竟然有人专门打扫垃圾,我们那边就没有,得自己处理,好几个垃圾堆放点,臭得能把卫星都熏下来。"

领路的少年看起来也不是什么核心人物,顺口告诉他:"嗯,有收的,拉到城西郊区去,易拉罐什么的能卖就卖了,其他一把火烧了——哎,快吃饭了,说这么恶心的事干吗?"

城西?

魏谦瞄了一眼具体地图,只见那是一大片空地,没有任何机构和显眼的建筑,大概是一片人迹罕至的荒凉区域,附近有一条小河,从市中心一路蜿蜒辗转地流过去。

电光石火间,他心里有了个猜测。

而一个礼拜也眨眼就过去了。

CHAPTER 09
第九章·逃 脱

饭馆下午两三点钟左右,总是人气萧条的,那段时间魏之远作为端盘子的服务员也会比较无所事事,所以有一天,他一脸天真地问老板可不可以玩他手机上的贪吃蛇游戏的时候,老板毫不在意地给了他。

魏谦研究了一个礼拜的地图和城市垃圾处理系统,魏之远就玩了一个礼拜的贪吃蛇……以及给三胖传了几条消息。

第一条简单:三哥,救命,别回短信,收到晚上九点打我哥电话,响一声挂——小远。

第二条,魏之远留了城市名和地址,后面又注明:别回,别找我们,自己找地方住,到了给我哥打电话,响两声挂。

第四天,魏谦收到了三胖的两声铃。

第九章 逃脱

魏之远于是按着魏谦的指示,给了三胖第三条留言:弄一条大狗来,弄来以后给我哥打电话,响三声挂。

最后一天,魏谦调整好自己的身体状态,准备去拳场了。

他早早地起来,趁魏之远还没醒,拿碳素笔在小孩的手背上画了一只小乌龟。

魏谦已经把那本旧数学课本从头到尾翻了一遍,同时,他还跟着原主画了一打便笺纸的小乌龟,乍一看,简直得了那位"神龟真人"八九分的真传,画得惟妙惟肖。

画完后,魏谦穿好衣服,仙气飘缈地走了。

而与此同时,三胖带着一条大狗,已经鬼鬼祟祟地在城西的郊区搜了一天一宿了。

一辆皮卡车开过来,三胖慌忙躲开车灯,拉回狗绳,强迫狗和他一起缩起脖子躲起来,警惕地等着车开过去。

大狗伸着长长的舌头,眼见三胖带着惶恐的大胖脸凑过来,于是非常顺便地舔了他一口。

等车开走,三胖才暴怒地冲着狗咆哮:"你刚闻过大便!"

狗显然不觉得这有什么卫生问题,摇头摆尾地说:"汪!"

三胖忧心忡忡地看着这条狗,不知怎么的,它看起来高大英俊,但是智商好像明显低于同类水准:"宝贝,咱都在这耗一天了,再找不着,魏谦那小王八蛋说不定就吹灯拔蜡了。"

狗……就姑且叫它狗欢乐吧——狗欢乐高高兴兴地拖着他往前跑去,撒欢一样地又"汪"了一声,好像在喜闻乐见地说:"让那小王八蛋去死吧!"

三胖叹了口气:"谁说不是呢,我也想让那小王八蛋去死,他就跟一长了腿的麻烦似的,也不知道这次又闯了什么祸——在城西找尸体,唉,你三哥我明明是个演喜剧片的,他千里迢迢地让我来客串恐怖片!"

狗欢乐突然刹车,三胖的神经顿时紧绷起来:"怎么了?在这附近吗?"

只见狗欢乐抬起腿,冲着树底下撒了泡尿。

三胖:"……"

这时,三胖才发现,狗欢乐已经把他拉扯到一个地势比较高的地方了,往下一看,正好能看见垃圾焚烧处理厂,臭气熏天。也不知道狗欢乐带着比人类灵敏多少倍的鼻子,这种条件下怎么还能维持它欢天喜地的英雄本色的。

三胖眯起眼往下望去,他突然发现,有几个颜色不一样的大垃圾桶没有和其他垃圾一起处理,方才从他身边开过去的那辆小皮卡停在垃圾处理厂旁边,几个人下了车,把那几个桶搬上车走了。

那几个人绝对不是垃圾处理厂的人,三胖看得分明——肯在这里干这种工作的,多半是上了些年纪的人,年轻人能吃下这种苦的不多。

而从车上下来的这几个人年富力强,个个看起来孔武有力,轻易就能把一个个看起来非常沉重的垃圾桶抬上车。

不一会,皮卡就重新开走了。

三胖蹲下来,拿出地图,小声对狗欢乐说:"不对啊,地图上说那边没别的东西,就是一大片空地了。"

狗欢乐不理,只是要拉着他走。

三胖:"行,那听你的,走着!"

三胖猫着腰,一路小心翼翼地躲躲闪闪,分辨着车辙和方向,借助着狗鼻子,循着皮卡的踪迹跟着去了。快要破晓的时候,他才找到了一排非法建筑物,似乎是那种民间非法的炼铁小作坊,皮卡车已经开走了,几个垃圾桶却一排地放在了外面,盖子是开的,有一个不小心倒了,已经空了。

三胖探着头,仔细往那倒了的垃圾桶里张望了一番,认为它简直干净得不像话。

垃圾桶里本来应该什么都有,特别是一些汤汤水水的东西,绝不可能像这个桶这么干净,它肯定装了什么别的东西。

三胖有种说不清的预感,他觉得自己找对地方了。

直到这时,他才发现狗欢乐的异状。

狗欢乐双眼大睁,浑身的毛都炸了起来,冲着那一排垃圾桶的方向呲出了尖利的犬牙,爪子不安地扒着地,做出了一个介于逃跑和攻击之间的动作——它肯定是已经闻到了什么,吓坏了。

这天上午,魏之远打工的小饭馆里来了个奇怪的客人,刚开门,他就进来点了一碗面条,也不急着吃,只是耗时间一样地坐着。

老板和老板娘都有点害怕,因为一般人是不会在这个早饭不早饭、午饭不午饭的

第九章

逃脱

点钟来吃一碗热辣烫口的面条的,那位客人穿着的短袖背心下面隐隐露出文身的边角,一脑袋黄毛,不像好人。

魏之远这天拿了魏谦的手机,调成了静音,等着三胖的消息。

如果找到了,三胖会给他响一次铃;办成了,三胖会再给他响一次铃。

早晨第一次的响铃已经过去了,可是第二次响铃却迟迟不来,魏之远心里终于忍不住有些着急了。

而就在他低头看手机的时候,那个奇怪的客人不知什么时候站了起来,悄悄地靠近了他。

魏谦已经打完了第二场。

方才他一站到台上,就察觉到不对劲。像魏谦这种做惯打手的人,一个人只要是往他面前一站,他基本能在第一时间感觉出对方是不是有威胁。第二场他按规矩升了一级,对手理所当然地应该更强大,可是这个人一点也不比第一场的对手厉害。

魏谦几乎毫发无伤地就把这个人撂倒了。

观众发出失望的嘘声——因为魏谦的这个对手在外行人看起来,真的是非常人高马大、肌肉虬结。

不过只有亲自上场的人知道,那人的肌肉实在是太虬结了,好像是健美先生的那个路数,如同死肉般的大块肌肉严重限制了他的出拳速度,除了还算抗揍之外,几乎没什么作用。

魏谦擦了擦汗,准备回到更衣室。

就在他刚下台的时候,赵老九气喘吁吁地跑了进来,一把拉住他的手,把他拽进了墙角,先是假装焦急地上下打量他一番,随后非常做作地大大松了口气,拍着他的肩膀说:"哎哟兄弟,没事就好,没事就好。"

魏谦知道,事才真正来了。

他不动声色,假装迷茫地问:"啊?"

赵老九一拍大腿:"哎哟,你说这群人,养着他们干什么用……刚才让他们弄错啦!你那个对手,根本就不是你这种低层级的,人家是中层级的,那大块头,一个人能顶你两个重呢!九哥刚才生怕你出什么事……"

魏谦心里冷笑，脸上却配合地做了一个目瞪口呆的表情。

赵老九仿佛突然想起了什么，拉开皮包，从里面抽出厚厚的一沓人民币——看起来真的挺厚，两扎还多一些，魏谦轻轻一翻就知道，少说得有两万多。

"这次的出场费和赢比赛的奖金，按着那个人的级别给你，各一万块钱，还有五千是九哥自己贴给你的，唉，九哥对不住你啊，要不是我没盯紧，也不会让你受这罪了。"

魏谦装模作样地推拒一番，末了不负众望地"失败"了，把钱装进了自己的腰包，赵老九满意而慈祥地看着他："小伙子啊，有前途！去吧，换衣服去吧。"

魏谦对各种各样的情况心里早有预判——当然，两万多块钱是他一辈子没有见过的巨款，作为一个合格的钱串子，他的肝颤了颤，脑子热了热也是非常正常的，可是很快，就被强大的意志力给拉回来了。

他以一种非常缓慢的步调贴着边离开赛台，中途停下来回头看了赵老九一眼，发现那人脸上带着某种志得意满的笑容目送着他。

找一个不知从哪弄来的弱鸡，让他以为自己打败了中级，然后用钱让他自我膨胀，甚至于下一场心甘情愿地跳级？

不可能的，真正的打手都分得清谁是狠角色，谁是看起来凶狠的花架子，刚才那一场，他们只会认为是自己侥幸，有多少会为了兜里的两万五千块钱铤而走险？

肯定有，但那些人通常是需要大笔的钱，比如那些吸毒、欠高利贷或者供养大病病人的，而他们也不会只签三场的约。

对于大部分三场约的低级拳手，这一场的收益就已经超出预期，有勇气再搏一次的人绝对不会多。

这是拿钱往水里扔，是肉包子打狗，赵老九不可能这么蠢。

魏谦的脑子前所未有地冷静，几乎是全速转动了起来，突然，他停住了脚步。

赵老九那句"换衣服去吧"骤然在他耳边回响起来，魏谦想起哪不对劲了——是更衣室！

从第一场开始，魏谦就隐隐感觉到了赛台设置很不正常。

按照正常人的想法，相邻级别的赛台应该挨着，这样观众也方便，其他级别的赛台确实是这么一字排开的，但是低等级的不是。

最低等级的赛台在靠近大门口的地方，而第二等级却在最里面。

第九章

逃脱

　　这样，二等级的拳手想要回更衣室，就必须穿过一条贴边的狭长的过道，那里只供一人通过，非常窄，里面几乎是黑的，据说灯坏了，还没装好。

　　而选手们上场时从外面走，让嘉宾看清楚，下场却另外有规定，要他们从拳手通道里下场，省得挡住嘉宾的视线——嘉宾不是他们能惹得起的。

　　也就是说，第二级别的拳手下台，只有走那一条通道，而那条黑洞洞的狭长小路，眼下就已经在魏谦面前了。

　　钱和……血性。

　　电光石火间，魏谦就想明白了赵老九会怎么操作这件事。

　　想象一个穷鬼拳手，出于侥幸，怀里揣着他这辈子没见过的巨款，欣喜若狂地走进这条过道，在最深的地方，如果突然被人偷袭，他会怎么样？

　　来人如果不光下了狠手打伤了他，还抢走了他身上的钱，他又会怎么样？

　　在黑暗中猝不及防被偷袭，对于一个人的心理冲击极大，而一个刚从赛台上赢了比赛、血还没凉下来的人，他绝不会因为遭到袭击而恐惧或后怕，他只会愤怒，甚至仇恨，失控的愤怒才会点燃原本理智可控的膨胀感。

　　更不用说还有钱。

　　得不到的钱也就算了，但是得到了再从他手上抢走，所有人都会被激怒……何况是他们这样的人，他们会疯。

　　简单粗暴，但是肯定会惊人地有效。

　　魏谦的手心被黏腻的冷汗浸满。

　　就在这时，一个人在他身后低声问："你怎么不走了？"

　　城西，三胖觉得自己的身体已经快要被恐惧撑炸了。

　　至今，三胖也不知道魏谦和魏之远究竟出了什么事，只知道这两个孙子招呼也不打一声就跑了，把宋老太给急要团团转，几乎要上树，再也顾不上骂他大胖子了，每天见了他，都要像祥林嫂一样喋喋不休地盘问一通。

　　三胖也着急，麻子的事发生过一次，三胖虽然嘴上不说，但是几乎有了心理阴影。

　　加上每天被宋老太这么念叨，他都快崩溃了。

　　直到一个陌生号码用魏之远的口气发了短信给他。

三胖当天就从黄牛那儿买了车票赶了过来，一路极其提心吊胆，尤其收到魏谦他们托他去找什么尸体的消息时。

当然，"尸体"两个字在纸面时，还只能激起三胖的担心和忧虑……等他真的看到那些货真价实的尸体，才毫无缓冲地被吓破了苦胆。

三胖和狗欢乐潜进了非法小作坊里，途中狗欢乐仿佛能感觉到旁边这个人类的恐惧和小心翼翼，竟然一声都没叫，其他人大概已经开车走了，里面只留了一个中年男人守着。

中年人在一个阴森森的小屋里，三胖看了一眼，只见小屋是一个简易的祠堂，里面供着一个佛像，那个人正在哆哆嗦嗦地烧香磕头。院子里是一堆废铜烂铁，三胖和狗欢乐小心翼翼地避开那些破烂，奔着一个好像是存放炼油罐的地方去了。

一进去，胆小的能当场吓尿了——那里有一排槽，都是尸体，一水地面朝外面，翻着白眼，张着嘴，最外面的尸体还是僵硬的，最里面的已经在广东潮湿温热的天气里发出了阵阵的腐臭味……尸体还没排满，大概排满了才会统一焚化。

三胖当场一屁股坐在了地上，同时，狗欢乐极端恐惧地"汪"了一声。

三胖清楚地感觉到，自己的左脑和右脑发生了难以言喻的碰撞。

他转头看着狗欢乐，险些给它跪下，怀疑这狗东西是他上辈子的仇人，专门转世投胎来坑他报仇的！

狗欢乐观察不出他想表达什么，于是又扯着嗓子："汪！"

外面的脚步声近了。

后来三胖想起来，在当时那时光泪泪的行程中，一定生出了某种难以言喻的罅隙，冥冥中似乎有种神力，使得他当机立断，冲向了尸体群，捡了一个最近死的、最高大的尸体，使了吃奶的劲，把尸体拽了起来。

尸体的僵硬程度帮了他大忙，三胖躲在尸体身后，让尸体"站"了起来。

屋里十分昏暗，不仔细找，根本看不到那"僵尸"后面还有个人。

这一回，狗欢乐踩对了节拍，疯狂地大叫起来。

那看场子的中年人本来就十分战战兢兢，开门一看，里面一条浑身漆黑的大狼狗

第九章 逃脱

正在歇斯底里地冲着一个青面獠牙的僵尸叫唤，更可怕的是……那僵尸晃了晃，竟然缓缓地向他走过来！

民间自古有"新丧的尸体不能碰猫狗的毛，否则会诈尸"的说法，看场子的中年人本来就心里有鬼，见了此情此景，好悬没背过气去，他目瞪口呆地深吸一口气，扯着嗓子、声嘶力竭地大吼一声："妈呀！诈尸啦！"

三胖为了应景，捏着鼻子，在尸体后面发出一串阴惨惨的"呵呵呵呵"，中年男人连滚带爬地跑了出去，被门槛绊了一下，摔得满脸血，他愣是连擦都没敢擦，就这么头也不回地跑了。

三胖松了口气，拍拍胸口："还好还好，运气不错，封建迷信害死人啊……"

正说着，他手一松，尸体转了半圈，正好和他来了个贴面，紫幽幽的嘴唇在三胖脸上打个啵儿，三胖汗毛都立起来了："妈耶！"

他连忙扔下尸体，往后退了一步，又踩到了另一个尸体的手，三胖一蹦三尺高地跳到了一边。

他惊吓过了头，几乎要恶向胆边生，用他的一脸横肉挤出一个恶狠狠的表情，信誓旦旦地对狗欢乐说："魏谦那个坑爹货，等老子回去，一定要倒拎着他的腿，把他卷成个麻花，放在油锅里，炸他个外焦里嫩！"

狗欢乐针对这话分泌出了大量的唾液……说来奇怪，人类的正常指令它好像一句也听不懂，却对"外焦里嫩"四个字格外知心换命。

三胖看见墙角有拆下来的裹尸袋，就小心翼翼地戴上手套，挑三拣四地找了两具相对矮小一点的尸体，从兜里摸出两张能以假乱真的名片——那是他在自己家附近找了个小打印店自制的，金光闪闪，上面标注了魏之远告诉他的拳场地址，还自行起了个暗示感十足的艳俗的名。

他把两张名片分别塞进了尸体衣服里，而后连塞带踹地把他们俩塞进了一个裹尸袋里，艰难地拉上拉链，大喝一声扛在肩上，带着狗欢乐从后院溜了。

不远处有一个规模不大的自然村，三胖呼哧乱喘地扛着裹尸袋找到一个小坡，然后躲在树丛里观察片刻，把一具尸体从斜坡下扔了下去。

狗欢乐出于其追逐高速物体的天性，立刻像脱缰的野马一样跟着奔跑了出去。

三胖双手合十："阿弥陀佛，善哉善哉，活着的为大，让您二位受委屈了，回去我一定给二位烧足纸钱，虽然我长得是很帅，以后可千万别变成鬼来非礼我啊……"

然后他又把第二具尸体连着裹尸袋一起推了下去。

村里家狗野狗不分彼此，除非个别攻击性强的会在院子里拴着，其他基本都是散养，这些家狗和野狗平时混在一起玩，混在一起蹭饭，也混在一起起哄。

狗欢乐的异状很快招来了大批的"本土住民"，一群家狗野狗眨眼间就如江流入海般地集结成队，争相加入了追逐死人的行列，裹尸袋迅雷不及掩耳地就被这群狗东西玩坏了。

狗的骚动也引起了人的注意，这两具死尸引起了轩然大波。

三胖推完尸体就跑了，否则村民上到小坡上查看，他说不清。

他躲到了附近一片经济林里，远远地拿出望远镜——还是魏之远当时自制的那个。

二十分钟之后，好几辆警车就开过来了，三胖眼见任务完成，给魏谦的手机打了个电话，响了一声后挂断。他冲着小自然村的方向挥了挥手，在看不见的地方和他的狗兄弟告了别。

像这种爱撒欢的大狗，从钢筋水泥的城市里脱身出来，以后能在乡野间疯跑，也算是有归宿了。

而后他脚下抹油，跑了。

眼下，他能做的事都做了，剩下的，就是听天由命了。

在市中心的饭店里，黄毛男子终于走到了魏之远附近，低头窥视男孩手里的手机。发现他正一脸投入地玩着贪吃蛇。

"小孩，哎，小孩。"黄毛推了推他的肩膀。

魏之远先是应了一声，眼睛没离开手机屏幕，游戏告一段落之后，他才慌慌张张地站起来："对不起，客人您有什么事？"

黄毛眼珠一转："有那么好玩吗？我看你半天就没干别的。"

魏之远连忙惶恐地压低了声音，解释说："我干活了，我擦过桌子了，因为您吃饭，我没敢扫地，等您吃完立刻就收拾。客人……是有什么不满意吗？"

黄毛眯起眼打量着他，好像想从这小男孩脸上看出一点端倪来，然而随即，他又觉得自己多心了，毕竟，这只是个看起来连小学都还没毕业的小崽子。

第九章 逃脱

黄毛重新坐了回去。

快到中午的时候，饭馆开始忙起来了，有人电话打过来叫外卖，送外卖的店员急匆匆地骑摩托车出去了。

他们这并不经常有人叫外卖，只是偶尔才需要一个人跑腿，所以平时负责送外卖的只有一个人。魏之远虽然头也没抬，但是心里简直欣喜若狂，他没想到自己的运气竟然能这么好。

魏之远给一位客人上完菜之后，就做出手机没电的样子，转到柜台后面，把手机放在柜台的凹槽里，插上充电器，同时，在黄毛看不见的地方，他用毛巾堵住了手机内置的喇叭，然后飞快地拨了饭馆的电话。

电话响起来，魏之远表情自然地接起来，自问自答说："喂……哦，可能时间长，您等得了吗？嗯，行……您地址？"

魏之远装模作样，一笔一画地在旁边的本子上写下了一个胡编的地址："一会给您送过去，需要另收您外送费三块五。"

然后他挂上电话，拿起小本走向后厨："叔，有个客人点宫保鸡丁的外卖……"

当魏之远带着饭盒，从老板那拿了两块钱的公交车费，准备走的时候，黄毛也连忙结账，跟上了魏之远。

他盯梢并不专业——至少还不如当年碰上的那个在小胡同里堵孩子的变态，魏之远很快就"无意中"发现了他，男孩立刻礼貌地停下来说："您吃好啦？欢迎下次再来，您请先走。"

黄毛瞥了一眼人来人往的闹市区，只好无可奈何地大步走到了他前面。

黄毛飞快地绕了个路，好容易掉过头来，再次跟上魏之远，却发现男孩正排队要上一辆公交车。黄毛大惊失色，连忙飞奔过去，赶在车门关闭之前，一步从后门蹿了上去。

公交车里能把人挤成相片，黄毛粗暴地拨开一个又一个的人，伸着脖子寻找魏之远，可是魏之远不翼而飞了！

黄毛简直不敢相信，从车尾挤到车头，又从车头挤到车尾，引起了无数乘客的怨愤，可他就是没找到魏之远。

他终于确定，那小崽子压根不在这辆车上，黄毛连滚带爬地在下一站下了车，跑回了原地，那里早就没有了小男孩的踪迹。

对方没把魏之远这种小崽子放在眼里，因此只留了一个人看着。魏之远眼角瞥见黄毛上车，就迅速遛下了车，连冒险加运气，他成功地把人甩脱了。

魏之远拎着一份宫保鸡丁，一路狂奔，找到了一个公用电话，几乎是迫切地联系了三胖，至此，他们才得到了第一次对话交流的机会。

而此时，在那个外表金碧辉煌，内里藏污纳垢的黑拳场，魏谦的瞳孔本能地收缩了一下，随后，他意识到自己的肌肉做出了防备的反应，转过身来以后，已经把表情调整到吓了一跳的模样。

魏谦面前站着一个极富有压迫感的男人，穿着一身工作人员的黑衣服，半握的拳头有些畸形——如果这个人攥紧了拳头，那么四个手指并列的地方会成一个极平整的平面，而不像普通人那样中指关节略凸起，人的手当然不会天生长成那样，这种拳头是经过无数次打击之后生生磨出来的。

这个人才是狠角色，魏谦本能地往后退了一步——他怀疑这人就是赵老九送给他的大礼，准备在黑暗的过道里揍他一顿的人，这个人大概等久了，有些不耐烦了。

"吓我一跳，大哥你怎么在别人背后突然出声？"魏谦半是抱怨地说。

那人又问："你怎么不走了？"

魏谦苦着脸，一只手放在自己的小腹上，微微弯了点腰："唉，我这人没出息，一紧张就容易闹肚子，我得先去个厕所。"

那人冷冷地打量着他，魏谦的后背上冷汗顺着脊梁骨往下淌，心里计算着，如果正面和这个人动起手来，自己能有几分胜算？

片刻后，对方轻蔑地哼了一声："正好啊，我也去。"

一到了厕所，魏谦就迅速地钻进了一个小隔间里，重重地松了口气。他知道那个人就在外面，明摆着不会放过他，脑子飞快地转了起来——三胖一直没有消息，能不能靠得住？如果不能，那他该怎么脱身？

就在这时，隔壁隔间传来对话的声音，一个有些油滑的男声说："正常情况下，你是打不过他的，但是我这有些好东西。"

另一个人的口音怪怪的，好像舌头老伸不直："什么东西？"

老油子就说："吃了长大力的药啊，很多人都偷偷用的。"

大舌头不屑地问："你说兴奋剂？"

第九章 逃脱

老油子："那种东西怎么有效来？那个只会让你发挥好，不能真的激发人潜力的。我这个才是真的能让你越级赢比赛的，吃了以后你觉得有用不完的力气，身上不管受了什么伤都不疼。"

隔壁传来一阵撕开纸包的声音，魏谦听见那大舌头狐疑地说："这不会是某种毒品吧？怎么可能有见效那么快的东西？"

老油子连忙说："你这个人不要乱讲话，我这是好东西，可不是那种损阴德的衰仔们卖的东西，你放心吃，保管没有副作用……哦，副作用有一个，就是红眼，你想想看，人的血流速度加快，血管肯定要变粗嘛，眼睛看起来充血也是正常的，过一两天就好了。"

大舌头没说话，应该是在迟疑。

"哎呀，你不要想啦，你打不过那个人的——昨天那场女人拳赛，你看了吗？那两个人相差至少二十公斤，小个子女人不超过六十公斤，大个子至少有八十公斤，结果被那小个子一拳打飞，爬都爬不起来。我们外行看热闹，比不上你们内行，那个小个子女人的体型，分明是腿粗胳膊细，肩宽不超过四十公分，后背、肩膀、胳膊上都没有肉，一看就是训练用腿的选手，她拳头上没可能有那么大力气。大个子很狡猾，看出对手的能耐，才会一直靠近，防止对手出腿。她就是没想到那个小个子吃了我的药，结果反而吃亏了。"

大舌头顿了顿，低声说："我看你比我内行。"

老油子谄媚地说："怎么会呢，大哥？！我们第一次买卖，我不骗你，免费给你拿回去吃，吃得好再来找我，以后咱们做长久生意，怎么样？"

隔间传来门响，魏谦听见老油子笑意满满的声音："吃得好要再来找我啊！"

然后是一阵脚步声。

魏谦不动声色，他不确定自己是正好赶上了一场兴奋剂买卖，还是隔壁故意演给自己听。

就在这时，他又听见隔壁传来声音，老油子的声音响起来："那边的老弟啊，我看你进去很久，是不是比赛太紧张坏肚子了？哎，其实你放轻松就好咯，我这有保管你能赢的东西。"

看来刚才那一场是故意给他听的。

魏谦"上道"地接话说："是和刚才的大哥一样的东西？"

隔壁老油子一听他"上钩"，几乎喜形于声，忙不迭地说："对啊对啊！怎么样，要不要试一下？"

魏谦故作迟疑地问："那……给我也免费吗？我、我可没什么钱。"

老油子忙说："你赢了比赛就有钱了嘛，我是个厚道的生意人，第一回做生意都不收钱的，你拿好。"

说完，他从隔间下面一指宽的小缝隙里塞进来一个纸包，魏谦弯腰捡了起来，同时嘴里模拟了一个一唱三叹的屁声，隔壁听到了这样的"音乐"，感觉自己不能久留，见目的已经达到，立刻就走人了。

魏谦稍稍松了口气，不知道能不能让他们放松一点警惕，给自己找个可乘之机。

然而就在这时，外面突然传来一阵骚动，魏谦趴在门上听了听，从乱哄哄的人声里分辨出了"条子"两个字，他的心剧烈地跳动起来——是三胖！三胖那浑小子竟然成功了！

两具被狗咬出来的尸体是大案，刑警大队出动了大批人马，尸体身上的名片非常可疑——名字起得活像个卖淫窝点，而队长明明记得，那地址是一个高档私人会所。

尽管怀疑是有人故意陷害捣乱，可还是要带人来看看，于是转眼，一排警车停在了会所门口，他们一进去，里面的人惊呆了，刑警队的也惊呆了。

胡四爷是个人物，保密措施极其严密，里面的人看着这些从天而降的警察，一时弄不清是怎么回事。

而外面的刑警队接到的也不是打黑任务，队长本来做好了和那些有钱有势的衣冠禽兽打太极的准备，谁知进去一看，迎接他们的竟然是一个非法格斗场！

新入职的年轻刑警小声问："队长，怎么回事？"

队长任凭内心猪突狗进，咽了口唾沫，表面上还得稳住场面，一挥手："把……把主要负责人带回去！"

队长下了令，可是没有人动。

第九章

逃脱

　　小地方没什么事，也就是一天到晚抓几个小偷，本来闲得很，好容易遇到这么大一桩案子，能出外勤的一窝蜂地都跟了出来，结果遇到了有史以来最"奇幻"的情景。

　　一帮人大眼瞪小眼地看着他们队长，终于，有一位年轻的小同志勇敢地发问："队长，带走哪个，哪个是主要负责人？"

　　队长把脸一拉，挺胸抬头地做出一副怒目金刚的表情，然后理直气壮地说："我怎么知道？"

　　一干同志继续大眼瞪小眼，方才那位接收到同事的鼓励目光，再一次勇敢发出内心的诘问："队长，你能判断出这是个什么地方？他们在干什么吗？"

　　队长脸色发青，脸皮直抽："我怎么判断得出来？"

　　年轻的小同志非常绝望："队长，那你能告诉我们他们这是正常营业，还是有什么非法勾当吗？"

　　队长内心的郁闷逆流成河，只好冲着他咆哮："我拿什么告诉你们？"

　　这个装潢豪华的私人会所让人十分费解，当他们走进装潢富丽的大厅时，本着一股仇富的思想，队长本能地摆出一副凶神恶煞的模样，举起工作证喝令负责人出来。

　　一排接待表情空白地看着他们，突然，有一个保安模样的人好像抽羊角风了，脸色惨白的，撒腿就跑。

　　队长的第一反应是，这个人就是凶手，大喝一声："站住！"

　　队长一马当先，其他人虽然不知道这人是干什么的，但是不能落后于队长，于是也撒丫子开始追。

　　这种溃逃和追赶，很快激发了群体效应，原来还算镇定的突然也不确定这是个什么阵仗了，跟着快速战略转移起来。

　　眨眼工夫，一帮膀大腰圆的保安都活像遇到了流氓的良家妇女，一个个跑得比兔子还快。

　　只剩下一排漂漂亮亮的大姑娘瑟缩着挤在一起，面如痛经。

　　跑在最前面的人正好遇上楼道中间巡逻的大堂经理，大堂经理是个高级打手出身，一见这鬼模样，以为来了火拼的，从腰间掏出了手枪——别人轻易可没有这种待遇。

　　他刚想呵斥险些扑到自己怀里的保安，就见那货见鬼了一样地说："警察！一大帮警察！"

大堂经理说:"不可能!"

后面紧跟着跑来了好几个,大呼小叫如同"狼来了"一样:"这怎么有'条子'!"

大堂经理迟疑两秒钟,在"和'条子'拼了"与"果断撤退"之间痛苦地犹豫了片刻,果断撤退了。

这一追,就追出事来了。

追根到底,就怪赵老九,赵老九这人匪气太重,是胡四爷手下的一个顶尖刺头,什么违法乱纪的事,只有别人想不到的,没有他干不出来的。

但凡能上台面的人,他都看不起,他看得上的,基本都是有案底的——见到警察,本能地先以为是出事了。

比他们跑得更快的是嘉宾,嘉宾里要么是来路不正的,要么是有头有脸的,都是开开心心出来玩的,谁都不想沾上麻烦,一个个滑不溜手,闻风就地解散。

赵老九心里有着同一个问题:"这怎么有'条子'?"

可他得撑场面,不能上蹿下跳。赵老九抹了一把冷汗,他没有收到任何消息,仔细回忆了一下,似乎也没有出什么纰漏,他想破了脑袋,也想不出这些警察到底是干什么来的?难道是欠缴水电费了吗?

赵老九低声对一个手下说:"先把人都疏散——废话,当然疏散拳手,嘉宾们都是老泥鳅,用你提醒,早跑了!除了女服务员和身世清白的,谁也别留下……算了,那也就剩女服务员了。叫人把营业执照准备好,一会没准我要跟他们走一趟,很快就回来,放心,肯定没事,你叫人把场面上都收拾干净了,特别是筹码和'药',对外就说赛台上都是请来的模特,是表演性质的,然后立刻通知胡四爷。"

手下被突如其来的变故弄懵了,低声问:"那……要是万一有事呢?"

赵老九恶狠狠地瞪了他一眼:"滚!"

手下和他一样,一脑门冷汗,不敢吱声,转身去安排了。

就这么着,魏谦被疏散了。

大浪淘沙,只有细小的浮游生物才能不动声色地钻出去,没有人会关心它们。

魏谦离开拳场,直奔火车站。

才刚一进站,他就差点被魏之远扑了个跟头。

三胖和小远已经在这里足足等了他一下午。

第九章

逃脱

当天中午刚过一会，三胖就顶着炎炎烈日和一身的热汗接到了魏之远，一见面就急赤白脸地问："你哥呢？在哪呢？啊？你个小兔崽子发给我的地址是个什么地方？他在那里干什么？"

魏之远："打黑拳的。"

三胖声音提高了八度："什么？你们俩大爷的！你们俩小兔崽子能让老子多活两天吗？！"

魏之远看着他不言声。

三胖继续咆哮："少给我装可怜，还不带我过去给他收尸？"

魏之远冷静地说："我哥不会让你去找他的。"

三胖张了张嘴——也反应了过来，他们联系也好，报警也好，都是在暗地里进行的，魏谦要让这件事看起来完全是一个愚蠢的巧合，把水搅浑，他才能游走。

所以三胖作为一个陌生人，绝对不能出现在任何一个人的视野里，他们引起哪怕一丝一毫的怀疑，都够他们喝一壶的。

三胖："那你说去哪？"

魏之远抬起手，把手背上的小乌龟展示给三胖看，把三胖愁的，摸着他的脑袋说："哎，真好看，长得跟你哥一模一样——这熊孩子，都什么时候了还在手上画乌龟呢？"

魏之远指着乌龟壳："这是我哥画的，三哥，你仔细看，龟壳是个倒过来的铁路路徽，我们去火车站。"

就这么着，三胖和魏之远来到了火车站，从烈日当空，一直等到太阳西沉，等得一大一小两个人心里的焦躁都烧成火了，几乎望穿秋水，魏谦才姗姗来迟。

魏之远一边抱着他的胳膊不撒手，一边从衣服里抽出了一本他夹在裤腰带上的书，正是魏谦带来的那个画满了神龟的旧数学课本，封皮都被小孩的汗浸透了。

魏谦拿在手里，不知道该说什么好。

三胖一开始比小远还要激动，几乎不能自已，整个人变成了一个巨硕的喷壶，唾沫星子喷了魏谦一头一脸。

可惜，这死胖子的温情只维持了几分钟，激动劲一过去，翻脸就不认人来了，让人充分体验了一番什么叫做"胖子都是善变的"。

他把魏谦拉到没人的角落里，变着花样，用"摆事实讲道理"以及"问候祖宗骂娘"两种方式，双管齐下地冲魏谦开了一通炮，角色转换自然得体，仿佛他不是一个人在战斗。

最后，三胖用长篇大论得出了一个他认为合理的结论："魏谦，我今天要告诉你一个科学界的重大发现——你就是一个大傻缺！"

被"科学"严密地论证为傻缺的魏谦无言以对，只好骂不还口。

三个人来的时候都是硬座，回去奢侈了一把，买了卧铺。

可惜卧铺没比硬座舒服到哪里去，因为三胖同志的呼噜声实在是太石破天惊了，几次险些把火车从轨道上震出去，而这死胖子丝毫无自觉，睡得极早，起得极晚。

旁边的几位乘客几乎把他当成了"阶级敌人"，最后大家不约而同地趴在床上，捂住耳朵，把脑袋埋进枕头里，用这种活像躲炸弹一样的姿势度过了漫长的睡眠时间。

魏谦睡不着的时候，就平躺着计算着家里的财务，他这一趟基本没什么开销，加上寄回家里的，加上以前有的一点微薄的积蓄，现在总共拥有身家三万块钱。

他们一家四口人平均一个月五六百块钱就能生活得非常宽裕，一年下来，只要不横生枝节，学费、生活费加起来，不会超过六千，如果他能寒暑假和节假日找地方打工，还能多出千八百块，养活麻子妈不成问题了。

暂时可以松口气。

就在魏谦心里一笔一笔地思考生计问题的时候，他的上铺突然动了动，然后黑灯瞎火地露出一个小脑袋来，悬空倒着看着他。

魏谦无意中一抬头，被小脑袋上那双灼灼的眼睛给吓了一跳，于是呵斥："魏之远，你闹什么鬼，睡觉！"

魏之远遭到了呵斥，一点也不难过，好像还很高兴，缩回了脑袋。

魏谦收回思绪，这些日子他一直精神紧绷，精力有点不济，习惯了噪音之后，即使耳边是惊天地泣鬼神的呼噜声，他也慢慢地升起了一丝困意，就在他快要迷糊过去的时候，上铺那个小脑袋又做贼一样地偷偷摸摸地冒了出来。

魏谦没好气地半撑起身体，探出头扒到上铺："你吃饱了撑的？没事老看我干什

第九章 逃脱

么？"

魏之远立刻乖乖地躺了回去。

魏谦以为是小孩头一次坐卧铺新鲜，于是顺手给他拉了拉被子，声音放低了一些："睡不着就把耳朵塞上，实在睡不着就踹那胖子一脚。"

魏之远轻轻地应了一声，依然是盯着他。

魏谦爬了下去，学着别人的样子塞住耳朵，把脑袋卷进枕头里，闭上眼。

过了好一会，魏谦忽然在一片黑暗里想明白了，魏之远不是在闹，他一直伸出头，是想看看自己还在不在。

把这小崽子都吓坏了，魏谦心想，不应该带他出来啊。

他们哥俩回到家，理所当然地遭到了宋老太的大呼小叫和问东问西，魏之远装傻不吱声，宋老太的炮火就喷向了魏谦："你哪来那么多钱？你去哪儿了？是不是干什么坏事去了？你说话！"

她就像一只大号的苍蝇，在魏谦耳边嗡嗡不停，他忍无可忍地离家出走，把剩下的两万五开了个户存进了银行，没告诉奶奶，省得她再聒噪。

等他溜达了一大圈回去，发现宋老太依然法相森严，丝毫没有要放过他的意思，魏谦终于服了，不耐烦地说："我卖血去了，行了吧！"

宋老太张口结舌："卖……卖什么？"

魏谦态度越发恶劣："卖了二斤血，一个肾，你丫问够了吧，让我消停会行吗？"

这话一听就是扯淡，可是宋老太不这么认为，她没读过一天的书，只听说过卖血的，但是不知道人血这玩意不是苹果西瓜，不能论斤称，再一打量魏谦那惨白消瘦的脸，顿时就胡思乱想地信了。

魏谦本意是想让她少来烦，没想到造成了这么个后果。

只听宋老太亮了个能传遍十里八村的豁亮嗓子，哭得戏剧效果十足，端的是个顿足捶胸、打算上吊的前奏。

小宝和小远互相看了一眼，然后一同把不知所措的目光投向了大哥，大哥的表情足足有半分钟是空白的，小远觉得他的眼角抽搐了一下。

魏谦在宋老太旁边蹲下，用准备摸电门的小心翼翼神情来伸出手指，戳了她一下，又飞快地缩回来，干咳一声："那什么……咳，你别哭了。"

宋老太脸上鼻涕眼泪一锅烩:"我窝囊啊!我一个农村老太太……我什么也不会!我就能添乱!让孩子去卖血卖肾,那是人干的事吗?我怎么还不死哟……我活着干什么……"

魏谦虽然不至于手足无措,却也无计可施,他默默地听着老太太那一套一套的哭词,觉得有些啼笑皆非,心说幸好没告诉她自己去打黑拳了,要不然得把这老东西活活吓死。

而在这啼笑皆非的荒谬感之余,他又感觉到了一点奇异的慰藉。

"让孩子去卖血卖肾"这句话笔直地戳中了他的心窝,从小到大,很少有人会用"孩子"来称呼他。

在魏谦看来,"孩子"两个字并不是描述某个年龄段的人类的中性名词——他认为中性名词应该是"崽子"——而"孩子"这个称呼,似乎代表了某种来自成年人或者长辈的,特别的关照、宽容和宠爱。

那是他从未得到过的。

魏谦有些不好意思,等老太太哭声弱了一点以后,他从餐桌下面拿出了一卷卫生纸递给她:"哎,你别哭了,我刚才是说着玩的,骗你的。"

宋老太抽抽噎噎地骂人:"你个王八蛋!你到底干什么去了?!"

魏谦说瞎话连草稿都没打:"我一个朋友有些门路,拖我入伙,往南方运点货,跑了几趟大卡车……"

宋老太:"你胡说,你怎么不照照你那脸色?"

"我……"魏谦忍不住让她给气乐了,"你知道我们一天要在路上跑多长时间吗?大卡车上高速一天十多个小时,车里吃、车里睡,风吹日晒的,谁能有好脸色?我又没成仙。"

宋老太狐疑地看着他。

"真的。"魏谦掰得和真事一样,"三哥也去了,不信你问他,我们从广东那边的工厂拉来的货,直接到北方倒手一卖价钱就翻几番,给我几千块钱劳务费值什么了?"

反正三胖会替他圆谎的。

宋老太这才有些将信将疑,过了一会,她说:"那……那你把衣服掀开我看看,人说卖肾的后腰上都有一条口子。"

第九章

逃脱

说完，她就要亲自动手扒魏谦的衣服。

魏谦从地上蹦了起来，往后退了一大步："干什么你？男女授受不亲！你都那么大岁数了，要点脸好不好？"

宋老太听他越说越不像话，顺手卷起了一本书，劈头盖脸地照着魏谦身上抽："我让你满口胡诌，让你不老实……"

这么抽了一顿，她终于忘记了扒魏谦衣服的事，这一关算是过了。

暑假飞快地时间掠过，宋小宝那个不成器的东西又开始东挪西凑地疯狂地补作业，三胖时常过来转一圈，宋老太白天出去卖东西，这哥仨就一人占一个角落，自己看自己的书，安安静静的，仿佛他们自来锣鼓喧天的家变成了一个大自习室，充满了学术的气息。

有时候三胖坐的时间长了，还觉着怪不自在的。

魏谦换了一身干干净净的白T恤，头发理得很整齐，心无旁骛的时候，眉宇间的阴郁会消散干净，看起来就像个普通的中学生。

九月，他终于回到了自己阔别三年多的校园，重新开始了规律充实而乏善可陈的高中生活。

每天清早，他先骑自行车载宋老太去卖鸡蛋的地点，然后从她的锅里捞一个玉米一个鸡蛋，带去学校吃。忙忙碌碌地上完一天八节课，他就趁着晚餐时间飞快地从学校里跑出来，骑自行车把宋老太送回家，再从家里随便拿点吃的赶回学校，赶上晚自习。

有个能照顾家的大人，魏谦卸下了一半多的重担，他心里是感激奶奶的。

其实魏谦高一都没上完，但为了节省时间，他直接进了李老师带的高二班，尽管暑假一直在看书，但第一次月考仍然不理想，只勉强跻身中下游。

不过，魏谦没觉得有什么大不了的，没有垫底就说明还是跟得上的，到期中考试的时候，他已经从中下游升到了中上游。

他读书就像给乐哥看场子当打手的时候一样一心一意，并且成效显著——所谓"刻苦"，不也就是起五更爬半夜，多比别人看一会书、多比别人做几本题吗？

这种"苦"法对于魏谦而言，根本什么都算不上。

到期末考试的时候，魏谦从中上游彻底升到了上游，变成了一个学校里随和寡言、长得帅的优等生……这在大半年前，还是一个不可想象的身份。

可惜，他在家里是说一不二的一家之主，宋老太每天做小买卖给人帮工，忙得早出晚归团团转，那俩崽子也没人敢多嘴询问他的成绩，魏谦又觉得自己说显得太显摆，破坏他一家之主的威严。

可着实把他给憋坏了。

一直憋到了过年，宋老太给他们发了红包，煮好了饺子，饭桌上，才想起问魏谦："她哥，你学习怎么样？考试考第几？"

魏谦别别扭扭地拿着他有生以来第一份压岁钱，顺口说："你管得倒宽。"

宋老太喜气洋洋地笑骂他："兔崽子，说人话！"

魏谦于是故作轻描淡写地报了一下成绩和排名，好像那都是鸡毛蒜皮不值得一提的小事一样，是她非要问，才勉为其难地说一声。

宋老太搅和饺子锅里的沸水的手突然停住了，好一会，她小心翼翼地问："那……这够考上大学了吧？"

重点高中里的学生从来不把"考上大学"当回事，他们的目标都是尽可能考上"最好的大学"。

不过宋老太接触过的文化人有限，平时那些光顾她生意的学生和白领，她都把人家当成另一个阶级的来伺候，从没有想到过自己家里也会出一个……那个"阶级"。

"上大学"在她的脑子里是一个卑微而遥不可及的梦想。

魏谦漫不经心地"嗯"了一声。

宋老太内心沸腾了，激动得无法表达，直到好多天过后，魏谦都快开学了，骑车去她下午打短工的地方接她的时候，还听见她跟一起做事的人手舞足蹈地吹牛："我大孙子在重点高中，老师都说以后考大学没问题。"

魏谦远远地听见，嘀咕了一句："老东西，真会往自己脸上贴金，谁是你大孙子？"

可虽然这样说，他推车走过去的时候，却还是若无其事地说："奶奶，走了。"

所有的苦难与背负尽头，都是行云流水般的此世光阴。

你可以一无所有，只要你的精神还在。

——2013年上海交通大学校长毕业演讲

BROTHER

CHAPTER 10

第十章·失踪

沧海横流,方显英雄本色。

——郭沫若

那两年的生活几乎是平静无波的。

魏谦以全班第一的成绩升入了高中的最后一年,每天看见镜子里穿着校服的自己,他心里都会不由自主地浮现"人模狗样"四个字。

繁重的学业压缩了他的课余时间,却没能压缩他那颗恒星般熊熊燃烧的财迷之心,他的寒暑假和全部的周末,都献给了伟大的打工事业——其中待遇最优厚的,要数在老熊的药铺里打短工的经历。

老熊的大名起得非常之厚颜无耻,叫做"熊英俊",众人每每呼唤其名,都忍不住想在后面加个"吗",于是久而久之也就没人叫了。

第十章

失　踪

　　年轻的时候，别人叫他小熊，可惜他没能"小熊"几年，实际年龄才不过三十啷当岁的大好青年，长相却已经超前到了十年后，自然而然地成为了"老熊"。

　　老熊是个非常不着调的富二代，狗揽八泡屎，哪都有他，什么事都想掺和一脚。只可惜分身乏术，于是整天神龙见首不见尾，药店经常处于没人经营的状态，经常要找人帮他打理。暑假期间，老熊机缘巧合地雇到了魏谦这个短工，就甩手把药铺丢给了他，自己不知道死哪儿去了。魏谦又是店长，又是服务员，又是会计，又是保洁员，就这么干了两个月，老熊才回来。

　　见面就给魏谦结了五千块的工资。

　　先前讲好的一个月一千块，被老熊这个二百五自己给忘了！

　　魏谦开始吓了一跳，差点没好意思接——这个时刻准备着要倒闭的破药店，两个月的利润究竟有没有五千块都还不好说——不过后来还是接了，魏谦想通了，冤大头这种生物活在世界上，可不就是上赶着送给人坑的么？

　　压根不用浪费一点愧疚的感情在这种该被烧死的有钱人身上。

　　而魏之远在老老实实地念了一年书以后，也直接跳级进了毕业班，他似乎是为了兑现在异乡的深夜里，强忍着眼泪对大哥说出的那些承诺，从南方回来之后，就一直处心积虑着准备这件事。

　　魏之远的心和身都成长得迫不及待。

　　跳级的事，是小崽子自己跑到老师面前申请的，招呼都没和家里打，先斩后奏，不过魏谦知道了也没说什么，虽然口头不提，但是魏谦心里有数，以魏之远的智商，和小宝念一样的书，想起来也确实挺委屈的。

　　就在小宝吭哧吭哧地上五年级的时候，魏之远已经进了毕业班。

　　常理来说，女孩会比男孩先长个子，他们家彻底反过来。

　　在小宝还是个小丫头模样的时候，魏之远只用了大半年，就从刚过魏谦胸口的高度，个头堪堪碰着了他大哥的鼻子。

　　与他非人类的生长速度相匹配的，是他那日渐瘆人的饭量，全家人都用正常的饭碗，只给魏之远换了海碗。

　　大海碗比脸还大，三胖有一次来他家吃饭的时候，着实长了一番见识——他亲眼目睹了魏之远用那脸大的碗吃了满满冒尖的两大碗饭，末了没菜了，魏之远就用热水涮了一碗菜汤，两口喝下去，算是给胃里灌了缝。

三胖战战兢兢地问："弟弟，饱了吗？"

魏之远喝完菜汤一抹嘴，矜持地回答："差不多，七八成，晚上我要出去跑步，今天就先吃到这儿吧。"

三胖一把辛酸泪地向魏谦控诉："为什么这小子一顿饭顶我两顿吃，竟然还没我一半胖！"

魏谦头也不抬地说："因为你老了，代谢慢了，三大爷。"

"又老又胖"的三大爷听了这样赤裸裸的真相，不禁感到万念俱灰，默默地走了。

魏谦对饭桶魏之远早已经见怪不怪，他知道，等魏之远跑完步回来，还能再就着白开水啃一个干馒头。

这小子的战斗力秒杀全人类，能将一切的剩饭剩菜碾成渣渣。

相比起来，小宝简直让人着急，她上学本来就晚，结果和同班的小女孩站在一起，反而像是比人家还小一两岁的。

宋小宝同学的生长发育过程极其奇葩，从青春期直到二十多岁，她都始终保持了每年两公分的匀速生长，不慌不忙、不紧不慢。

十二三岁的宋小宝就像一棵营养不良的小白菜，魏谦曾经一度怀疑她这辈子就这样，成人了也是个女"根号二"，谁知等到十五六岁，大多数女孩子开始停止长高的时候，她又蜗牛一样一点一点地追了上来，等长大了一看，竟然也不比谁矮。

魏谦即将高考的这一年，宋老太简直把他当成了万岁爷伺候，一天到晚只要逮着机会，必须嘘寒问暖一番，以喋喋不休的独特方式给万岁爷请安。

可把魏皇上烦死了，恨不得一个竹板子拍她个斩立决。

可是每到周末一锅炖鸡汤端上桌，看着老太太跟伺候月子似的殷勤地敦促他多吃两口，魏谦又对她没了脾气。

有一段时间，宋老太也不知道受了谁的蒙蔽，跟流窜到本地的一个传销小团体搭上了关系，每天四处去听人家保健品的品种和价钱。

她好像计划着一咬牙一跺脚，把魏谦那一颗脑子补成两颗大。

幸好要交钱的时候，被三胖他妈看见了，三胖及时跑来通风报信，让魏谦赶到了保健品宣讲会现场，把宋老太给领回来了。

第十章
失踪

出来时，传销小团体的流氓本质尽显，见他们没买东西，一个戴小眼镜的跳出来拦着不让走，宋老太这个脑积水还屁颠屁颠地给人介绍："这就是我大孙子，快要高考了，成绩可好了，我就想买点那个什么'脑力强'给他吃……"

魏谦："闭嘴，吃什么吃。"

推销的小眼镜作风流氓，可人大概有点不机灵，还没看明白怎么回事，就急急忙忙地拉着魏谦要给他洗脑，两片嘴唇上下翻飞地说："同学，我们这个产品是经过美国有关部门批准专利的，服用一疗程，记忆力能提高百分之八十……"

魏谦冷冷地看着他："我不用一疗程，一板砖就能让你永远活在人们的记忆里。"

他一身匪气毕露，小眼镜一路只顾着坑蒙拐骗，还没有应付过这路角色，当下忍不住咽了口唾沫，往后退了半步，可魏谦仍然嫌他挡道，一抬手把他推了个屁股蹲，拎着那越发神经的小老太婆打道回府。

宋老太搅和得全家鸡飞狗跳、人心惶惶。魏谦觉得要不是自己穷人的孩子早当家，少年经历坎坷、心志坚定，非让她活生生地给折磨成神经病不可。

这一年四月初，魏谦正在教室里上自习，李老师推门进来，把他叫了出去。

魏谦每天睡不满四五个小时，来来回回吃东西也匆忙得很，有时甚至边走边吃，在路上解决，着实瘦了不少，人高马大地往老师面前一站，校服里面看起来空荡荡的。

从高二下半学期开始，李老师让他当了班长，不知道是不是和他在社会上的经历有关，他显得格外稳重的同时，还特别会拿捏那群调皮捣蛋的小男孩，那帮小子一个一个都挺听他的话。

李老师自己的小孩和魏谦差不多大，两厢一对比，总是看着他心疼。

李老师把他叫到楼道里，对他说："我们是重点班——你知道的吧，咱们学校每年重点班都有一个优秀学生干部的保送名额，今年给的名额是A大的，A大当然是好学校，而且就是本地的大学，我想着你家里情况特殊，留在本地上学，方便顾家，你考虑考虑，想去吗？"

魏谦足足愣了半分钟，才有点不确定地问："不、不是，老师……你的意思难道是，要保送我去吗？"

李老师被他逗乐了，好脾气地反问："不然我问你干什么呢？"

魏谦被这个消息砸傻了，他从没想过这种事会落在他身上。

  他过早接触的三教九流的社会,培养了他阴郁而愤世嫉俗的精神世界,虽然随着年龄和见识的增长,那种少年时代的偏激已经变得不再那么尖锐,但魏谦从内心深处依然认同着这样一个道理——像他这种出身的人,想要出人头地,必须比别人都凶狠,也必须比别人都拼命,除了自己,谁也指望不上。

  而保送上大学这种充满"猫腻"的事,难道不是当官人家、有钱人家、有关系的人家的孩子的特权吗?

  他从未想过一个保送名额会落到他身上。

  "我……"魏谦难得一见地词穷了,他脑子里一坨糨糊,只好强作镇定地问李老师,"那、那就给我行吗?别人没意见吗?别的同学,或者别的班的……"

  李老师说:"有什么不行?保送决定也不是我说了算的,是要年级组统一讨论定下来,经过教导主任审核,最后由校长签字拍板的。校长签字刚送到我办公室,你想看看吗?"

  魏谦沉默良久,他胸中千言万语,全都一窝蜂地堵在了嗓子里,他在比他矮了整整一头的班主任面前低下了头,双手捏紧了,好半晌,才咬了咬牙,压抑地哑声说:"谢谢老师。"

  李老师看着他,叹了口气,她知道自己一辈子没有离开过学校,经历过的风雨起落反而不如这个孩子,所以她拿不准自己该对他说点什么,能对他说点什么。

  好一会,李老师才斟酌着,轻声细语地说:"你天资不错,更难能可贵的是比别人肯努力,我对你期望很高,所以希望你能成为一个好人,明白我的意思吗?"

  魏谦点点头,低声说:"明白,您是说走正路比走邪路难。"

  因为走正路比走邪路难,所以走正路的人比走邪路的人强。

  这是每一个在两条路的夹缝里求生过的人都有的切身体会。

  而人,不就是要一直追求一个更强大的自我吗?

  李老师推了推眼镜:"你心里明白,我就不多说了,回去吧,晚自习到我办公室来,填几张表,填完就可以回去和家里人商量商量,看选个什么专业。"

  魏谦就这样烂尾般地结束了他才一年半多的高中生涯,烂尾得既莫名其妙,又让人欣喜若狂。

  他很快提交了表格,征询了一下李老师的意见,选了当时热门的生命科学专业——

第十章

失踪

其实当时最热门的是计算机，但是计算机的学费比其他专业高，又需要自备电脑，魏谦多少有点舍不得成本。

他于是就这样，正式成了一个准大学生。魏谦离开学校的时候，教学楼门口的大樱花树花期正盛，他站了一会，真的被落下来的花瓣埋了脚。

魏谦在家无所事事地晃荡了两天，应付完险些激动出心梗的宋老太，终于想起来关心一下放养的两个小崽子。

他无意中发现自己的小妹妹在写作业的时候做的小动作变了，她以前做不出题目的时候喜欢抠手指，现在却变成了用笔杆子绕自己的头发，绕完以后还用手捏一下固定，眼前一缕头发就会短暂性地形成一个波浪形状的小发卷，她会独自臭美一会，然后再继续写作业。

魏谦留了心，发现这丫头知道臭美了。

小宝小时候爱睡懒觉不爱早起，都是他给拎起来强行按在水池里，才猫似的拿凉水在脸上划拉两把，现在她洗脸完全不用大哥提醒，周末在家，她一天洗了好几次，每次都在厕所的镜子前照半天。

而女孩子的变化，简直是生物学上另一种程度的"变态发育"，真的能"女大十八变"地长成"面目全非"的模样。

小时候是黑猴子的宋小宝开始脱胎换骨般地变白，眼睛也开始拉长，长出了长而浓密的睫毛，鼻梁虽然依然不高，却随着软骨的定型，至少看起来不那么塌了，嘴唇下面收出一个小小的下巴。魏谦惊奇地发现，她就像只毛毛虫一样，转眼就奔着蝴蝶的方向长去了，竟能看出一点小美人的雏形来。

不过，这一点雏形在她那军阀一样的大哥看来，根本什么都不算。

在魏谦看来，宋小宝依然是"半个人"，这些小崽子在没长大之前，都是一样不男不女的样子，根本没有什么性别可言。

她前没胸脯后没屁股，豆芽菜似的那么一个小东西，魏谦理解不了她到底有什么好美的。

他坚定地认为，小宝的臭美，除了耽误时间、影响学习以外，没有任何的益处。

于是魏谦在又一次瞥见小宝拿笔卷头发的时候，走进了小宝的房间，以贾政对待贾宝玉的方式，非常严肃地和她谈了一次……不，是单方面地训了小姑娘一顿，还从宋小宝的书桌里搜出了一小瓶指甲油,拿走没收了。

最后,他专横跋扈地规定,宋小宝每天照镜子的时间不得超过一分钟。

小宝委屈极了,第一次对大哥生出了逆反心理,而魏谦竟然还嫌不够,走出去之前一只手扶在小屋门框上,义正言辞地回头说:"哦,对了,我看你们学校里别的小丫头都把头发剪了,干脆你也剪了得了,早晨起来省得梳那么长时间。再说,我听说头发太长吸收营养,影响脑子。"

这话遭到了宋小宝的激烈反抗,她跳了起来,胆大包天地冲着大哥大吼一声:"我不剪头发!就不剪头发!你要是剪我头发,就把我的脑袋一起剪了!"

魏谦愣了一下,没想到头发对她而言居然这么重要,可他还没来得及开口训斥,小宝就被自己的大逆不道吓坏了,自行"呜呜"地哭了起来。

魏谦叹了口气,拿她没办法,只好板起脸来:"哭什么哭?再哭抽你。"

他想出了一个折中的方案,给宋小宝判了个缓刑:"那行吧,看你成绩和表现,期末要是退步,甭给我废话,麻利地把你那破头发剪了,听见没有?"

宋小宝抽抽噎噎地问:"剪……剪什么样?"

魏谦想也不想地说:"前后一块都齐耳吧,凉快。"

宋小宝想象了一番前后都齐耳的头发是怎么个熊样,当场给吓了个魂飞魄散,从此开始了她一生中读书最用功的一段日子,坚决要捍卫她小脑袋上的一亩三分地,绝不能落在大哥的魔爪里。

魏谦从宋小宝屋里退出来,正好被从厨房退出来的魏之远撞了一下,魏之远的脑门差点撞在他的鼻子上,少年忙一手撑在魏谦身侧的墙上,侧身避过。

魏之远闷声闷气地叫了一声"哥"——他开始变声了,嗓子不舒服,所以说话的时候还要把声音再往下压八度,听起来居然低沉得像个大男人了。

魏谦一时有些恍惚,想起自己刚把他捡回来的时候,他还没有狗站起来高,现在竟然也成了半大小伙子了。

哥俩虽然还住在一起,可不知从什么时候开始,魏之远已经不往他怀里钻了……想钻也钻不下了。

真是……有苗不愁长。

魏谦想起宋老太交代,让他去郊区批发点鸡蛋来,于是拖出自行车出了门,往郊区

第十章 失踪

的养鸡场骑去。回来的时候，他正好经过了老熊的店，只见老熊正指挥着几个年轻人往车上装行李，好像是要出远门的模样。

魏谦停下来打招呼："老熊，你这是要把自己发配到哪扶贫去？"

熊老板看了他一眼，慢吞吞地说："狗嘴里吐不出象牙来。"

魏谦跳下来，把车停在一边："好吧，这回发哪儿的财？"

老熊说："夏至前后是收虫草的日子，我打算进藏倒腾点藏药——对了，正想找你呢，你周末还找短工吗？有空来替我看店吗？"

魏谦心里一动，两年前他带回来三万块钱，经过宋老太的勤俭持家和俩人抓紧一切时间找活干补贴家用，眼下竟然还剩了两万二……而其中大部分还是给麻子妈花的。

一万八千块……够不够他搭着老熊的顺风车，也跟着倒腾点小买卖呢？

可惜他的提议被老熊想也不想地一口拒绝了。

魏谦："为什么？"

老熊用他那种固有的、火烧上房也能陌上花开缓缓归的腔调说："我们俩三观不合。"

魏谦："……"

同时他心里想：滚蛋。

魏谦问："你雇我看店的时候怎么不说三观不合呢？"

老熊有理有据地回答说："那是雇佣关系。现在你要和我一起走，你还要出资，那我们就是合作关系了，我不能要一个三观不合的合作伙伴。"

魏谦耐心地问："不是，你到底想要什么样的三观？"

老熊："问出这个问题，说明你根本就难以用有效的语言描述自己的三观，你压根就没有那玩意儿的概念，唉，可悲的世俗之人，生命中没有一盏指路的灯塔，活得该有多么浑浑噩噩啊！"

魏谦想知道，到底是哪个精神病院院长玩忽职守，竟肯把这路货色放出来祸害社会。

老熊淡定地看着他："你肯定觉得我有病，那是因为咱们三观不合。"

魏谦深吸一口气，耐下性子和他讨价还价三百回合。

老熊活像王八吃秤砣，铁了心地不肯带他。魏谦心里磨拳霍霍地想把他揍扁，可是又不想得罪一条人傻钱多的财路，于是掏心挖肺地说："吃喝费用我自理，平时干得了苦力，打得了群架，你就权当多雇个人，还不用你给工钱，你就多带我一个人怎么了？"

老熊一开始入定*一样地充耳不闻，听到这里，忽然神色一动，怀疑地看着魏谦："打群架？你还会打架？"

魏谦："是啊，第二专业。"

老熊打量他一番，严肃地思考了一分钟，出乎意料地点了头："那行，只要你能吃苦，就带你一个。"

魏谦心满意足，踩上自行车："得嘞，谢谢您了，熊老板。"

老熊又叫住他："哎，我们没准过两天就出发，你学校那边行吗？"

魏谦豪爽地说："没问题，不念了。"

老熊灵芝一样多肉的脸上露出了一点赞赏的笑容："虽然咱们三观不合，但我还是得说，我特别佩服你这种敢于逃学奔前程的精神，真勇士。"

魏谦骑在自行车上，远远地回过头来回答："我保送了，等秋天开学。"

老熊："……"

片刻后，被欺骗了感情的老熊拖着老旦般的长音，开始在魏谦身后叫骂："臭不要脸的'保送党'！你还想妄图混迹劳苦大众队伍，你、你……"

魏谦已经哼着小调骑远了。

就这样，魏谦开始了他生命中又一次要钱不要命的作死之旅。

这一回，临走的时候，魏谦没有不声不响。

一来，跟着老熊出去做点小买卖不是不能说的事；二来，他也确实又长大了两岁。

设身处地，魏谦想，如果自己是三胖，突然收到莫名其妙的求救短信，又听到那么骇人听闻的事实真相，非得疯了不可。

流逝的时光并非毫无痕迹，它开始让他意识到，当年是麻子和三哥一直惯着他、迁就他，现在是宋老太容忍他、照顾他。魏谦也开始承认，自己满心的苦大仇深，实际却一直在任性妄为。

麻子他这辈子是没机会了，但是剩下两个，魏谦想对他们俩好一点。

---

*入定：入于禅定，即进入一心一意的境界，佛学用语。

第十章

失 踪

魏谦临走的时候通知了宋老太，告知了三胖，最后跑到麻子家里，和麻子妈说了一声，给她留下了一千块钱，哄她说是麻子寄回来的。

至于那俩孩子，就没必要向他们汇报了。

而且经过上次的南方之行，魏谦几乎怕了魏之远。

那小子个头是不小，却老也长不大一样地黏人。

两年前是暑假，这回魏谦生怕他连学也不上了，直接就撂挑子跟他走人——魏之远绝对干得出这种事。

然而魏之远还是察觉出了蛛丝马迹。

起因是魏谦临走的前一天晚上，为了出远门做准备，他买了一包常备药，刚回家放下，麻子妈就推着轮椅出来，在楼底下喊他，说是电视机坏了。

魏谦匆匆忙忙地跑去帮她修，把药的事给忘了。

等他回来的时候，发现魏之远正坐在椅子上，仔细地研究那些药的种类。

魏之远张嘴就问："哥，你这是要去哪儿啊？"

魏谦自己也不知为什么，听他这么一问，汗毛都竖起来了，几乎升起某种被"捉奸"的惶恐，他的舌头打了个结，磕巴了一句，才用忽悠的方式禀告他们家小祖宗："去、去哪儿？去什么哪儿？没有啊！哦，那个是快夏天了，人容易中暑热伤风，我准备提前的。"

魏之远默默地抬头看了他一眼，没吭声，把装着药的塑料袋放回了原处，他分明看见里面有一包预防晕车的药和几支口服葡萄糖。

宋老太被魏谦嘱咐过不告诉那两个小的，怕他们心浮，尤其怕魏之远不好好上学，她从厨房端饭出来，瞥见此情此景，连忙欲盖弥彰地说："那是我让你哥买的，他没要往哪儿去，这孩子，真能瞎想。快拿筷子去，咱们要吃饭了。"

她这瞎话说得，口气一唱三叹，几乎要凑成一出《沙家浜》。魏之远哪会听不出来？

他再回头一看，只见饭桌上是几盘饺子——得，滚蛋的饺子接风的面，她还挺尊重传统。

魏谦对锲而不舍地往他的话里插刀的老货无话可说，他算是看透了，让她扩散小道消息，她保证能对得起组织；让她保守秘密，那是自作孽不可活。

宋老太保守秘密的方法，自古只有一个：生怕别人不知道。

魏之远不是什么温吞的性格，但是也从来学不会勃然作色，天生性格使然，他内心不管多么腥风血雨，也不会大吵大闹地发泄出来，只会用无声无息的表情和眼神表达他的极度失望和委屈。

他已经听出来了，大哥要干吗去，奶奶是知道的。

而他们一致把他当成了不懂事的小孩……尽管他已经不再装疯卖傻地和小宝追跑打闹、不再假装天真无邪地撒娇，尽管他正栉风沐雨地向着大人的标准一路狂奔，俄顷也不敢停歇。

十三四岁的男孩子，青春期的躁动和急剧的身心变化，让魏之远越来越难以忍受大哥对待他的态度，他心中郁愤无从排遣，只好如地火一样压抑在心里蠢蠢欲动的火山下。

晚上临睡前，魏之远拿出了一份通知书递给魏谦："给我签个字行吗？"

他说这话的时候活像是递了一份检讨书，低着头看着自己的脚尖，眼皮也不抬，表情冷漠。

魏谦扫了一眼："夏令营？什么夏令营？"

魏之远冷淡地说："前一阵子我们学校组织了奥数的选拔赛，我被选上了，暑假被选派去参加培训……哦，参加过培训的，小升初可以直接进本校初中部重点班。"

这换成任何一个其他孩子都会欢欣鼓舞地跟大人显摆一番，可是魏之远似乎就只是要魏谦作为监护人签个字而已，脸上绷得紧紧的，一点也不见喜色。

他喜不出来，反正再怎么样，他在大哥面前都是无能为力的。

可他年轻的监护人却觉得十分惊喜——特别他看到通知单上写着，一个学科全校只选派一个学生的时候，魏谦觉得异常长脸，情不自禁地笑了一下，然而随即，他又觉得自己不该太过喜形于色，省得让小孩骄傲自满，所以他干咳了一声，硬是把上扬的嘴角拉平了，签了字，一板一眼地说："既然去，就好好学，让你去是学校老师看得起你，到时候别掉链子丢人现眼。"

魏之远低眉顺目地点了点头。

魏谦摸了摸裤兜，然后想起了什么，打开了锁着的小抽屉，摸出了点钱，装在一个信封里——他做这事的时候，因为心情太愉悦，乐极生悲地把桌上小宝放的一瓶花露

第十章 失踪

水瓶碰倒了，虽然眼疾手快地扶了起来，手腕上却还是沾了一些。

魏谦随手撕了块纸擦干净手腕，把信封递给魏之远："钱收好，自己在外面吃喝都别委屈了。"

说完，他抬起手，顺手揉了揉魏之远的头发。

他的手腕上依然残留着花露水的香味，手指修长而有力，魏之远突然觉得头顶似乎有一股电流冲进了他的脑子里，他竟然情不自禁地脸红了。

脸红过后，他心里又开始涌上莫名的羞愤交加，滋味难以言喻。

魏之远突然开口叫了一声："哥……"

魏谦回头看着他。

魏之远想对他哥说，从今往后，他有自己的路要走，有自己长大成人的方向，不会再像菟丝子一样死乞白赖地缠着大哥了，他再也不会像两年前那样，不顾一切地追着大哥的脚步，千里迢迢、孤注一掷地去做一个拖累。

他会成为一个顶天立地的魏之远，而不是一个无所适从的跟屁虫。

然而迎着魏谦愉悦而克制的表情，魏之远到了嘴边的话在喉咙里滚了几圈，又原原本本地从哪儿来滚回了哪儿去，散落成了一肚子的鸦雀无声。

他默然摇摇头，没了下文，什么也不想说了。

第二天，魏谦一路目送着魏之远骑着自行车带着小宝去上学了，才以小人之心度君子之腹地松了口气，收拾了行李出门和老熊他们汇合。

老熊带着大蛤蟆镜和遮阳帽，嚼着口香糖，临行之前还在嘱咐魏谦："带你可以，不过咱们丑话说在前头，那边的铁路至今还没修好，咱们得开车进去，没准去哪，平坦的地方海拔高，海拔稍低的地方路不好走，尤其山路，每年都有大批冤鬼翻车下山，从此挂在墙上的。咱们最早七月底才能回来，那罪真不是人受的，你确定跟我去？"

魏谦毫不犹豫地点头。

老熊摇头晃脑地叹了口气，准备继续用他催眠故事般的语速来一顿长篇大论，被魏谦忍无可忍地打断了。

魏谦："熊老板，听你说话，总让我想起一句诗。"

老熊看着他。

魏谦说："临行密密缝，意恐迟迟归。"

老熊戴着蛤蟆镜，在那思考良久，直到车已经开出了市区，他才如梦方醒地问："不对啊，刚才那句是说人姥姥的吧？你个混账东西。"

魏谦知道他不学无术，不知道他如此这般的不学无术，更令他叹为观止的是，他这样不学无术，竟然还敢腆着脸附庸风雅……此人真是，非同一般地一言难尽。

魏谦跟着老熊这么一走，就悄无声息地走了好几个月，开始还会偶尔打电话回来报平安，后来干脆音讯全无。

期间宋小宝还念叨了好几次，魏之远却一句也没提，宋老太怀疑这气性贼大的孩子是给憋在心里了。

魏之远一个人睡空荡荡的大床，每天晚上必然要熬到十二点以后，用完的作业本就订成演算纸，边边角角全都寸土寸金地写满，三四天就能用完厚厚的一整本。

宋老太看着那些她看不懂的演算过程，愣是没舍得卖破烂，给珍藏了起来，作为每天例行公事地教育宋小宝的工具。

宋小宝就此受到了惨无人道的折磨，因为她和蔼可亲的奶奶对她就只剩下了这么一句话："你看看人家，你再看看你。"

宋小宝嘀嘀咕咕、胸无大志地说："我就是中等生嘛。"

"中等生，"奶奶用筷子打她的头，给出了一个毫无根据的结论，"中等生就是丢人现眼！"

她连新闻联播里采访外国人时底下放的字幕都看不懂，大字不识一箩筐，居然还大言不惭地评价中等生……

中等生挺好的，又不是吊车尾！

宋小宝觉得奶奶什么也不懂，根本说不通。

大哥威胁要剪她的头发，二哥是那个该死的"人家"，奶奶变成了一个车轱辘话的碎嘴子，宋小宝觉得她在这个家里，简直就是个捡来的苦菜花，真是怎么做都不对。

很快，夏天就来了，魏谦依然没有消息。

那天魏之远去参加学校的一个模拟考试，没有去上课，提前回家了，奶奶让他买二十斤大米，魏之远就骑车去了。半路上，他经过了一个社区活动中心，魏之远原本漫不经心地骑过，不知怎么的，却突然刹了车。

第十章

失踪

只见活动中心里有一块大平台，大概是"六一"快到了，一个老师模样的人正领着几个八九岁的小孩在里面排练节目。当然，小孩排练儿童节目没什么好看的，魏之远的目光落在了一个男人身上。

那人也就四十来岁出头，背却已经佝偻了，鞋拔子脸上是没剃干净的胡子，穿着一身脏兮兮的衣服，显得十分猥琐。

那男人坐在一条公共长椅上，正不错眼珠地盯着场中几个跟着音乐蹦蹦跳跳的小孩。

他的眼神几乎化成实质，险恶地堪堪触碰到那些小孩的身上。

就算这家伙化成了灰，魏之远也认识——这就是那个曾经被他一根钢管打跑了的变态。

魏谦当时一直在找这个人，可惜一直也没找着，没想到就这么猝不及防地撞在了魏之远手里。

魏之远推着车躲在一个墙角后面，就像一个初次狩猎、异常耐心的小豹子，"螳螂捕蝉，黄雀在后"地观察着那个男人。

一直等了一个多小时，小孩们才结束了排练，魏之远注意到，几个孩子闹哄哄地从社区活动中心的铁栅栏门里走出来的时候，那个变态也情不自禁地跟着站了起来。

可惜陪同的女老师一路跟着，他没找到下手的机会。

男人就像一个被掐长了脖子的鹅，垂涎三尺地盯了半响，直到小孩们已经走得没影了，他才喘着粗气转过身来。

此时街上没什么人，男人因此毫无顾忌地把手按在自己的裤子上，一边走一边揉。

他晃晃荡荡地往另一个方向走去，魏之远只犹豫了一秒钟，就把车锁在路边，悄悄跟了上去。

这附近的小学校是某公立小学刚刚设在这边的分校，位置比较偏僻，魏之远猜测可能就是这个原因，变态才会开始到这里活动。

魏之远缀着他足足走了将近四十分钟，才见男人走进了一个肉食加工厂里。

而后魏之远不动声色，原路返回，买米回家。到家以后只字没提，照例和宋小宝一个人洗碗，一个人收拾厨房，然后各自在各自的房间里做功课。

宋老太嘱咐一声，又出门去做活。

魏之远温习了功课,看了老师送给他的一部分奥数书,屋里安静得连钟表"滴答"的声音都听得见,做完这一切,魏之远才抬起眼睛扫了一眼小宝紧闭的房门,漆黑的眼睛如同浓墨点的。

然后他掏出了一个新的笔记本,写下了日期、肉食加工厂的地址。

第二天早饭的时候,魏之远对宋老太和小宝说:"这两天晚上老师要留我补课,我晚点回来,不用等我吃饭。"

宋老太和小宝丝毫没有起疑心,毕竟,比起魏谦那吓人的违法乱纪前科,魏之远才是传统意义上的好学生,他懂事、干净整洁、守规矩、自制力强,从不干出格的事——在小宝他们学校,魏之远的出类拔萃是众所周知的。

所以宋老太听了,立刻转向重点攻击对象小宝,说:"听见没有,跟你哥哥他们学学,你大哥哥以后就是大学生了,你小哥哥还代表学校去参加比赛,你呢?"

小宝毫无压力地说:"让他们去吧,我看家。"

宋老太举起锅铲要打她,宋小宝就像只小猴子,三两步蹿到了门口,狗腿地替魏之远打开门,点头哈腰地说:"二哥,您先请。"

魏之远非常有大家风范地点了个头,拿起车钥匙,在她前面走了出去。宋小宝屁颠屁颠地跟上,就像个鞍前马后的小太监,回头冲宋老太吐了吐舌头。

由于她的肉体成长比老熊的语速还不着急,魏之远又长得太心急火燎,两人现在好像已经拉开了年龄差距,从两个差不多大的小东西,变成了一个大哥哥和一个小妹妹。

宋老太愤愤地扔下锅铲,骂小宝:"烂泥扶不上墙,不成器的东西!"

当天晚上,魏之远果然是将近八点才回来,宋老太已经去给一家火锅店干活了,宋小宝从屋里探出头来:"二哥,回来啦?厨房有饭,锅里奶奶给你留了两个煮鸡蛋!"

魏之远"嗯"了一声,打开锅一看,只有一个。

宋小宝连忙补充:"我偷吃了一个!"

魏之远:"……"

宋小宝"嘿嘿"地笑了起来:"对了,给你看这个!"

她说完,跑到客厅,从茶几的玻璃垫下面摸出一张皱巴巴的明信片,是从青海寄来

第十章

失踪

的，上面是魏谦有些褪色的字迹，时间还是一个月前，大概是他正好经过的时候心情好了，听了谁一句话，买来寄回来哄他们玩的。

可惜，魏谦连哄小孩都不认真哄，写了通讯地址后，连句话也没有，就画了两只小乌龟，一只光头代表男乌龟，一只头上戴了一朵花代表女乌龟，两只乌龟乖乖地待在一起玩耍，蕴含了大哥寄回来的全部讯息——魏之远和宋小宝你们两个崽子在家好好待着，都给老子老实点。

那位"神龟真人"毁人不倦，不知不觉中对魏谦的审美观和艺术细胞有了深远的影响。

他终身落下了没事爱画小王八的毛病。

魏之远心里情不自禁地一跳，魏谦已经半个多月没有音讯了，小远莫名地想起了那只沾满了花露水味的手，忍不住问："他没打电话吗？"

"没有，"宋小宝说，"二哥，青海是不是有牦牛肉干？好吃吗？"

魏之远叹了口气，放弃了和她的正常交流："你怎么就知道吃。"

"哎呀，你别学大哥说话，学得又不像，应该是这样——"宋小宝摆摆手，随后板起脸，拗出一个横眉立目的表情，压低了声音，语气短促而凶神恶煞地说，"小兔崽子，就知道吃！"

她的模仿能力与日俱增，惟妙惟肖。魏之远忍不住跟着小宝笑了起来，大哥板着脸训小丫头的模样几乎近在眼前了。

等小宝回屋里了，魏之远才坐下来，拿出了他的秘密笔记本，在"肉食加工厂"后面填上了几个字"仓库管理员，三班倒"，而后凭着记忆，完整地复制了一张值班时间表。

别的少年第一个写在本上的秘密，通常是慕少艾*的事，魏之远第一个秘密笔记本却让人毛骨悚然地记载着一个人的全部踪迹。

随着时间的推移，魏之远记录了关于那个男人的姓名、家庭情况、工作排岗表、生活习惯等等内容，已经事无巨细到了触目惊心的地步。

一开始，魏之远只是对社区活动中心留了神，不过带队的女老师虽然年轻，却看得很严，那人一直只能远远地看着，没有靠近过。而儿童节过去以后，那些排练的小朋友完成了表演，也就不再去那里排练了。

---

*慕少艾：出自《孟子》，"人少，则慕父母；知好色，则慕少艾"。指长大了，情窦初开，爱慕年轻貌美的人。

男人似乎很不甘心，但也无计可施，有大人在场，即使只是个瘦弱得像小鸟一样的年轻姑娘，他也不敢怎么样。之后的几天，此人都在附近转悠。

魏之远一直在偷偷观察他，然而跟踪也好，记录也好，他此时都只是顺便收集了这些信息，还并没有想好自己应该怎么办，他不是魏谦那种瞪眼杀人的急脾气，他在做任何决定之前，都习惯先用充分的理由说服自己。

魏之远合上笔记本，锁好藏好，盯着喝水的杯子发了一会呆——杯子是大哥的，魏之远其实有自己的杯子，可是他不爱用，总是喜欢来蹭大哥的水喝，同样寡淡的凉白开水，他却好像能在大哥的杯子里喝出不同的味道。

魏谦从不在意这种鸡毛蒜皮的小事，随便他喝……不过喝完要重新倒满，否则会挨骂。

魏之远难以抑制地想起很多和大哥有关的事，同时越来越生大哥的气。

魏之远决定用沉默的冷暴力对那个自以为是大人的大哥反抗到底，哪怕大哥再来电话，他也绝对不接。

然而大半个月过去了，魏谦却一个电话也没打过，继那封明信片后，他再无音讯传回。

天气越来越炎热。

渐渐的，连宋老太都按捺不住了，主动让宋小宝给魏谦的手机打了电话——在宋老太的认知里，电话费这种看不见摸不着就产生的费用让她畏惧，只要家里没着火，她就不用电话，也不让别人用。

可是没接通，魏谦关机了。

宋老太心急火燎，立刻就要去楼上找三胖。在她眼里，魏谦虽然是个说话和棒槌一样的王八蛋，却也是家里的支柱，支柱不在了，她除了三胖，根本不知道该找谁商量。

魏之远却冷静地拦住了她："找他也没用，三哥顶多会多打几个电话，小宝打不通，难道他就能打通吗？"

宋老太仰着头看那已经比她高的男孩："那你说怎么办？"

魏之远想了想："你说我哥是和谁一起去的来着？那个开药店的人吗？"

宋老太六神无主地点点头。

第十章

失踪

魏之远:"你把地址给我。"

当天正好是周末,魏之远就带着魏谦最后寄回来的明信片,拿着宋老太给他的地址,骑车去了老熊的药店,他冷静得就像在解决一道步骤繁琐的数学题,一步推着一步走,有条不紊,镇定得不正常了。

等宋老太也冷静下来,她看看明显蔫了的小宝,又想想那少年毫不慌张的脸,心里却开始有点不是滋味了。

至亲的人失去消息,久去不归,正常的人难道不应该六神无主吗?

哪怕只是六神无主一会呢……魏之远的反应远超出了同龄人的水平,可宋老太却不免有点心寒。

她以前觉得这孩子伶俐、仁义,现在却不得不开始怀疑他没有人情味。

魏之远一路找到了老熊的药店,店员又是老熊不知从哪里临时雇来的短工,面对着一人分饰多角的药店正适应不良,一问三不知。

魏之远和他要了老熊的联系方式,又说了几句好话,用店里的电话给老熊打过去,对方也是关机。

魏之远心里像是沉了一块石头,冰冷而沉甸甸的,似乎要把他的三魂七魄一起坠下去。他只好用力和那沉甸甸的石头拉锯,强逼着自己做正确的事。

他和店员沟通良久,终于,店员想起来,抽屉里有一张写着老板个人信息的纸条,上面除了联系地址和通讯方式外,似乎还有一个紧急联络人。

就这样,魏之远找到了老熊的妻子。

然而电话接通的那一瞬间,里面却传来一个焦急的女声,不分青红皂白地问:"老熊?是老熊吗?"

她这一句话,就彻底磨灭了魏之远心里的希望。

至此,魏之远知道,大哥是真的失去联系了。

从药店出来,魏之远径直去了派出所报案,一个值班女警看他是个半大孩子,比较耐心地询问了他很多具体情况。

可魏之远偏偏什么情况也不知道——魏谦只在刚走的几天打过电话,可由于魏之远赌气不肯和他说话,魏谦顶多是逗小宝几句,和奶奶交代个平安,三言两语就挂了,每次留下的信息都少得可怜。

魏之远只好拿出明信片给女警看,女警接过来,仔细观察了一下邮戳和日期,摇摇头:"弟弟,我们可以受理,也可以按着这上面记录的行程和日期帮你查查他当时所在的位置,但是他很可能只是路过,不是在这里失踪的,你明白吧?你连人是什么时间、什么地点失踪的都不知道,我们能找到的希望也很渺茫,你要做好心理准备。"

有那么一瞬间,魏之远看着她的表情显得茫然而不知所措,好像被突如其来的变故打懵了,然而只是一小会,他就克制住了,收回了自己的目光。

女警透过他的反应观察出了什么,于是轻轻地问:"你家里还有大人吗?"

"只有个奶奶,年纪很大了。"魏之远回过神来,垂下眼,而后顿了顿,"谢谢姐姐。"

说完,魏之远站起来离开了,他已经做了他能想到的所有的事,再无计可施了。

魏之远以匀速骑车回家,到了半路上一个没人的地方,他突然毫无征兆地伸脚踩地刹住车,然后缓缓地弯下腰,趴在了车把上,把脸埋在了胳膊中间。

少年急剧生长而显得削瘦的后背弯成了一个绷紧的弓,魏之远终于牵不住心里那块石头,任由它笔直地掉了下去,砸得他从肝胆肺腑一直痛彻了心扉。

"我该怎么办?"

茫茫然间,他心里似乎从十方呼喊乱作一团,逐渐转为渺无声息的万籁俱寂,而后只剩下了这么一句没有答案的问话。

大哥走得那么远。

如果他真的就这么……就这么……再也不会来了呢?

旷达无边的远方,与萤火如豆的希望。

自他出生到现在,"无能为力"似乎要贯穿他生活的每一天。

那天晚上直到新闻联播,魏之远才推门回家,小宝和宋老太忙一起抬起头,眼巴巴地看着他。

宋老太问:"怎么样?"

魏之远神色木然地走到客厅中间,端端正正地坐在沙发上。

他逻辑清晰地叙说了整个一下午的所做所闻,而后清了清嗓子,抬起眼,目光在奶奶和小宝的脸上扫过。

魏之远轻而缓地说出了自己的后续决定:"现在我们没有别的办法,只能等消息,

第十章

失踪

　　如果我哥……那以后就是我来退学养家。"

　　宋老太猛地跳起来，急赤白脸地用脚跺地："呸呸呸！反话反话，童言无忌！小崽子胡咧咧些什么？"

　　"奶奶。"魏之远脊背挺直，静静地看着她，"我听说我哥的父母没了的时候，他就和我现在差不多大，从今往后，他能做到的事，我也能做到；他能背动的家，我也背得动，你放心。"

　　宋老太愣愣地看着他。

　　小宝的眼圈却忽然红了，一眨巴眼，眼泪"啪嗒"一下掉了下来，她轻轻地拉着魏之远说："二哥，反正我学习也不好，让我退学得了，我还能当自己是耗子掉进米缸里了。"

　　魏之远的目光落在她身上，然后他似乎是学着记忆里某人的动作，有些别扭地、不熟练地伸出手，轻轻地放在小宝的头顶上。

　　他说："你能干什么？你看起来那么小一点，又没有力气，离开学校会被人欺负的。"

　　小宝不知怎么的，听了这句话，哭得更凶了。

　　"我哥是拼了命才走到今天的，只要他还有一口气，就肯定会在开学报到前回来——别哭了，没事的。"魏之远不慌不忙地说完这句话，而后挤出了一个不太成功的笑容，转向奶奶，"以后要是天黑或者刮风下雨，我骑车接送你。"

　　魏之远竭尽所能地调节家里的气氛，竭尽所能地想要成为一根新的支柱。

　　然而当夜深人静到来的时候，他一个人坐在自己的小书桌后面，却想不出大哥当年是怎么把小宝带大，并且撑起这么一个四处漏风的家的。

　　他年幼的时候经常口出狂言，动辄放出"养家糊口"的厥词来，而今他终于远近无依，一股来自内心深处的惶恐却几乎要把他压垮。

　　比幼年时期懵懵懂懂、仅凭着天生一点机灵和运气四处流浪的时候要惶恐，比拿着钢管面对变态的时候要惶恐，甚至比跟着大哥谨小慎微地逃命时还要惶恐。

　　因为他不能懵懂，不能攥着心口一点热血冲动做事，也没有了那么一个让他翘首企盼的人。

　　上有奶奶，下有小宝，他得照顾他们，还有对面矮平房里蜗居的麻子哥他妈，大哥不会允许自己扔下她不管的。

他感受到了一种几乎暗无天日的压力。

魏之远深吸一口气，在心里默默地问自己："我哥会怎么做呢？"

他靠在椅子上，努力平复着自己起伏不休的心绪，开始了对和魏谦有关的一切展开了漫长的回忆。

魏之远就像在认真仔细地审一道数学题一样，一丝不苟地推敲着生活中所有的点滴需要，一件一件地思考该怎么解决。

而尽管他做着最坏的准备，魏之远心里却依然不肯承认魏谦是无故失踪了，他始终坚定地认为，即使这个夏天他不回来，下一个秋天到来之前，大哥也一定会回来。

这仿佛成了他心里最后一根浮在水面的稻草。

转眼临近了期末考试，魏之远依然每天往派出所跑，可他只是偶尔会从爱心过剩的女警那里得到一饭盒饺子或者馅饼，却没有得到一点关于大哥的消息。

每一次失望而归的时候，魏之远就会觉得自己被逼到了临近崩溃的边缘。

回程正好要经过一段靠近小学校的偏僻路段，这一天天色已经很晚了，魏之远猝不及防地又看见那个变态——由于家里的事，他已经很长一段时间没精力再去跟踪那个人了。

只见那变态手里拿着几根路边买的棒棒糖，正弯着腰对一个六七岁的小男孩说话。

那小男孩看起来呆呆的，可能智力上反应有点慢，男人的语速对他而言太快了，他听得半懂不懂，却本能地感觉到对方有点不怀好意，不由自主地往后退了一步。

男人伸出手去抓小孩的肩膀，就在这时，他突然从身后被人重重地撞了一下。

魏之远装作刹不住车，把他撞到一边，冷冷地说："好狗不挡路。"

他已经长大太多，加上黑灯瞎火，对方根本没有认出他，只是突然被撞破，有些慌乱地往旁边缩了一下，魏之远弯下腰拎起小男孩，扔在车的横梁上，不耐烦地说："坐好了别乱动。"

然后他径直把小男孩载了出去。

小男孩果然是反应迟钝，骑出了老远，他才呆呆地看着魏之远说："大哥哥，我不认识你。"

魏之远："我也不认识你。"

第十章

失 踪

  这种对话超出了小家伙的智力范围，他睁大了眼睛，不知道说什么好了。魏之远一直骑，出了窄小的胡同，才把他放在了闹市区的路口："走吧。"

  找不到大哥的焦躁而绝望的心，与即将面对的家里人带给他的压力两相作用，终于点燃了魏之远心里压抑已久的负面情绪。

  而这天晚上的事，让魏之远认为自己找到了一个理由——他决定要解决那个男人，为民除害。

第十一章 · 阴影

　　转眼，一个学期就到了头，期末考试了。

　　考完试那天，学校里的学生们一窝蜂地涌出，宋小宝的裙子不小心被一个撒欢叫喊着跑过去的小男孩挂住了，书包拉链正好卡在了镂空的花边上，一下就撕了一条长长的大口子。

　　小宝狠狠地皱了皱眉，可是毫不知情的小肇事者早跑没影了，她也没办法。

　　魏之远到家的时候，宋老太还没回来，他看见宋小宝坐在沙发上，腿边放着宋老太平时用的针线盒，把裙子底下烂了一部分的花边全部撕了下来，她低垂着头，仔仔细细地把裙边往上折起，笨拙地拿着针线缝一条针脚弯弯扭扭的边。

　　魏之远问："你干什么呢？"

　　他突然出声，宋小宝猝不及防地被扎了一下手，她甩了甩手，呲牙咧嘴地抱怨说：

第十一章

阴影

"哎哟哥,你吓我一跳,我这个裙边扯了,缝不上,只能全撕下来重新缝一个边。"

她话音顿了顿,歪头看了一眼:"完了,好像有点歪了。"

小宝从来是手比脚还笨,也从来没有自己缝过衣服,以他们家眼下的经济条件名牌是买不起,但给小姑娘买一件新衣服还是不算什么的。

可宋小宝这个"有条件要撒娇,没有条件创造条件也要撒娇"的大娇气包却连提都没提。

魏之远才知道,大哥不见了,不止给他一个人造成了压力。

小宝缝歪了,只好用小剪子把线剪断,拆下来重新弄,可惜没过多久又歪了。

她难以忍受地叹了口气,把针线摔回了针线盒里,大概心里也很委屈,她轻轻地抽了抽鼻子。可是她抬眼看了看,发现只有自己和魏之远在家,就又把眼泪忍回去了——她只是看起来小,其实并不小了,在她心里,魏之远和大哥、奶奶他们不一样,大哥更像一个强大但是代沟深邃的父亲,魏之远则是平辈的小哥哥,她不好意思在他面前也表现得那么不懂事。

过了一会,小宝走过来,拿走了魏之远尺子:"二哥你这把长尺子借我使使。"

说完,她弯着腰,趴在桌子上,用尺子压着边,艰难地走针,避免再次缝歪。

魏之远低着头,好像在看书,可面前的书却一页没翻,有好几次,他都想抬头对小宝说,别缝了,明天再给你买一条新的。

但他不敢。

家里纵然眼下宽裕,可是失去大哥就等于几乎失去经济来源,之前赚来的"没有来源的钱",总有一天要花完的。

他们俩心里都怀揣着同一种恐惧,互相都心照不宣地不捅破。

就在这时,三胖来了。

三胖总是显得喜气洋洋的,这家伙能日复一日地穷开心,好像有高兴不完的事,用魏谦的话说,就是他"脸上时刻泛着刚喝完喜酒的红光"。

三胖探头往屋里看一圈,疑惑地问:"哎,你哥那倒霉孩子还没回来?他是在哪被人抢去做上门姑爷了?乐不思蜀啦?"

魏谦他们一行人失去联系的事,在魏之远的要求下,谁也没有告诉三胖,三胖至今还乐观地被蒙在鼓里。

魏之远说："差不多就是这一两个礼拜了吧，昨天听说往回走了。"

"哦，"三胖见他脸色坦然，也没往心里去，低头看了看小宝手里的活计，"宝儿，你这是要当裁缝啊？"

小宝抬起头，视线撞上魏之远，她打小不会看人脸色，此时却不知为什么，突然之间进化到了一个新的阶段——能看懂别人的眼神了，小宝配合着扯了个不甚高明的谎："我不喜欢这个花边了，想弄掉。"

三胖理所当然地说："不喜欢让你哥给你买条新的去，费这劲干什么？"

宋小宝是个诚实孩子，从来不怎么编瞎话，她一时不知道该怎样说，连忙低下头，怀疑自己很快就要露馅。

好一会，她才抿了抿嘴，憋出了一句："我……我想省着点。"

三胖吃了一惊，没心没肺地说："瞧咱这妹妹，忒懂事，你哥那孙子要是听见，可真能瞑目啦。"

他是开玩笑，三胖本来就是个没烟儿的大嘴炮，跟魏谦也是生冷不忌，什么"咸话淡话"都满嘴跑，百无禁忌，可是就在他这句话的话音落下时，小远和小宝突然一起抬起头来看向他，两个孩子的脸色都极其难看，只是难看，却谁都不吱声。

三胖反应非常快，一愣之后，立刻在自己嘴边上轻轻拍了一巴掌："呸，看三哥这张臭嘴，这胡说八道劲儿的，没事啊，都别往心里去。"

好一会，魏之远才冲他挤出一个笑容，小宝却没那个城府，完全笑不出，她抓起衣服和针线盒，低声撂下一句："这看不见，我回屋做去了。"

说完，她头也不回地转身走了。

至此，三胖再瞎也明白了有什么不对劲。

可他冲着魏之远张张嘴，正打算询问时，一看那小孩隐隐含着某种倔强的眼神，就知道什么也问不出来了。

三胖算是看明白了，这两个孩子心里都不好受，只是碍于自己在场，都使劲忍着不露出来。

"得，"三胖心说，"我还是走吧，再在这待着，非把两个小崽憋坏了不可。"

他和魏之远告别离开，决定晚上去堵宋老太，问个清楚。

第十一章 阴影

魏之远始终记得自己还有一件事没做完。

第二天,他选了一个静悄悄的午后出门,临走的时候,魏之远拿出了魏谦给他夏令营用的钱,看了看,连信封一起塞进了自己的书包里。

这是哥哥留给自己的东西,魏之远想随身带着,这样他心里踏实。

等做完那件事,魏之远决定用这个钱去给小宝买一件新的衣服,反正要是他哥真的不回来,他也就不去夏令营了,学都不准备上了,夏令营也没啥意义。

此时,上班的都已经上班了,没上班的也都在炎炎夏日中午休。

魏之远已经弄清楚了,那个变态曾经结过一次婚,后来又离了,现在是独居。他手里有对方整个值班安排表,知道这一天变态正好值从午后到半夜十二点的班,不在家。

魏之远连跟踪带踩点,已经在那人家附近转过了四五回。

他灵活地爬上了筒子楼附近的围墙,双脚一蹬一攀,一跃到了二楼的阳台,用随身带着的小刀把那男人家的纱窗划了条堪堪够他一只手塞进去的口子,而后他把手缩进了特意穿出来的长袖外套里,隔着外套伸进了纱窗,拨开了里面的插销,从窗户外翻了进去。

魏之远在做这件事之前,就已经认真地思考过了每一个细节,包括哪个环节会遇到什么意外,几乎是胸有成竹的。

魏之远做贼仿佛天赋异禀,第一次就行云流水如惯犯,悄无声息,一气呵成。

但是直到此时,他依然本着严谨的态度,抱着大胆假设、谨慎求证的想法,先是参观了此人的家。

很快,魏之远就知道自己的谨慎求证完全多余。

他在脏乱差的卧室里找到了大量的海报和图片,大部分都是以小孩为主角的,由于是独居,这家伙连藏都懒得藏,贴得满墙都是。

魏之远不想留下自己的痕迹,隔着衣袖,他翻了翻那些东西,心里盘算着举报的可行性。

随即,他就否决了这个想法。

魏之远只在他哥和三哥的言语里,听说过这个变态似乎害死过一个小女孩。至于自己遇见的那一次,只能说是未遂,对方如果一口咬定说他只是想抢小孩的零花钱,那似乎也是说得通的。

至于在家里私藏这类物品，纵然会给这个人带来些麻烦，可那又能怎么样呢？人家家里藏什么，关别人什么事？

他不会因为这个被判刑，而魏之远本人从跟踪到私闯民宅，这一系列的事却都是上不得台面的。

他已经够麻烦的了，不能再因为这件事沾上更多的麻烦。

最后，魏之远又翻开了一个抽屉，在里面找到了一些明显属于孩子的东西——小姑娘的卡通发卡，他熟悉的、他们学校的校服扣子，甚至还有几件内衣。

旁边是一打录像带。

魏之远抽出了最上面的一张，放在旁边的旧式录像机里，噪音和白点过后，屏幕上出现了一段视频，镜头晃动得厉害，光线也很差，里面有个男人一直叫"妞妞"。

"妞妞？"魏之远想了想，小宝好像提起过这个名字，不过叫"妞妞"的小女孩比叫"咪咪"的猫还多，说明不了什么。他盯着一团黑的屏幕看了一会，除了那男的让人起鸡皮疙瘩的声音，没看出什么所以然来，正想关上，突然，镜头猛地一跳，屏幕上出现了一个半昏迷的小女孩，她脖子被一只手掐着，无意识地翻着眼睛，微微抽动着，身上惨不忍睹，魏之远下意识地关了录像机。

他皱着眉站在原地，有点反胃。

外面突然传来敲门声。

魏之远当即地关了录像机，屏息凝神，一动不动地站在乱糟糟的客厅里。

外面有人大喊了一声："收电费？人在不在？"

魏之远握紧拳头，静静地数着自己的心跳。

好在外面那人等了一会，就低骂了一句："一收钱就没人，什么人呢，呸！"

而后听脚步声，对方似乎是走了。

魏之远这才松了口气。

他行动有条不紊，先是退出录像带，又小心谨慎地把动过的东西恢复原状，他在一个小柜橱下面找到了一个放现金的地方，从里面抽出了三百块现金。最后，他在门上的"猫眼"里观察了一阵，确定楼道里空荡荡的一个人也没有，又确定变态离开的时候没有反锁门，这才小心地推开门，回身重新带上，悄无声息地从楼道里走了出去。

魏之远觉得自己心里有一把火，烧得他口干舌燥，似乎有种黏腻不去的东西纠缠

第十一章 阴影

在他身上,他怀疑是自己太义愤填膺,肝火有点旺的缘故,于是在路边买了一瓶泛着冰碴的北冰洋,三口灌进了肚子里,才算把那把火给浇灭。

魏之远冷静地回到家,给小宝写了张字条,说是去市图书馆借阅资料了,晚上不用等他吃饭,然后他径直去了那变态工作的厂子。

他的秘密笔记本上最后一页写了"邱建国"三个字,然后用红色水笔画了个大叉。

哦,邱建国就是那个变态的名字。

邱建国当晚和平时一样,在食堂吃了饭。

他最近盯上了一个长得像小丫头一样的小男孩,这个年纪的男孩子贪玩,放暑假在家四处乱跑,父母也更粗心一些,非常容易找到机会,反而比女孩更容易得手。

就在他吃完饭的时候,门卫拎着几瓶酒过来了:"你买的,刚人家给送来了。"

邱建国一愣:"我?我没买呀。"

门卫隐约知道这人有些不正常,虽然不知道他具体是哪种不正常,却本能地不愿意多和他接触,因此只是爱答不理地看了他一眼,就把酒和签字单子都放在了他面前:"就是你的,你的名——不是你买的是谁买的?钱都给过了,三百多,挺贵的呢。"

门卫说完,不想理会他,只吩咐了让他临下班把签字单送到传达室,就走开了。

邱建国核对了一下单子,发现是附近一家他经常光顾的小酒馆的送货单,也确实是他的名字,没问题。

他寻思着,说不定是送货的时候记错人名了,平时去酒馆的都是熟客,这事很可能发生,反正钱都给过了,有便宜不占是王八蛋,要是有人来找,他就一推二五六,反正是酒馆弄错了才出的问题。

于是他心安理得地收下了酒,留下喝了,就着一小碟花生豆。他三瓶酒下去,整个人已经醉成了一滩烂泥,落成一坨地在躺椅上躺尸,一点都没有自己在工作的意识,玩忽职守得理所当然。

就在他半睡半醒间,男人听见了"咔嗒"一声,他没理会,只是翻了个身。

又过了一会,他听见了小女孩脆生生的说话的声音。

是那种没发育过的、嫩得能掐出水来的声音。

他正似醉非醉地陶醉着,一下子起了反应,两眼通红,猛地坐了起来。

他听见声音是从门外来的,小女孩好像在自言自语,时而自己一个人哼两句歌,伴随着细碎的、似乎蹦蹦跳跳的脚步声。

他知道前面的车间员工宿舍里,有一个女工带着她的八岁的女儿住在这儿,每次看见那小女孩,他都心里痒痒,可他十分小心谨慎,不怎么对身边的人下手,只好一直憋着。

但眼下……正好夜深人静。

被酒精加热的脑子"轰"一下炸了。

男人的汗毛都激动地立了起来,干渴地舔了一下嘴唇,难耐地伸手揉了揉自己的裤子,然后站了起来。他酒醉没醒,眼前一片白茫茫的,循着那忽远忽近的声音,头重脚轻地往前走。

走着走着,他感觉周身一阵凉意,男人一哆嗦,多少清醒了些。他皱皱眉,意识到这里是保存肉制品的低温冷库,里面正传来窸窸窣窣的声音。

男人恢复了点神智,冲着里面说:"哎,冷库里不能随便进!"

小女孩似乎叽叽咕咕地说了什么,声音太低了,他没听清。男人的喉头猥琐地上下滚动了一番,理智在欲望中艰难地挣扎了片刻,欲望赢了。

他看了一眼仓库门口的大钟,此时距离午夜十二点换班还有一个多小时,他知道冷库白天随时入新库存,门是不上"大锁"只上"小锁"的,"小锁"内部人员都有钥匙,只有后半夜换班后,才会由值后半夜班的人来加"大锁"锁死仓库,第二天凌晨六点再准时打开。

一个多小时,够他做很多事了。

男人放柔了声音:"小妹妹,这里面不能乱闯,快跟叔叔出来,叔叔领你去吃好东西……"

说着,他径直走了进去,他没有留意到,这时,冷库门口的钟其实早已经停了。

他循着女孩的声音,越走越深、越走越往里,最后捕捉到了声音——就在一堵墙后面!男人舔了舔嘴唇,猛地跨前一步:"抓到……"

可是那里并没有什么小女孩,只有一个他自己以前淘汰下来的旧录音机,正反复播放着一段铃声,暧昧的童音不停地响着。

突然,似乎是没电了,铃声停了。

整个冷库寂静无声。

第十一章 阴影

男人悚然一惊，就在这时，身后"咣当"一声巨响——那声音他无比熟悉，是他的同事将外层门关上，大锁落下的声音！

等等！还没到换班时间，怎么会有人这时就上锁！

男人连忙跑到门口，声嘶力竭地喊："里面还有人呢！放我出去！放我出去！"

魏之远等过了十二点，就把他的秘密笔记本烧了，径直回到了家，把以前写的厚厚一沓演算纸摊在床上，做出十分用功的模样——奶奶和小宝都没去过图书馆，谁也不知道图书馆几点关门。

他身上沾着外面带来的露水，头一挨到枕头，立刻就感到疲惫似乎涌入了四肢百骸，他把魏谦的枕头摆在旁边，好像这样大哥就在旁边陪着他一样……

天刚亮，魏之远被一串电话铃声惊醒，他猛地坐了起来，表情空白了一秒，心里海啸一样地惊涛骇浪。

他下身冰凉一片，迟疑片刻，姿势别扭地从床上下来，拿起了电话。

"喂……"

"我。"熟悉的、有些沙哑的声音从听筒里传过来，"没睡醒呢吧？之前哥这边出了点事，手机暂时不能用了，告诉奶奶别着急，我过两天就回去。"

魏之远不知道自己是怎么应答完这通电话的，他觉得自己浑身上下简直是麻的。

第十二章 · 回归

魏谦一个电话打回来后，说到做到地在一个礼拜之后回来了。

只不过他不是自己走回来的，老熊不知从哪里叫了辆车，一直开到了他家楼下。

正是炎炎夏日的一个下午，三胖正独自一人在家里吃着迟来的午饭：一碗方便面。

本地电视台正播放着几个无关痛痒的新闻，比如——仓库保管员违规醉酒，误入冷库，换班同事照常落锁，误将此保管员锁入冷库中致其死亡。

小宝被魏之远强逼着自己写暑假作业，抓耳挠腮表情痛苦，时而溜号走神，抬起头恰好听了这一耳朵的新闻，她忍不住问："冷库是什么？"

魏之远头也不抬地说："是一个大冰箱。"

宋小宝又问："那人死了是谁的责任？"

魏之远露出了一个冷酷的笑容："人家按点落锁，他自己超时进入冷库，当然是他

第十二章 回归

本人的责任。"

宋小宝不能理解地说："那他干吗超时进入那个……呃……大冰箱？"

魏之远一语双关地说："谁知道呢？大概是有病吧。"

宋小宝想了想，评论说："唉，我第一次听说人还能冻死，他跳跳不就不冷了吗？"

魏之远终于抬头看了她一眼，用遥控器关上了电视。

小宝吐了吐舌头，苦大仇深地低头继续写作业。

魏之远打量了她片刻，匪夷所思地想：她竟然和大哥是同一个妈生的？

也就是在这时，晒成了一颗乌黑油亮的羊屎蛋的熊英俊先生走下车来，在魏谦家楼下站定，他先是弯下腰对着车窗整理了一下自己的衣领和发型，而后站直了冲楼上喊："谈先生在吗？谈鱼，谈先生在吗？"

旁边的车窗拉下来，魏谦的声音从里面传出来，对未来"财路"的尊敬已经在老熊数月的不靠谱中给磨灭得一干二净，魏谦毫不客气地说："喊他干什么？扶我一把能把你累死吗，傻缺？"

老熊同志缓声细语地回答："我接受你以后多锻炼身体的建议，但就我目前的体力，恐怕连个煤气罐都扛不上去，别说是您老人家了。"

魏谦气结，过了好一会，他才虚弱地说："别叫他大名，小心他跟你急。"

老熊得体有礼地问："哦，那请问我该怎么称呼？"

魏谦："三胖。"

老熊点点头，直起身子，彬彬有礼地冲楼上喊："请问三先生在吗？"

车里的魏谦默默地扭过了头。

好在三胖天赋异禀，正在家吃午饭的时候，听见了这么几声飘渺的"三先生"，竟然还颇能领会精神地扔下筷子，从窗口探出头去："叫我啊？"

魏谦有气无力地推开车门，在楼下冲他挥挥手："三哥，下来扶我一把。"

三胖眯细了原本就不大的小眼睛，凝神静气地看了好一会，大惊失色地说："妈耶！兄弟！谦儿！你不是说跟着个'人傻钱多的胖头鱼'倒腾药去了吗？我怎么看着你像烤羊肉串去了！怎么变成这个色的啦？"

"人傻钱多的胖头鱼"就那么不声不响地站在一边听着。

随后,三楼窗户猛地被人推到了一边,开窗户的人手劲太大,窗户"咣当"一下撞在墙上,又弹了回来。

魏之远:"哥!"

少年变声期的嗓子几乎破了音,魏谦抬起眼皮扫了他一眼:"叫魂啊?"

他也没比老熊强到哪去,整张脸只有两个地方是白的——牙和眼白,可在魏之远眼里,这个黑炭头的出现简直像是一盏阿拉丁神灯,顷刻间就施展魔法点亮了他的整个生活……当然,由于那个光怪陆离的噩梦,这盏神灯下面出现了一个小小的阴影。

宋老太白天不在家,魏之远、小宝和三胖连忙下了楼,这才知道魏谦为什么一直坐着没动地方,因为他一条腿上打着石膏。

三胖一看,眼睛都瞪圆了:"这……这个不会影响你开学吧?伤重不重啊?"

魏谦还没来得及说话,胖头鱼老熊就念经一样幽幽地开了口:"不会的,伤筋动骨一百天,他大概就剩下五十天左右了,考虑到他皮糙肉厚,应该下个月就能拆下来了。"

魏谦就着三胖的手单腿站起来,冲老熊挥挥手:"行了,你可以滚了,'倒计时牌'。"

老熊羞涩扭捏地说:"看在咱们一同出生入死的份上,收留我几天,让我缓缓。"

魏谦:"你家发生局部地震了?"

老熊更加羞涩扭捏地说:"见笑,家有河东狮,这么长时间一直没给内人打电话,愚兄实在有点畏惧她咬我。"

三胖一听乐了:"大哥,你躲得了初一躲不过十五,真的猛士敢于面对惨淡的人生,还是回去给领导跪搓板吧!"

老熊微笑着对他说:"我不是真的猛士,我只是个'人傻钱多的胖头鱼'。"

三胖:"……"

魏谦:"……"

三胖反应过来,脸都青了,干咳了一声,狠狠地瞪了魏谦一眼——这小子居然也不提个醒。

他气沉丹田弯下腿,扎了个马步,拍拍自己的肩膀对魏谦说:"你……唉,上来吧。"

三胖背起魏谦,依然心有不平,骂骂咧咧地说:"我这宽广的肩膀还是块处女地呢,

第十二章 回归

是留给我未来媳妇的,就便宜你个孙子了……唉。"

他说着,低头看了一眼魏谦的胳膊,试图从他像刷了漆的肤色上找点优越感,于是嘲笑说:"三哥问你,你一会洗洗,还能掉色不?"

"怎么不能呢?"魏谦凉凉地说,"还会缩水呢。"

他竟然还有心情开玩笑,三胖的心彻底放进了肚子里——可见是伤得不重,有惊无险。

老熊这个怂玩意,最终还是没敢回去。

但是魏谦家里实在没地方,而且魏谦认为魏之远可能是小时候心理阴影太重,一直有些"认生",比如他看老熊的眼神就恍如带着某种敌意。

于是最后,老熊去了三胖家住——三胖的父母出门进货了,晚上不回。

两个大忽悠一拍即合般地忽悠到了一起,如同两只对比明显的黑白猪,友好地并肩上楼,进行思想会晤去了。

魏谦连口饭都没吃,把行李一扔,倒头就睡了个昏天黑地,真是一动不动,身都不翻。

晚上吃饭,宋老太思考了良久,才决定把他叫起来让他吃两口东西再睡。魏谦是累到一定程度了,知道有人叫他,却怎么都醒不过来,最后凭借着活生生地忍受了老熊这么多天的坚强意志,行尸走肉一样地爬了起来,嚼都不嚼地草草吃了两口东西,又爬回去躺尸了。

当天夜里,魏之远写作业写到了凌晨一点。

他原本打算用夏令营的钱给小宝买件衣服,自己就不去了,现在显然要修改计划,夏令营是一定要去的,否则大哥也不会答应,他只好把前几天已经丢下的额外奥数作业一气补全——去那边老师要检查。

至于宋小宝那熊丫头,看来他是暂时不用顾忌了。大哥刚回来,她就从短暂的苦情、懂事的小白菜状态里解脱了出来,又欢实了,下午就跑出去找同学玩,手里的零用钱也不攒着了,光速地给自己买了条新裙子。

魏之远合上书本,静静地坐在椅子上端详了魏谦片刻,大哥眼下这个熊样和在他梦里那个叫他悸动不已的模样当然是搭不上边的,魏之远定了定神,四只手指蜷缩在手掌中间,轮番用修得很短的指甲掐着自己的掌心。

"一个梦而已,不代表什么,"新长成的少年冷静地想着,"梦见裸奔的人难道真的会去裸奔吗?梦见掀翻小汽车的难道真的有力气掀翻小汽车吗?不可能的,梦如果不荒谬,就没人用'做梦'两个字来代替'滚'的意思……大哥这个姿势躺了一下午加一晚上了,胳膊不麻吗?"

魏之远这样想着,慢慢地走过去,轻轻地扳过魏谦的肩膀,仔细地避过魏谦的伤腿,给他翻了个身,又把他的头搬到枕头中间。

魏谦呼吸平稳,一点也没有被惊扰,掠过了魏之远的手腕,带起一阵温热的小风。

他黑暗中的轮廓让魏之远心里一跳,慌忙缩回手,中规中矩地在旁贴着床边躺成了一具僵尸。

魏之远陷入了一种奇异的状态——魏谦回来让他紧如琴弦的精神一松,本能地涌上一股愉悦的疲惫感,本应该沾枕头就睡着,可偏偏他又被某种说不出的亢奋左右着,每一根血脉里都是加速着奔腾流过的血流,静静地透过血管将那股动态的温热传达到了他的皮肤上。

他怎么也合不上眼。

当他以年幼的视角仰望身边的少年的时候,曾经觉得他高大而无所不能,而今那种仰望已经随着他视角的改变而荡然无存。

他发现,他哥也不过是肉体凡胎的一个人。

而这芸芸众生中渺小如蚁的一具肉体凡胎、晒成了一具非洲裔木乃伊的肉体凡胎,却好像一束龙卷风,顷刻将他精神世界里的黑云和苦雨席卷一空,转眼就旷野茫茫,天高云淡了。

魏之远仰面朝天地躺在床上,扒着自己条分缕析的心弦,带着放大镜,要找出自己在每一个骨头缝里隐藏的细枝末节的心情,如同漂浮在夜空中的第三人,居高临下地审视着自己——依然充满畏惧和惶恐的……懦弱无能的自己。

魏之远得出了一个结论,他认为自己依然是太弱小了,才会需要大哥这样一个精神世界的支柱。

他决定要把这条支柱彻底清理出去。

然而即使这样,他的心情依然没有豁然开朗,他的灵魂里依然有什么地方始终还

第十二章 回归

是黏连的。

魏之远对自己灵魂的解剖却在此处止步了，他似乎是本能地畏惧那一小块阴影地带，那里面藏着那股在他身上萦绕不去的黏腻感的真相，而出于自我保护，他将那块小小的真相封存了起来。

那是与死亡掺杂在一起的，扭曲而又荒诞可怖的爱欲，已经超出了一个少年能够承担的底线。

"春风不解风情，吹动少年的心"，唱词美好，可动了心的少年，却不一定每个都是光风霁月的。

魏之远清晰地知道自己正在滑向一个深渊，然而他不知该怎么阻止。

魏谦这一觉，却一直睡到了第二天的傍晚。

他在家人各种担心的目光中摇摇晃晃地爬了起来，整个人瘦成了一个移动的衣服架子，他钻进了卫生间里，随手打开水想洗个淋浴。

他家的淋浴构造非常原始，就两根简陋的管子，一边连着热水箱一边连着自来水龙头，自来水来得更快些，所以每次打开淋浴之后，十秒钟之内，水都是凉的。

凉水把魏谦冲得一激灵，本能地往后退了一步，这才想起自己已经回到充斥着氧气泡泡的平原了。

他睡得浑身骨头都发酸发疼，吊着一条腿，高难度地草草冲了个澡，然后一口气吃了三碗饭，这才感觉自己又活过来了。

他手上布满了各种刮蹭出来的伤疤，在饭桌上居然依旧是下箸如飞，一点也不影响发挥。

宋老太看了直叹气，絮絮叨叨地说："你这没良心的白眼狼啊，究竟是上哪儿疯去了啊？你打算坑死我们是不是啊？"

上哪儿去了？

还真一言难尽。

魏谦其实真的不是故意让家人着急的，他这一路，可是把能吃的苦都吃了，把能倒的霉也都倒了。

除了魏谦，老熊还带了三个人，都是年轻力壮的小伙子，谁知这几个小伙子中除了一个叫小六的之外,其他几个一个赛着一个熊,高原反应一个比一个强烈。

他们的第一站,到了青海杂多县,海拔四千多米的地方,魏谦是一路吐过去的。

那真是把苦胆都吐出来了,最严重的时候,他整宿睡不着觉,觉得胸口好像被重物压着,太阳穴被夹得生疼。当时包括他在内的所有人都对小六羡慕嫉妒恨,可没两天,小六竟然死了。

小六在一片愁云惨淡中身体倍棒、吃嘛嘛香,产生了自己是铜皮铁骨的错觉,晚上在小旅馆稀里哗啦地好好洗了一通澡。他们住的旅馆条件有限,热水也是有一会没一会的,小六前半截洗了热水澡,后半截变成了冲凉。

晚上太阳下山,气温骤降了将近二十度,小六半夜就发起烧来,他一开始没留神,以为是正常的高原反应,扛不住了才摸到电话和老熊说,老熊连滚带爬地起来,凌晨把他送到了医院。到了医院一看,脑水肿,严重了,转移来不及,只好就地抢救。

到底是没抢救回来,小六没了,刚二十七岁。

从那以后,魏谦他们不用任何人嘱咐,每天都把自己包裹得像个鹌鹑。

而这只是开始,天灾后面还连着人祸——老熊本人就是个行走的人祸。

他先是带着魏谦他们在当地转了转,试水似的收购了点虫草,大致了解了个行情。而后老熊大手一挥做了决定——南下进藏!

那时魏谦还天真地没有质疑这货的决定,以为他是另有深意,直到在拉萨往南的一个小镇上,老熊看上了一口锅,并决定为了这口锅跋山涉水地徒步走的时候,魏谦才真真地意识到熊英俊这个男人脑子里有坑的事实。

随着他们越来越往没人的地方走,最先没了的是手机信号,而后没了的是手机——那天他们半路停下休息,有人在车里吃东西,有人下车喊山歌。"喊山歌"就是野地里撒尿的意思。

魏谦没什么胃口,刚想下车透透气,突然,方便完回来的老熊指着他们一脸惊恐地大喊:"下车!下车!快下来!"

老熊表情很少那么狰狞,声音更是凄厉得如同烂铲子刮过破铁锅,钻进人的耳朵里,几乎能激起一股尿意来。众人训练有素地抓起随身的贵重物品包,纷纷打开车门往下跳。

说时迟那时快,魏谦最后一个被老熊伸手拽了下来,连同着他生死相依的财产一

第十二章

回归

起一屁股坐在了地上，所有人都喘着粗气，眼睁睁地看着他们的车从悬崖上翻了下去，一声巨响，没了。

后来老熊说，他往这边走的时候，发现原本停在路边的车的后半部分的地面泥土开始松动，他当时就预感不好，连忙叫唤了一嗓子，众人一跳车，车子的重心变了，松动的泥土直接塌了，一路陪他们走过来的越野车就这样永垂不朽了。

前不着村，后不着店，脚下两条"十一路*"。

魏谦诚恳地问："熊老板，你能重申一次，我们这么凄惨地走在这条鸟不拉屎的路上，是干什么去吗？"

熊老板这个王八蛋同样诚恳地说："买锅。"

魏谦说出了真心话："你丫就是一个大变态！"

大傻缺带着一群小傻缺，跟外界失去了联系，好在，川藏线上偶尔有从四川藏区徒步到拉萨朝圣的佛教信徒，这些人中有独自上路的，也有蹬着三轮车驮着物资、几个人一起上路的，魏谦他们饥寒交迫地走了好几天，终于，在佛祖保佑下遇到了一波藏民。

虽然对方的财产稀少，固定资产更是只有一辆需要脚蹬的小三轮，但是见到人就是好的，起码能蹭几口吃的，老藏民经验丰富，还知道怎么去弄补给，好歹是没饿死他们。

一路上，他们几个人见车搭车、风餐露宿，真是什么洋罪都遭了。老熊开玩笑，说他们这伙人，别看现在东跑西颠地混饭吃，将来必成大器，过去走西口的晋商和从徽杭古道南下的徽商，就是这么讨生活的。

没有人理他，人人都想弄死这个胖头鱼。

后来，老熊如愿以偿地买到了他的锅——那是一种产自无人能征服的处女峰南迦巴瓦悬崖上的皂石打制的石锅。石头非常软，手指甲能划出痕迹来，所以无论做什么都只能人手工打制，即使魏谦被老熊称为"没见过世面的乡巴佬"，他也能看出这是好东西来。

可惜，当地不通公路，当他们每个人身上挂着一堆和当地村民收购的虫草、红花与几大口锅，面朝黄土背朝天地负重徒步时，所有人都对锅这种物品产生了仇恨。

途中简直是一言难尽，过雪山爬草地一样，魏谦还从山坡上滚下去，把腿摔伤了。

幸亏魏谦心里虽然没有信仰，但是有要钱不要命的境界，他用夹板固定了一下，就

---

* 十一路："11"代表两条腿，意思是步行。

这么活生生地拖着一条伤腿又跟着他们走了一天，才到了有人的地方。

牧民那里和外界依然没什么现代通讯联系，但好在民风淳朴，收留了他们。有一家跑拉萨做生意的人家有一辆小型皮卡，但是主人都不在家，老熊只好在当地逗留了小一个月，才租到了那辆车，辗转到了成都。

直到抵达成都，魏谦才得到了和家里联系的机会。

他们在成都逗留了三四天，老熊以近乎翻云覆雨的三寸不烂之舌，用翻了将近十倍的价格把石锅转手卖了，就把这一趟的成本全部收回了，甚至还余出一点。

还有想收药材的，被老熊拒绝了，药材一根都没卖——因为那些东西轻，容易携带回内地，他有更好的效益。

锅一出手，他们就一天都不逗留，当天晚上就启程回了青海，拿走了寄存在那的行李，又连滚带爬地回来了。

个中千言万语，堪比九九八十一难。

然而魏谦面对着这一家老小，最后，心里的责任感战胜了他大难不死后想要显摆一番的少年心性，他只是老成持重地说："没什么，那边信号不好，一直打不通电话，我们倒腾了点东西，能卖点钱，你年纪大了，以后不要出去干那么重的活。"

BROTHER

CHAPTER 13

第十三章·魂兮

　　第三天，魏谦家就已经完全恢复了正常。

　　虽然魏谦就只是回来养伤，什么都没干，但他的作用宛如一个定海神针和吉祥物的混搭，只要往那一戳，大家就都能自如地该干吗干吗了。

　　清晨，魏之远打了招呼，收拾好包准备去夏令营报到，刚一开门，楼上一个搪瓷杯子就"咣当"一声摔了下来，魏之远缩了缩脚，抬头一看。

　　只见楼上三胖家门口站着一个颇为漂亮的女人，正敞开了嗓门，冲着三胖家发动百万分贝冲击波："熊英俊，你给我滚出来！"

　　老熊锁着防盗门，把里面的大门拉开一条缝，躲在里面弱弱地"喵"了一声："夫、夫人息怒。"

　　夫人息不了怒，眼睛都气红了，整一只大眼睛双眼皮的兔子，指着老熊说："好，你

第十三章 魂兮

长本事了，一走好几个月，一声都不言语，老娘还以为你死了呢！你怎么就不干脆死在外面呢？一回来就往小狐狸精家里一缩。我说熊英俊，你也老大不小的了，要点脸能死吗？"

魏谦险些把豆浆喷出来，忙深一脚浅一脚地走出来，把魏之远打发走："赶紧上学吧，别拾乐了。"

说完，魏谦自己回手带上家门，靠在楼道里，双手抱在胸前，用一种听演唱会般享受的表情听着楼上的"天籁之音"。

眼看屋外要上演一场正房抓小三的奇景，三胖连忙愁眉苦脸地把老熊挤到一边，拉开了自家的防盗门，低声下气地说："铁扇嫂子，算我求求您了，您仔细看清楚了，有长成俺老猪这样的'小狐狸精'吗？"

熊夫人当场就被三胖那张占据了她整个视网膜的大脸给震慑住了，足足有半分钟没吱声。

老熊这个怂人趁机踮着脚尖往屋里缩，不料很快被熊夫人发现意图。

熊夫人大喝一声，伸出尖利的指甲，四两拨千斤地一把扒拉开三胖，两步闯进别人家里，把老熊捉了出来，撸起袖子对他进行了一番单方面的家庭暴力，给抓回去了。

三胖肃然起敬，空手光膀子地模拟出一个脱帽的动作，弯腰伸手地用无声致敬送他们下楼。魏谦一看，也加入了脱帽致敬的行列。两人喜闻乐见地看着老熊活生生地被拖走，用一种别人难以理解的默契，异口同声地说："人贱自有天收！"

老熊的表情悲愤莫名。

不过过了两天，老熊就又回来了。

他敲开魏谦家的门。魏谦见了他，第一句话就是："你竟然还没有被打死？"

"……"老熊沉默了片刻，"依然健在，让你失望了。"

老熊给魏谦提供了两个方案供他选择，一种是魏谦在公平价格的基础上，稍微打个折，把他收的那部分药材卖给老熊，他自己拿钱走人；另一种是他用药材当入股，老熊统一把东西卖出去，和他分利润。

但凡魏谦不缺心眼，他就会选第二种，于是老熊双掌一合，说出了他此行的真正目的："太好了，反正你还没开学，暑假跟我卖药去吧。"

魏谦把自己的伤腿伸到了老熊面前，问他："熊老板，摸摸你的良心，告诉我它还在，没被狗叼走。"

老熊面无表情地问："你就不想亲眼看着自己长途跋涉的成果，是怎么变成人民币，摇摇晃晃排着队地走进你的账户的吗？"

魏谦："……"

老熊转转眼珠，随即又提出新的建议说："我觉得三先生这个人和我很投缘，以后可以把他一起拉上贼船。"

魏谦发自肺腑地问："你是怎么看出这一点的？"

老熊说："我认为三先生这个人非常有禅意，你看他的名字——据说他小时候有一个和尚经过他家，非得说他和佛有缘，要给他剃度，只是凡俗的父母不舍得，所以才折中了一下，取了'木鱼'的'鱼'字，取了谈鱼这个名字。"

魏谦眯着眼听了一会，发现三胖的脸皮厚度更上一层楼，竟能把"痰盂"这种终身耻辱的大名掰扯到这样的地步，于是问："他没告诉你他本姓'林'，是从天上掉下来的，当年雷峰塔就是他落地的时候砸倒的？"

老熊长吁短叹地说："三观不合啊，凡俗之人啊……"

魏谦："找你'临行密密缝'的姥姥说去。"

说话间，小宝正好从外面跑回来，老熊细细打量她一番："这是你妹妹啊，小姑娘有多大年纪了？"

魏谦顺手在小宝的脑袋上按了一下："马上就十四了，小土行孙，还不如人家十岁的高呢。"

"没事，长得晚，"老熊慈祥地看着小宝，透过现象看本质地说，"你看她的大脚丫子，以后矮不了。"

小宝好生呕了一下，愣是没听出来这是句好话还是坏话。

临走，魏谦把老熊送了出去，老熊状似随意地问："你弟弟呢？"

魏谦说："参加夏令营去了。"

老熊沉默了片刻："夏令营？学习不错吧？"

魏谦虚伪地一笑："哪里，他不行，也就一般吧，不过比我稍微强点。"

"聪明，念书念得好，"老熊仿佛喟叹着什么似的摇摇头，对魏谦说，"可得好好教

第十三章 魂兮

育啊。"

魏谦一愣："啊？"

老熊慢吞吞地伸出手比划了一下："这个刀剑，薄到一定程度，浑身上下就会好像只剩下那一层刃，古时候的邪器妖兵大多走这个路数。这种东西剑走偏锋，一出鞘就要带下一层血肉。可人不是钢铁，要是把自己活得太'薄'了，就太危险，容易福薄命也薄……"

"那什么，您等会，我这人有点没文化，"魏谦掏了掏耳朵，"能麻烦您老人家用人类一点的语言表达吗？"

"……"老熊看了看他，大仙一样的脸上缓缓露出了委屈的表情，"我哪得罪你们家那小兔崽子了，居然给我老婆通风报信，再这样、再这样我饶不了他！"

说完，老熊迈着杀气腾腾的小碎步走了。

魏谦认为魏之远打小报告这件事，怎么说呢？办得有点缺德，但是缺德缺得大快人心。

不过话说回来，既然人家告状告到了自己这里，魏谦决定还是表示一下。

于是周末魏之远放假回家的时候，他大哥就鼻子不是鼻子、眼不是眼地对他一招手："你给我滚过来！"

魏之远心里一跳，溜溜地滚过去了。

魏谦把伤腿搭在一边的矮几上，"啪嗒"一下点着了一根烟，用"坦白从宽抗拒从严"的语气问魏之远："自己说，你都干了什么？"

魏之远还是保持住了他一贯的乖巧，从善如流地承认了错误："我错了，下次一定打匿名电话。"

"呸！"魏谦站定了家长的立场，保证了表面上的不认同，同时，也暗地里表达了自己内心的喜好，决定给魏之远一个奖励。

他单腿蹦起来，搭住魏之远的肩膀，放缓了语气说："一会叫奶奶别做饭了，咱们出去吃。"

魏之远神色自然，似乎没有一点异常。

暑假的最后一个月，魏谦和三胖跟着老熊东奔西跑地谈了好多次生意。

魏谦这才发现，老熊绝对不像他表现出来的那么熊，他人路非常广，手里什么生意都沾——联想起他们西北一行就明白了，尽管大家的目的是倒腾药，路上却丝毫不受最终目标的影响，只要能赚钱，看得见商机，什么赚钱就倒腾什么。

老熊的东一榔头西一杠子，似乎也不是在没头苍蝇一样地乱撞，而是在积累、摸索着什么。

没事的时候，魏谦依然喜欢泡在老熊的药店里，偶尔应付几个客人，大多数时候闲聊，偶尔和三胖一起挤兑老熊。

老熊宰相肚里能撑船，不和他们小青年一般见识。

聊起老熊死活要买锅那事，三胖忍不住问："熊老板，你说我们谦儿这种见钱眼开的穷鬼也就算了，您老人家家大业大，怎么也这么玩命呢？"

老熊悠悠地说："当然是为了利润。所谓商人，就是靠承担某种风险以赚取利润的人，你们承认吧？承担风险和谨慎抉择是商人的基本功。"

魏谦当场拆台："恕我眼拙，就看出您承担风险以及拉人上贼船一起承担风险的功力了，其他太隐晦，没看出来。"

老熊短促地点评了一下他的意见："头发长，见识短。"

三胖摇着蒲扇，笑得牙床都露出来了。

魏谦决定赶在开学前，把自己奔着野兽型艺术家方向去的半长头发剪一剪。

"当初可是你死皮赖脸要搭上我这贼船的，小魏子先生你别颠倒黑白啊。再说了，你应该感谢我，我把你们拉上的这条贼船是真正的诺亚方舟，"老熊大言不惭地一敲桌子，开始发表个人演讲，"我跟你们说说未来的十年是个什么样的十年吧。首先，劳动密集型的行业没有任何未来，像那些个什么……开饭馆的、做制造的、做加工的，那都不行，他们只能在日复一日的同行竞争和劳动力价格上涨中被挤压得没有生存空间。"

"比如说，"老熊指着三胖，"三同学，你那个什么开火锅店卖五花肉的想法，就最好丢开，你那玩意勉强糊口尚可，想做好，太艰难了，以你的智商，甭想多有出息。"

三胖遭到了人生理想层面上的打击，呆若木鸡地看着熊老板。

"技术密集型的企业……哦，什么文艺的、高精尖的，全都算上，它们比前者有生命力得多，所以上大学是有好处的，知识和技术的确能改变命运，"老熊扫了魏谦一眼，加重了语气说，"但是，技术密集型企业的春天至今还走在半路上，咱们整个社会没来得及到那个层面上，说不定十年后，我们会培植出技术产业的温床，但是现在不行，现

第十三章 魂兮

在还在萌芽,未来十年间,这种产业会在一种被垄断的阴影下,跌跌撞撞地成长,你在里面很容易混成中产,也可能会有出息,但是后者就需要时间了。"

魏谦闭了嘴,仔细地听着老熊的话。

老熊端起茶杯,喝了一口,用力吧嗒了一下嘴:"只有资本密集型的行业,那才是未来十年间不会衰落的真高端,只要一两个人,几个亿、几十个亿的项目,你都可以撬动,那是什么境界?你手上源源不断的现金流流过,你脑子里将根本就没有'挣钱'两个字这种小气吧啦的概念。但是一条,这种行业有天然的高门槛,就是你首先得先有资本,资本的原始积累是一个筚路蓝缕的过程,比你后来所做的一切都要艰难,你搭上我的方舟,就等于走了原始积累的捷径,懂吗?啧,不识好歹的小崽子。"

三胖用胳膊肘撞了魏谦一下:"谦儿,他的意思是,你跟着他出生入死一回,是中彩票一样的运气。"

魏谦说:"是呢,你说我怎么就没把这点稀有的运气用在买彩票上呢?"

老熊睨了魏谦一眼,表情略微沉了些:"不过我承认错误,我这次是有点错估形势,对风险判断有误,特别是对不住小六,可惜,他们家没什么人了,不然我还能弥补弥补。"

提到小六,三个人都沉默了一会,唯一没有参与的三胖叹了口气:"兄弟没这个命。"

老熊点了根烟,倒插在烟灰缸里,让缕缕的香烟自己上升,就像插了根香。

三胖和魏谦对视一眼,突然觉得有点亲切——他们俩在大槐树下纪念麻子的时候,也是这么着倒插了根烟。

老熊对魏谦说:"其实我一开始不想带你,你这个人……"

魏谦:"跟你三观不合。"

老熊翻了个白眼,魏谦跟他出生入死一番,说过命的交情也不为过,很多话他就不再有顾忌,于是直白地说:"你第一次上我这看店,有条不紊没麻爪*,我本来觉得你是个人才,事实证明你确实是,胆大机灵会抓机会——可那回我给你五千块钱,你就真接着啊?"

魏谦:"哦,合着你没真心想给啊?"

"不是……"老熊噎了一下,"我倒不是那个意思,超出你应得,你起码要推拒一下

---

*麻爪:北方方言,指由于碰到某些烦恼、出乎意料或恐怖的事物后而不知所措。

吧？"

魏谦："我推了你就不给了？"

老熊："还会给。"

魏谦翻了个白眼："你有病吧，熊英俊同志？"

老熊叹了口气："你要知道，你这个年纪，机会、眼光和见识经验才是最重要的，总盯着那么两块钱干什么？钱是一时的，长远得了吗？我跟你说钱就是水，越攥越少，你信不信？"

贫穷，原本是魏谦的逆鳞，然而此时他的账户里已经有了六七万块的资产，在当时是一笔不小的财产了，奇迹般的……他对这片逆鳞的态度也不知不觉地放松了些，甚至能自嘲似的拿到桌面上和人讨论起来。

魏谦一笑："您也别站着说话不腰疼，大道理谁不会讲？我不知道钱就是王八蛋吗？你一个穿金戴银的富二代，别跟我们小老百姓来这套。你要是也上有老下有小，过过那种吃了上顿没下顿、随时随地捉襟见肘的日子，你也得和我一样，一分钱一分钱地卡。"

老熊双手捏住魏谦的脸，硬生生地把他的眼皮往下一拉："你把白眼给我翻回来——咱俩到底谁站着说话不腰疼？你哥我是正经八百改革开放前的一代，你回家问问你们家老太太，我们小时候有什么？我们家穷得揭不开锅，我十来岁跟着我爸冒着杀头的风险下海那会儿，你们这帮小王八蛋的还不知道在哪个猴山上扯旗呢。"

他说的是事实，魏谦和三胖不吱声了。

"头发长见识短，你就是头发长见识短。"老熊恨铁不成钢地说，"伤害人的不是贫穷和物质上的匮乏，是对比，对比懂吗？你是总看着别人，心里焦虑，没底气。"

三胖想起魏谦做过的那些混账事，立刻拍手称赞："谦儿，熊哥说得对啊！"

魏谦一摆手："你说的这都是废话，深山老林里那些七老八十的大和尚，他们一个个比你还想得开呢，有本事你跟人家比坐禅去。我没见识怎么了？我焦虑怎么了？我一个泥里滚出来的小青年，我拿什么当底气？卖身吗？真是最烦你们这种严于待人、宽于待己的老男人。"

三胖想了想，似乎觉得也有道理，于是立刻倒戈："熊哥，谦儿说得对啊！"

魏谦和老熊同时看了他一眼，无视了这棵墙头草。

第十三章 魂兮

九月份，魏谦终于短暂地离开了老熊的铺子，去学校报到了，经过了一场军训，一个多月好不容易白回来点的皮又光速黑了回去，拎行李回家的时候撞上了三胖。三胖指着他笑得见牙不见眼："来，兄弟，快给哥唱一出《铡美案》，你这造型，不用上妆，贴个月牙就能'夜审阴、日审阳'！"

而魏之远上了初中，开始展露他更加非人类的一面，第一年上初一，第二年他就跳进了初三重点班。

仿佛是为了验证老熊的话，他真的越长越"薄"，后知后觉的魏谦终于对他留了心：魏谦发现这小孩不说话也不笑的时候，平静的眼神里像是藏了两把锋利的小刀子，唯有在家里还依然像以前一样懂事贴心。

可是魏之远小时候就知道装傻卖可爱，只是那时候尚且能看出形迹来，眼下，魏谦却有些摸不准了。

偶尔在饭桌上，全家人就着电视里的大小新闻顺口闲聊，魏谦会从魏之远的只言片语间，听出一点不经意流露的偏激来。少年人，懂得遮掩心情，却还没学会遮掩本性。

还有就是魏之远不爱黏着他了——当然，男孩长到一定年纪，这本来就是一个必经之路，魏谦以前觉得小崽子黏人很烦，现在却突然觉得失落起来。

而魏之远对他其实还不止是"不黏"。

有一天，小宝瞥见魏之远用的演算纸是学校关于冬季长跑大赛的通知，就随口问了一句。

魏之远摇摇头："我不想参加，不报名。"

他当着妹妹的面，嘴上说得客气，其实心里想："一圈一圈绕着一个东西跑，那是驴才干的事，蠢死了，我才不去。"

幸亏他嘴上的话听起来很客气，宋小宝才接了他的话茬继续说："我记得大哥上初中的时候好像参加过，好像还拿了个二等奖……哎，是二等还是三等来着？记不清了。"

魏之远笔尖一顿。

半个月以后，小宝就在他桌上看到了"冬季长跑大赛一等奖"的奖状和奖品本。

宋小宝长到了这个年龄，晚熟的心智总算跟上了平均水平，她没有蠢到开口问魏之远为什么说过不想参加，又跑去参加了，小姑娘只在心里暗暗地寻思：二哥这是在和大哥比吗?

　　至于魏谦,他平静地度过了自己半工半读的大学生活,选择性地无视了老熊告诫他"别钻钱眼里"的话,接受了"万物皆可倒腾"的那部分——小到学校里的电话卡,大到跟着老熊倒卖医疗器械,一天到晚不闲着。

　　别人的业余时间是"踢球、玩耍、谈恋爱",魏谦的业余时间就是"卖东西、卖东西、卖好多东西"。

　　四年中,魏之远仿佛成了一座休眠的火山,一直牵着魏谦一根心神,不过少年一直老老实实地好好学习天天向上,没人刺激他,他也没干任何出格的事。

　　当然,也可能只是魏谦不知道而已。

　　魏谦十天有八天跟着老熊在外面或者是住学校,忙起来恨不得一个礼拜回家看一眼。

　　而每当他回家的时候,睡眠就会变成对魏之远的折磨。

　　随着魏之远一点一点长大,升上了高中,而身高也赶上、甚至隐隐超过大哥,他身心中那种说不出的躁动越加难以忽视。

　　那一小片少年时候被他自己锁在心里最深处的阴影愈加浓重了。

　　魏之远本能地抗拒,却日渐抵挡不住那种说不出的干渴和焦躁。

　　好在这时候,也就是魏谦大四这一年,一切仿佛否极泰来,他们这城市里毒瘤一般的棚户区终于被整改了,他们要从这里搬出去。

　　老城区,多好的地方,虽然一堆七扭八歪的小胡同,可是走出去就是市中心,去哪儿都方便。

　　因此刁民众多,钉子户们一会排成"人"字一会排成"一"字,让拆迁办好生滚了一番钉子床,险些剥掉了一层皮,才总算把这些人都摆平了。

　　老街坊们都能得到一笔不小的补偿款。

　　三胖一家人和魏谦都商量好了,在老熊的撺掇下,他们在一个不错的地段看中了三套房,正好是一梯三户——剩下那个他们俩打算留给麻子妈,她是个残疾人,干什么都不方便,得有人就近照顾才好。

　　新房子那边,被老熊的夫人大包大揽地全权接过去了,三胖的父母还会经常过去,三胖和魏谦压根就当了甩手掌柜,看都不看。

第十三章 魂兮

老熊的夫人是个挺让人费解的人，她的性格就像个随时准备奔月的二踢脚，火爆极了，尤其对待老熊，动辄抓耳朵拧肉地家庭暴力一番……当然，老熊这个趴耳朵*也是一个愿打一个愿挨——她就好像《红楼梦》里那个王熙凤，但凡碰见一点能显示她能力的事，都忙不迭地往前凑，重在掺和地往自己身上揽责任。

她办事也如同她的人一样干净利索，面面俱到。

魏谦有一天顺路，过去看了一眼，被半成品给吓了一跳，像他这种五星酒店和猪窝一样住的人也不得不承认，熊嫂子的品位是达标的。

种种迹象，说明熊嫂子这个人很可能是受过良好教育的，而这样一个性格和能力都不安于家室的女人，竟不知道怎么的，离奇地做了老熊的全职主妇——说真的，老熊家实在没什么好全职的，双方老人都不用他们费心，家务请人做，而这两口子结婚十年也没孩子，熊夫人一天到晚在家也不知道能干点什么，非得闲出毛病不可。

三胖曾经好奇过她为什么不工作也不要孩子，被魏谦没好气地喝止了，魏谦从小就不耐烦打听人家家里的鸡毛蒜皮。

熊嫂子那边进展一切顺利，魏谦他们却不怎么顺利。

这天三胖跑到了魏谦家里，魏谦也少见地早早回家哪都没去，两人主要是为了合计麻子妈怎么办的事。

他们俩这几年，无论是拮据地过苦日子，还是跟着老熊东奔西跑到小有积蓄，都自始至终兑现了说给死人听的诺言。

麻子妈没短过一口吃穿，时刻有人照应，逢年过节，一定是三胖和魏谦轮流把她接到自己家里。

可干儿子再亲，也不是亲儿子。

六七年了，她那丑儿子麻子一眼也没回家看过，除了汇款回家，就只有偶尔寄来几封信。字迹稚拙可笑，歪歪扭扭，话也是只言片语，每次魏谦念给她听，她都觉得没来得及听出滋味来，就没了。

可是伪造书信的办法已经越来越不好用了，这几年随着手机的普及和通讯的便捷，麻子妈有时候总是疑惑，她的儿子出去跑生意，每次给她那么多钱，为什么自己就不装个电话呢？

---

*趴耳朵：四川方言，同"耙耳朵"，指怕老婆。

每次她跟魏谦他们絮叨这件事的时候，都能让那俩小子出一后背冷汗。

好在，最近她已经不提了。

眼下老房子就快要拆了，麻子妈不出意外地不乐意走，纵然两个人已经轮番把新家吹得天花乱坠，她依然舍不得——麻子妈说，她怕搬走以后儿子回来找不着家。

魏之远推门进来的时候，就发现三胖和魏谦站在窗边上，一人手里夹根烟，一人靠着一边的窗户，一同望着大槐树的方向，比着赛地沉默。

魏之远猝然见到魏谦，在门口迟疑了一下："三哥……哥，你怎么回来了？"

他一嗓子打破沉默，三胖动了动，回头仰望了这个大小伙子一眼，痛苦地说："谦儿，咱弟弟让你喂了什么东西，怎么长成了一个大房梁呢？"

魏谦心里很烦，随手把烟掐在窗台上："房梁也比你长成个大门板强——你……唉，算了，我再去和她说说。"

说完，他快步地走下了楼，麻子妈正坐在大槐树下纳凉，她的脸依然是凹凸不平的，才不过中年，眼珠已经浑浊了，泛起老年人那种沉沉的暮气来。

看见他来，麻子妈抬头对他笑了笑："谦儿。"

"姨。"魏谦走过去，拎起裤脚蹲在她身边，同时心里琢磨着措辞，他实在是已经没词了，但凡能想到的他都说到了，再说就成车轱辘话了。

魏谦真有点崩溃，他每天忙得脚不沾地，自己新家只匆匆看了一眼就再也抽不出工夫了，还要一天到晚地打起精神，来跟麻子妈来回扯皮。

要是换成别人，他早就跳脚急了，可那是麻子妈……魏谦委屈地蹲在地上，苦笑了一下，只好捏着鼻子忍了。

他有点郁闷地对麻子妈说："我就不明白了，咱们这鬼地方有什么好住的，新房子哪不比这好啊？"

麻子妈缓缓地垂下眼睛，温柔地看着他。

魏谦继续说："我觉得您想得也太多了，麻子都那么大人了，又不是三五岁的小崽子，回来就算真找不着家，他就不能跟谁打听打听吗？我……"

麻子妈突然问："姨是不是给你跟三儿找麻烦了？"

何止是麻烦，简直麻烦得要命啊！魏谦心里抱怨着。实际上他就是为了这事专程赶回来的，晚饭之前还要把自己收拾出个人模狗样来，跟着老熊充当跟班，连夜赶火车

第十三章 魂兮

去看一个外地的项目。

魏谦一口气堵在嗓子里，苦胆汁都快从胃里翻上来了，到底还是生硬地挤出一个笑容来："不……那怎么会呢？"

麻子妈看了他一会，忽然出乎他意料地松了口，她说："那……那要不就算了吧，姨真不是故意给你们添麻烦，我年纪大了，在这住了大半辈子，突然让我搬家，我反应有点卡轴，一时掰不过齿来。"

魏谦听出了她口气松动的弦外之意，简直欣喜若狂，没想到自己几次三番地居然真能感天动地，让麻子妈这老顽固松口，忙趁热打铁地问："姨，那您是愿意搬吗？"

麻子妈避开他的目光，垂下脑袋，好一会，才小幅度地点了点头："那就搬吧。"

魏谦一时间如释重负，忙从地上站了起来："行！那没问题，明儿叫我三哥带您去签合同领补偿款好吧？哎哟我的亲姨，您可算是点头了，要不然我可真要给您跪下了。"

麻子妈说："以后就走了，我想再看看老街坊，你推我一圈行吗？"

她只有一条胳膊使得上力气，坐轮椅把自己推出院子还勉强可以，路长了就不行了。

魏谦二话不说地单膝跪下来："推什么，我背着您！"

他背着麻子妈缓缓地走过每一条脏乱差的小胡同，依旧是熙熙攘攘，依旧是满地跑的小崽子，只是上一代的小崽已经长大了，在楼下跑着玩的已经换了一批；依旧是乱停的自行车，随处可见的非法凉棚，用自己阳台改的居民小卖部；依旧是那棵一到夏天就没完没了地掉绿油油的"吊死鬼"的老槐树。

魏谦一边走一边说话逗麻子妈高兴——比如当年他和麻子是在哪个路口联手收拾过三胖，三个人后来又是怎么相逢一笑泯恩仇的，比如麻子他们家旧油条摊原来是在什么地方……突然，一滴冰凉的液体落在了魏谦的脖子上，让他陡然住了嘴。

随后，接二连三的眼泪纷纷地落在魏谦的脖子上、脸上，他背后传来压抑嘶哑的呜咽声。

魏谦脚步一顿，那一刻，他只想给自己一个大嘴巴。

他们俩花了六七年的时间编的漏洞百出的谎言，终于在无数次的岌岌可危后，还是被戳破了。

其实他第一次听见麻子妈那样说的时候，就应该能意识到的。

找不着家……活人怎么会找不着家呢?

魏之远一直在窗边看着。

他看见麻子妈那张布满伤痕的脸,一哭起来,伤疤红得厉害,越发吓人了。大哥不在家的时候,魏之远给她送过饭,每次过去,她都很殷勤地抓一把糖或者小零食放在他兜里——即使他已经不小了。

魏之远从她身上每每感受到的是一种认命的木然,和近乎是低三下四的讨好,好像哪怕留他五分钟,多说几句话也好。

她那样的寂寞隐忍,魏之远从没有见过麻子妈这么痛哭过。

而她的眼泪落在魏谦的脸上,就好像他也哭了一样。

可魏之远知道,大哥是不会哭的。他从大哥咬紧的牙关和深深的眼神中,看见了某种心如刀绞的克制。

魏之远不知道为什么,看到那张侧脸,心口的热血好像突然逆流了,温温热热地流转过他的整个胸口,把他的心泡得几乎是酥软的。

三年了,每每靠近大哥,魏之远都会觉得周身那种让他恶心又焦躁的黏腻感挥之不去,在这片刻的光景里,那股黏腻感竟然奇迹般地消散了。他一直盯着魏谦把泣不成声的麻子妈重新放回轮椅上,推进麻子家的小院,直到看不见为止。

魏之远一瞬间怅然若失——他一直在试图模仿、超越大哥,以此降低他靠近大哥时的紧张感,他也一直不怎么盼着大哥回家,因为那人总在眼前晃,会搅乱他难得的平静——而此时,魏之远心里忽然产生了某种近乎"思念"的情绪,即使魏谦刚刚还在他眼皮底下,他迫切地想和大哥心平气和地说几句话,想放任自己贴近大哥一点,听听他都是怎么想的。

他胸中一直熊熊燃烧的猎猎业火似乎突然被剥落了专横跋扈,渐弱渐缓,成了一把暖烘烘的火苗,蔓延出某种幽暗婉转、一波三折的情愫。

魏谦很快就回来了,仰面把自己往床上一摔,先重重地叹了口气。

过了片刻,旁边一动,魏之远在他身边坐了下来。

魏之远随手取过桌上的小刀和苹果,仔细地削好苹果递给魏谦:"哥,你为什么对油条姨那么好,她也不是你亲妈。"

魏谦接过来,嘴角牵动了一下:"哪有那么多为什么,不为什么。"

第十三章 魂兮

魏之远："怎么会不为什么？"

魏谦顿了顿："你麻子哥……你还记得你麻子哥吗？"

魏之远点点头。

苹果不大，魏谦一口啃掉了小半个，腮帮子鼓起好大一块，他里面正在长智齿，嚼东西很别扭，好一会才咽下去。他对魏之远说："当初如果死的是我，你麻子哥就算砸锅卖铁，也会把你和小宝带大的。"

魏之远一条长腿曲起来搭在床边上，安安静静地低头仔细打量着魏谦的眉眼，从中感受到了一丝不同寻常的意味来，他几乎想要伸手摸一摸。

少年心里想，为什么你也对我这么好呢？我也不是你亲弟弟。

可这句他没有问，在心里转了一圈，最后消散在了四肢百骸里。

魏谦却突然想起了什么似的，一翻身从床上坐了起来，叼住苹果腾出手，拎过一个包，对魏之远招招手："来。"

说完，他又往小屋张望了一眼："小宝不在家吧？"

魏之远："她们校舞蹈队训练去了。"

"舞蹈队是什么玩意儿……她那点心思就不能用在正经地方。"魏谦皱了皱眉，显然是听到这个组织，挺不满意，但是他心情颇好，很快把这种不满意抛到了一边，把包递给魏之远，"打开看看。"

那是个电脑包，魏之远早就看出来了，他迟疑地看了魏谦一眼，小心地打开，只见里面是一台崭新的笔记本电脑。

魏谦翘着二郎腿坐在椅子上，数落说："你不是要参加那个计算机竞赛吗？你们老师昨天都给我打电话了，说你老往学校机房跑特别不方便——你怎么也不跟我说一声？以后缺什么就跟我直说，我赚钱是为了什么的？"

魏之远笑了笑，他像个真正的孩子一样有点不好意思地低下了头，指尖珍而重之地擦过电脑光亮的盖子。

魏谦低头一看表："哎哟不行，我得走了，别给小宝玩，最好也别让她看见，她够玩物丧志的了，听到没有？"

魏之远："谢谢哥。"

那天魏之远一直目送着魏谦拿好随身的行李，还不忘随手拎了一本书，大步走到路口，叫了辆出租车走了。

少年站在那里，回味着自己方才的心情，似乎想弄出个所以然来，好好明白明白，然而很快就放弃了。

如果不是来得莫名其妙，怎么能算是怦然心动？

到了阳历年底，魏谦正被开题报告和老熊那头一个悬而未决的项目一起折磨的时候，他们一起搬进了新家，魏之远也终于有了自己的房间。

宋老太第一次推门进去的时候，简直就像是进了大观园的刘姥姥，她一辈子没住过这样漂亮的家，拘谨得手脚都不知道往哪放了。

宋老太整个人像分裂了一般，一会梦游一样地问："这是咱们家吗？咱们以后就住这吗？"

一会又横眉立目地骂魏谦："我看那兔崽子纯粹是有点钱烧的！才吃饱饭几天，尾巴都翘到天上去了！这得花多少钱啊，这败家折寿的混账东西，他怎么不干脆买个王府住啊？刚赚来仨瓜俩枣钱，啧啧，阳世三间要容不下他了！"

这回哥仨一起默契地无视了她喜气洋洋的骂街声。

一方面庆祝乔迁之喜，一方面也是感谢熊嫂子出的力，三胖和魏谦两家人合起来请了老熊两口子一顿，吃到一半才知道，那天正好是熊嫂子的生日。

于是晚上三胖和魏谦又陪着熊嫂子一起过生日去了，熊嫂子一个电话叫来了一大帮年轻人，一群人到附近一家会所里包了个包厢。

熊嫂子叫来的人里大部分是年轻姑娘，不是普通的年轻姑娘，这些姑娘的精气神都和别人不一样，甭管是五官惊艳的还是长得比较一般人的，身上都带着某种说不出的艺术气质，特别赏心悦目，三胖这丢人现眼的，看得眼都直了。

老熊妻管严，一群美人在眼前，他连头都不敢抬起来，眼观鼻鼻观口地坐在一边参禅。

三胖："乖乖，嫂子哪认识这么多大美女啊？"

老熊小声对告诉他们："你嫂子以前是文工团的，这些都是她带过的小姑娘。"

"以前"？老熊没说现在为什么不是了，魏谦也没打听，他的目光情不自禁地落在其中一个女孩身上。

第十三章 魂兮

她……那个女孩漂亮得光芒四射，而那种美不是女孩子式的可爱，也不是女学生式的知性和清纯，而是一种纯粹的、毫无杂质的女性美。

有的女孩让人联想起邻家妹妹，有的女孩让人联想起某种小动物，有的女孩则让人联想起某种风格的画，可这个姑娘不会让人联想起任何东西，她站在那的时候，就只会让人真真切切地感受到，这是个女人。

熊嫂子慧眼如炬，眼光一瞥就发现了，偷偷用胳膊肘顶了老熊一下："哎，你看。"

老熊以为组织的考验来了，连忙诚惶诚恐地表明立场："我不看。"

熊嫂子掐了他一把："我让你看小魏，你发现没有，自从婷婷进来，小魏那眼神就连扫都没扫别人一眼——哎哎，我问你，他没对象呢吧？"

这把老熊愁得，长吁短叹地对他老婆说："你怎么又迷上说媒拉纤了呢，我的姑奶奶？"

"积德，积德你懂不懂？"熊嫂子说完，扬声冲那个女孩子打招呼，"婷婷，过来，姐给你介绍个人！"

婷婷应了一声，从女孩堆里站起来走过来。

三胖这才从眼花缭乱的美女里回过神来，乍一看见婷婷，他先是愣了一下，随后睁大了眼睛，立刻出声阻止："嫂子，别……"

可是熊嫂子已经快人快语地拉过了魏谦："这是嫂子以前一起工作的，叫婷婷。这是小魏，魏谦，你姐夫带来的。婷婷，姐告诉你，这小伙子可厉害，青年才俊，还是名牌大学的，长得也帅吧？你们年轻人多认识认识……"

魏谦猛地一缩手，熊嫂子不明所以地抬起头，却发现他的脸都白了。

婷婷友好地和他打招呼："你好。"

魏谦的表情却像见了鬼一样，他定了定神，勉强维持住了自己的风度，对婷婷挤出了一个微笑，然后飞快地道歉说："嫂子我今天有点喝多了，胃不大舒服，得出去醒醒酒。"

说完，他就逃也似的跑了。

三胖"哎哟"一声，立刻也追了出去。

魏谦一路冲到厕所，反手锁上隔间的门，扒着马桶吐了个翻江倒海。

三胖忙在外面敲门："谦儿？谦儿没事吧？"

魏谦没有答话，他把能吐的都吐了，最后几乎是精疲力竭，这才缓缓地顺着墙根坐在了地上。

三胖听见他的声音低而微弱的传出来："没事，三哥，你让我自己歇会。"

三胖缩回了手，不敢吱声了，静静地等在隔间外面。

魏谦手肘撑在膝盖上，抬起头，眼皮眨也不眨地看着房顶刺眼的白色灯光，觉得空虚难过得厉害。

他不认识婷婷，也从没有在任何地方见过这个姑娘，而当她走进来的一瞬间，魏谦就有种被击中的感觉。

他没来得及反应过来她身上的似曾相识是哪儿来的，已经本能地被她吸引——魏谦有生以来，从生理到心理，还从未对一个异性有过这么大的兴趣。

那一刻魏谦忽然发现，原来自己只会被一种类型的姑娘吸引，还没等他想明白这个姑娘属于哪种类型，熊嫂子就自作主张地把她叫到了面前。

而当她走近，身上隐约的花香暗流涌动地冲他袭来，又抿唇一笑的时候，魏谦简直难以形容自己的感觉。

他面对面地明白了她身上的似曾相识从何而来。

她那种纯粹的、不受任何行为举止乃至容貌美丑影响的女性气质，竟然神似他十年前去世的妈。

年轻的身体里澎湃的荷尔蒙还没来得及冷却，魏谦的心已经被拖入了一个冰冷的深渊，他一点也不想回忆自己是怎么不完美地应对完，是怎么一路忍到了厕所才吐出来。

他触碰到了自己挥之不去的浮生梦魇，无论如何也不知道该如何面对。

那天魏谦不记得自己是怎么回的家，他并不是醉，只是累，累得他开门到家，没来得及回屋，就瘫在了沙发上，什么也不想思量，倒头就想睡。

片刻后，身后的卧室门"吱呀"一声打开，魏之远走了出来。

"哥？"他跪在沙发边上，轻轻地推了魏谦一把。

魏谦没有睁眼，只是极轻地应了他一声。

熊嫂子在沙发上安了一个别致的阅读灯，魏之远伸手拧开，温暖的灯光一下就洒

第十三章 魂兮

了下来，铺满了整条沙发。

它不刺眼，也不昏黄，像是某个冬日午后的阳光，营造出"添一分做作，短一分不足"的恰到好处的舒适来。

魏之远还是第一次开这个灯，摸索了两下才找到开关，而后他愣了一下——灯光妙笔生花般地在魏谦身上镶了个浅淡的金边，连他没来得及摘下的围巾都好像软成了一团雪，藏住了一半的下巴。

魏谦侧过脸，伸手挡住眼睛避开灯光，那手臂的阴影与修长的眼眉连在一起，好像一直要没入鸦羽般的鬓角中。

华韵内敛，流光暗藏。

魏之远的心剧烈地跳了起来，一直以来，渴望和理智都成为盘踞在他心里两股挥之不去的力量，后者有千万种道理，而前者唯其一条——想，喜欢，割舍如断肠。

而此时，魏之远觉得自己胸中那千万种道理都在崩塌，堪堪只剩下一根支柱一样孤零零的灯塔，凝滞不动的光落在一个人身上。

少年的喉头不由自主地动了动，好一会，才按捺住自己起伏的心绪，推了魏谦一下，低声说："去屋里睡吧，这冷。"

魏谦按住他的手，有气无力地摇摇头。

魏之远打量着他的脸色："哥你是喝多了吗？我给你倒杯水好不好？"

魏谦又摇了摇头，眉头渐渐地皱了起来，好一会，他才深吸了口气，半睁开眼，看了魏之远一眼，挥挥手说："别管我了，你睡觉去吧。"

魏之远定定地看着他："你怎么了？"

魏谦沉默了好一会，他觉得自己累极了，一句话都不想说，尤其不想应付小孩子。

可也许是心里太难受了，也许是酒意上了头，魏谦突然移开目光，魏之远竟惊异地在他的脸上发现了一闪而过的脆弱。

魏谦哑声说："我有点难受。"

这话说完，他就后悔了，魏谦感觉到自己心里的闸门被他一时失手，居然开了一条小缝，他连忙费力地堵了回去，唯恐再露出一丝一缕来。

他闭了嘴，也闭了眼，不再言语，装作只是头晕酒醉，想睡一觉的样子。

魏之远等了一会，遗憾地没有等到任何的后续表达，于是默不作声地走进魏谦的卧室，从里面抱出了一条毯子，搭在魏谦身上，回身倒了杯温开水，又走到厨房，把晚上剩下的一碗米饭拿了出来，用热水冲泡开，然后切了些菜叶火腿，打了一碗蛋花，一起在火上煮了一会，煮到米粒软糯得彻底爆开，和乳白色的米汤难舍难分时，魏之远才用勺子一搅，细细地洒了一点盐，关了火。

魏之远会做很多简单的夜宵，他长个子的时候半夜经常会被饿醒，已经习惯自己爬起来找东西吃了。

"难受就趁热喝两口，喝完就好了。"魏之远把勺子塞进他手里，自己坐在灯下，拿起一本书，安安静静地陪着他。

粥的热气扑脸，带着一股特殊的香味。

魏谦待了片刻，窸窸窣窣地坐起来，端起来喝了。他冰冷的指尖被有些烫手的瓷碗烫出了浅淡的血色，胃里压的石头奇迹般地被化开了。

"家"一个字，似乎都融化在了那小锅慢火煮出的一碗稀饭米汤里。

好像能包治百病，喝完真就好了。

魏之远一直陪着他，直到魏谦自己站起来回屋睡了，才收拾好碗筷关上灯，回到自己的卧室。他床下有一个纸箱，虽然才搬到新家没多久，但他的纸箱里已经积攒了不少东西。最上面是魏谦一张泛黄的旧照，下面压着一沓大部分都没有拆封的杂志。

非常规的，里面没有一个女的。

魏之远一开始出于好奇翻看过两本，很快就对条件反射一样千篇一律的生理反应失去了兴趣。然而，之前魏之远被两种矛盾的心情拉锯时，他始终非理性地把这些炸弹一样的东西保存在了自己的床下，尽管一直是藏，他心里却一直隐约地有种疯狂的、希望被大哥发现的愿望。

可惜，魏谦对他太放心，从来没有翻过他的东西，一直也没发现。

现在，魏之远心里的矛盾解决了，他下定了决心，决定要把这些都处理掉，开始他所擅长的步步为营。魏之远把大哥的照片抽出来，塞进随身的包里，第二天又把床下的杂志混在其他的书里，带出去处理掉了。

可惜这一次，运气似乎抛弃了他。

魏之远的床有点矮，纸箱要倒过来才能往外拖，清早出门的时候小宝一直在外面催，魏之远开口应了她一声，一本翻开的杂志就趁机滚到了床底下的最深处，魏之远没

第十三章 魂兮

　　能听见。他为防有遗漏,还特意用长衣架在床下扫了一圈,以确保万无一失,然而扫到最里面的时候,衣架又勾住了床腿,好不容易才拿下来。

　　床腿下静静躺着的、翻开的杂志就成了个"美好的灯下黑",他到底没扫出来。

CHAPTER 14

第十四章·出走

    大雪一落下，寒假很快就来了。

    魏之远又一次开始集训——宋小宝觉得他怪作孽的，打从魏之远第一次跳级不跟她一个班之后，小宝就觉得他其实是跳到了异次元，从此过上了水深火热的日子，没看过一晚上的电视，没有一个囫囵个 * 的寒暑假，数年如一日地早出晚归。回家以后除了帮奶奶和大哥做些事，大部分时间也是躲在自己屋里做题。

    宋老太已经不再出去捡破烂了，不过她每个月依然是把魏之远用过的演算纸和练习本扎成一捆拿出去卖，能买一大碗炒田螺。

    在这种情况下，宋小宝一个正常少女，几乎让魏之远给对比成了个不学无术的后进生。

    不过即使这样，小宝对她的小哥哥也没什么意见，主要原因是魏谦老卡她的零用

---

* 囫囵个：北京方言，整个儿的意思。

第十四章 出走

钱,但是不卡魏之远的,所以魏之远成了她主要的蹭吃蹭喝对象,是她半个衣食父母。

腊月二十四,已经是年关当头,魏谦却在办公室里和老熊吵架。

还是关于那个外地的项目,当时是老熊的一个朋友介绍的,当地政府圈了个商业圈,现在已经渐成气候,周围几块住宅用地水涨船高,成了肥肉,一时间吸引了一些虎视眈眈的目光。

老熊很有自知之明,没打算掺一脚,只是带魏谦过去长长见识。

结果这见识就长出问题来了。

魏谦几乎对那块地害了相思病,有一段时间三句话不离那个项目,险些到了走火入魔、茶饭不思的地步。而眼下已经到了隆冬,北方的冬天是没法开土动工的,因此这时候是最好的拿地和跑各种前期手续的时间,如果效率高,来年开春解冻,就能第一时间做起来了。

为这事,魏谦在老熊办公室和他拉锯了大半个月了。

三胖在老熊屋里打俄罗斯方块,老熊正在附庸风雅地扒拉香炉里的香灰,魏谦坐在他对面,看着他这悠悠闲闲的熊样,恨不得用大蒲扇把香灰都吹进他的鼻孔里。

"你给我三千万,三千万我保证给你做下来。"

老熊忙伸手拢住风,小心翼翼地护着他的香,哭丧着脸对魏谦说:"且不说你做不做得下来,哎,兄弟,你看你哥我长得像三千万吗?"

魏谦:"那不是问题,你不是说……"

老熊摆手示意他住嘴,小心翼翼地划了一根火柴,点着了香,盖上香炉盖子,吸了一大口,抽吧抽吧鼻子,摇头晃脑地眨巴了几下眼,似乎下一刻就要打喷嚏——这货完全是把篆香当鼻烟壶用了。

然后他牛嚼牡丹地对风雅的篆香发出了高屋建瓴的评价:"香!"

魏谦翻了个白眼。

老熊这才吧唧着嘴对他说:"年轻人啊,让功名利禄一冲,真是北都找不着啊。"

魏谦翘起二郎腿,重重地往椅子背上一靠,双臂抱在胸前,跳着青筋忍耐着老熊。

"我早说了,你小子急功近利,出门跑过几次就自以为有点见识了?"老熊诗朗诵似的抑扬顿挫地说,"你写的那些可行性分析什么的我看了,唉,都是扯淡。一块大肥肉搁在那儿摆着,还分析个屁,但凡不傻的都想咬一口。但是你也不想想,那肥肉凭什么就让你咬了呢?您那牙口是金镶玉的?"

三胖打了个寒战。

老熊瞥他一眼:"你干吗?"

三胖说:"您能换个腔调么熊老板?你这么说话我感觉有好几百只蜗牛在我身上爬,怪麻心的。"

老熊:"……"

三胖又小声对魏谦说:"我的乖乖,三千万,不是三千块,你别狮子大开口地张嘴就要行不行,吓死我了。"

老熊哼哼唧唧地接话:"谦儿,以你的聪明,要是有三儿一半的稳当圆滑,将来必成大器。"

三胖一拍大腿:"可不是嘛!"

片刻后,三胖又琢磨过来这话不对味:"等等,刚才那句好像不是夸我吧?是挤兑我比较不聪明吗?"

"你那叫大智若愚。"老熊安抚了他一句,继续对魏谦说,"多少人都盯着那块地呢——行,就算你熊哥狗仗人势一回,仗着我们家老爷子,给你弄来这三千万,可三千万你就想撬动这个项目?别做梦了小子,你连地都拿不下来,信不信?"

魏谦沉默了片刻,沉声说:"你的意思是,我们还没准备好,没有一战之力,对吧?"

老熊觉得吸了一鼻子香灰,有点痒,于是歪头擤了一把鼻涕,瓮声瓮气地说:"你才看出来?那你该配副眼镜了。"

魏谦没理会他挤兑自己,目光尖锐地直视着老熊:"熊老板,照你的意思,我们永远都准备不好。路上没人摘的李子都苦,每个好项目下面都有嘴接着——这只是个三线城市的小项目,是大财团和大国企连看都懒得看的玩意,这已经是我们现在能找到的最低、最理想的门槛,这一步你都迈不上去,迟早被游戏规则甩下,连门都别想进。你没发现吗?地价在涨,你能确定自己准备得比它涨得快?如果来不及了呢?"

老熊悠悠地说:"那就是命。"

魏谦狠狠地一拍椅子把手:"我这辈子要是认命,早活不到今天坐在这跟你叫板

第十四章

出走

了!"

　　熊老板不跟他针锋相对,依然是放松地靠在自己的椅子上,轻轻松松地问:"我们现在就是进不去门,怎么样?你有资质吗?拿得下立项吗?你在地方政府有人脉吗?摆得平那一摞许可证吗?你钱够吗?东拼西凑借来一千八百万块钱,万一那块地公开竞拍,你拍得过人家吗?一看你就没玩过牌,拿着一块八毛的筹码也敢上桌,庄家一把大注下来就能把你挤出去。"

　　魏谦:"你说的都是问题,但不是没办法。"

　　老熊立刻轻轻地一按桌面:"办法在哪里呢?你说啊!"

　　魏谦顿了顿。

　　老熊放缓了口气:"我很欣赏你这种只要见到机会,不顾一切也要抓住的精神,但是啊……小伙子,踏实本分一点吧!"

　　二十来岁的青年男人和三十来岁的成熟男人分别坐在一个商务桌的两边,最后,年纪大的胜利了。

　　老熊迈着四方步走到一边打电话,请示自家领导晚上该买什么菜。

　　三胖走过来,拍着魏谦的肩膀:"小伙子,走吧。"

　　魏谦甩开他的熊掌:"滚,少说风凉话。"

　　凛冽的大雪淹没了整个城市,乐呵呵的三胖和心事重重的魏谦就像一对"没头脑和不高兴",一人拎了两大包火锅用的调料和食材往家走。

　　路上,三胖问魏谦:"你以前不是梦想当个实验室里穿白大褂的科学家吗?为什么今年没考研?"

　　魏谦似乎正在思考别的事,闻言愣了愣:"我说过吗?"

　　三胖:"你属耗子的,撂爪就忘是不是?"

　　魏谦仔仔细细地回忆了一番,和天一样阴沉沉的脸上露出一点自嘲:"小时候二缺,还以为上了大学就能当科学家,现在意识到错误,正在努力改正。"

　　三胖说不出为什么,有点期冀地问:"努力改正技术问题,向着目标前进?"

　　魏谦轻描淡写地笑了笑,呵出一口白气:"努力改正航线,远离乌托邦这种不可能之乡——我还不信了,这项目我还非做下来不可了。"

　　三胖没再接话,手里拎着三斤雪花牛肉的快乐突然被稀释了,他心里无事生非地涌起一股失望的暗流。

这时,他们身后有人叫了一声:"哥!"

三胖和魏谦回头一看,是魏之远。魏之远斜挎着包,骑着车从后面过来,是集训班刚刚下课。魏谦立刻不客气地把手里的东西全塞进了他的车筐,侧身蹿上了魏之远的后座,拍了拍魏之远的后腰:"快走,让那胖子跑两步。"

魏之远立刻稳稳当当地加速。三胖只好叫骂着从后面追上来。

魏谦脸上的阴霾总算散了些,大笑起来,他抬头看见魏之远冻得通红的耳朵,就顺手摘下手套,捂住魏之远的耳朵。

原本平平稳稳的自行车陡然哆嗦了一下,魏之远的耳朵在他的手心里更红了。

可惜,魏谦好转的心情并没有持续多久,宋小宝同学的寒假成绩单送到了。

魏之远只扫了一眼,就知道八级海啸预警来了。

果然……

"宋小宝!"魏谦一巴掌把妹妹的成绩单拍在桌子上。

宋老太虽然也恨铁不成钢,但在魏谦这个绝对的黑脸面前,她不自觉地扮演了白脸的角色,一方面,她数落着小宝:"说你都是为你好,这丫头怎么这么不争气呢?"

另一方面,她又拉着魏谦:"她哥,我听说他们学校也是前一段时间有什么活动,可能耽误了点功课,下次补上来就可以了,你也别太生气……"

她不提这话还不要紧,一提起来,魏谦就想起了宋小宝那个不着调的舞蹈队。

在魏谦看来,跳舞什么的都是消遣,要是宋小宝能像魏之远那么省心,别说她没事想跳个舞,她就是整天玩蹦极,魏谦也不管。

可是现在就不行,宋小宝这是玩物丧志,绝对的玩物丧志!

魏谦挑剔地打量了面前头也不敢抬的小宝一番,真是横看竖看都不顺眼——大冬天的,小宝穿了一件在魏谦看来不伦不类的红毛衣和小格子短裙,一张小脸越发的白净,缎子似的长头发披在肩膀上,为了臭美不肯梳起来,一笑起来细眉细眼初具风情,标准的鹅蛋脸上唇红齿白。

二八年华的少女,身上有种行将怒放的、灼眼的美丽。

魏谦却完全不去欣赏,他觉得好女孩子就是应该留短发,就应该穿着不合身的校服,拖着明显长出一截的裤腿,穿着下摆耷拉到膝盖的外套。

第十四章

出走

好像只有男女莫辨、腰长腿短的朴素和丑，才是正经人该有的样子。

他不自觉地又想起那天在熊嫂子那儿碰到的女孩，纯女性的美丽让他觉得恶心，他把那种美丽与不好的、不洁的、风尘的东西联系在一起，当它们出现在小宝身上的时候，魏谦开始感觉到了某种危机。

他觉得小宝已经长得超出了他的心理安全范畴，出了圈、离了谱。

火红的衣摆，刻意凸显出的小小的胸脯，都让魏谦觉得自己心里的净土受到了污染，羞耻而隐秘的记忆连带着恼怒，他心里五分的火顿时暴涨到了十分。

魏谦越是愤怒，他的表情就越是平静，黑沉沉的眼睛扫了小宝一眼，他轻描淡写地说："放假了吧？"

小宝不明所以地点了个头。

谁知下一句就是她的晴天霹雳。

魏谦说："明天正好有空，我带你去把头发剪了。"

宋小宝："……"

"我是不是对你太放纵了？"魏谦打量着她的装束，还嫌不够地补了一刀，"你看看你穿的是什么？像什么样子？像个学生吗？"

宋小宝脑子里一片空白，说不出话来。

宋老太终于彻底给夹在了中间，一方面她作为长辈，也希望小宝能有出息，能理解魏谦的专制和不讲理；另一方面，作为女人，她也能理解小孙女爱漂亮的心情。

"那……她哥，"宋老太忍不住替小宝说了句话，"头发就先留着吧？她们过年的时候好像还要去演出，据说还有电视台的……"

"跳舞？"魏谦冷冷的一句话，终于打破了宋小宝的全部希望，"书读成这样，还有脸去跳舞？寒假我给你请个家教，哪儿也别去了，家里待着吧。"

他在家里积威甚重，宋小宝其实也只敢逮着他心情好的时候撒娇，基本不大会顶撞他，可对于一个这个年纪的女孩来说，剪掉头发已经是一种生不如死的酷刑，不让她去跳舞，更是和毁了她的全部"事业"，跟把她彻底囚禁起来一样严重。

于是宋小宝就像反抗封建大家长的梁山伯和祝英台一样爆发了："你根本不讲理！什么事都得你说怎样就怎样，你就是大独裁者，你就是拿破仑，就是希特勒！"

难为她能说出几个历史人物来，可一听就知道在学校里是个不学无术的，希特勒就算了,拿破仑又是怎么回事?魏谦都没弄清她到底是骂自己还是夸自己。于是他更加铁了心地说:"对啊,我就是说了算。"

宋小宝一看事情毫无转机,顿时撒泼起来:"我就不剪!我就不剪!剪我头发,我……我死给你看!"

魏谦靠在沙发上,凉凉地看着她:"死给我看?好,我看了,你倒是死啊。"

宋小宝同志要是真有那说死就死的尿性,初中这点破功课她早就念成学霸了,还用得着在这跟他跳脚?

她这一手"一哭二闹三上吊"的本事还是和奶奶学的,想当初奶奶作为一个资深泼妇,如果不是魏谦碍着妹妹投鼠忌器,她都是斗不过的少年版本的大哥的——何况小宝只学了个半吊子,眼下的大哥却已经今非昔比,修炼成精了。

宋老太爱莫能助,不忍心看,于是不看了,默默地转身去收拾厨房了。

魏之远在一边装死,从始至终不存在一样不吭声。

宋小宝眼见没了希望,终于号啕大哭起来。

她的头发那么漂亮,每个人见到多会称赞,她费尽心机从一众灰头土脸的中学生里夺目而出,还没来得及自我感觉良好,就要被大哥毫不留情地毁灭了。

无论怎样,这一刻,宋小宝是恨着这个冷面冷心的大哥的。

因此她毫无顾忌地口不择言起来:"我知道,你就是不喜欢我!你什么都偏向二哥,从小到大,他零花钱一直比我多!你还偷偷给他买电脑!你给过我什么?你连一个好脸色都不给我看!"

魏谦险些让她给气乐了。

且不说哪个才是亲生的,就算都是亲生的,做哥哥的也会多疼妹妹些。

魏谦终于缓和了些口气,耐着性子跟她讲道理:"我偏心?小远跳过两次级,免试上重点,考试年级第一,人家还从来不乱花钱,放假从来不出去乱跑,你就算跟他比,也比点有志气的行不行?你……"

他难得这么讲道理,可是宋小宝根本听不进去。

"你就是偏心!"她尖叫,"我才是你亲妹妹!我知道你为什么不喜欢我!你不就是因为妈的缘故才讨厌我的吗?"

魏谦的太阳穴开始突突地跳。

第十四章

出走

而宋小宝犹自不知好歹，跳着脚地嚷嚷："你恨妈，妈死了你就继续讨厌我！你觉得她丢人我就会一定丢人！我怎么样都是不学好，因为你压根就认为我根本学不好！我妈是婊子，婊子的女儿就是……"

魏谦狠狠的一巴掌已经招呼上去了。

他的巴掌带着凌厉的风呼啸而来，宋小宝脑子里一片空白，根本不知道躲，而这一巴掌却没打到她脸上，因为装死的魏之远终于出来制止了。

他一把从侧面抱住了魏谦的腰，把他往后拖去，四脚并用地按在了沙发上，转头哀其不幸、怒其不争地瞪了宋小宝一眼："还不闭嘴！"

魏谦被宋小宝气得一阵阵耳鸣，浑身发软，魏之远人高马大地压在他身上，他挣扎了两下，竟然没有挣脱开。

厨房的宋老太忙扔下扫帚，快步走进来，见了此情此景，真怕魏谦没轻没重地跟小宝动手，忙以一种狡猾而微妙的方式护了犊子——她自己先照着小宝的后背轻轻地捆了一巴掌，责怪说："怎么跟你哥说话呢？疯啦？"

宋小宝梗着脖子，依然想要表现自己态度强硬和决不妥协，可眼泪却先大雨瓢泼了。

宋老太叹了口气，她站在这场家庭矛盾的漩涡里——魏谦和小宝之间，以一种主持大局的态度和稀泥说："要我说，小宝，都是你不对，你哥说你说错了吗？你现在小小的年纪，不好好上学，将来干什么去？跟我上菜市场买个菜都算不过零钱来，还中学生呢，唉！"

小宝狠狠地抹了一把眼泪："中学生学的才不是算零钱那点事！"

宋老太以其独特的纯文盲视角，理直气壮地反驳说："放屁！我们那村支书就是中学生，当年算盘打得可好了。"

经过老太太不可理喻地一搅和，魏谦青筋乱跳的脑袋终于冷静了些，他往后一仰头，盯着天花板看了一阵，而后深吸了一口气，缓和下语气，对魏之远说："放开我。"

魏之远一直压制着他，感觉到他剧烈的心跳终于一点一点平复下来，才缓缓松开了按着他手腕的手，结果低头一看，发现大哥的手腕已经被自己掐红了一大片。

魏之远连忙轻轻地攥在手心里，用指腹揉了揉："哥，你每次不在家的时候，其实小宝都可懂事了,她就是跟你撒娇呢,你看那丫头都快哭成孟姜女了,别生气了。"

一边的宋老太听得连连点头,同时扼腕地想,这就是有文化和没文化的区别,她怎么就说不出这么顺耳的话来呢?

宋老太连忙帮腔说:"就是,她哥,有话好好说。"

魏谦打出娘胎就没学过什么叫"有话好好说",此时,他已经不想再说了,他心里涌起一种近乎饥寒交迫的疲惫,尽管他什么也不想吃,暖气也足够暖和。

魏谦缓缓地站起来,胸口有些发疼,他似乎懒得再看宋小宝一眼,径直越过了她,转身回到自己的房间,回手甩上了门。

一场危机度过,宋老太这才转过头瞪了小宝一眼,低声呵斥:"还哭!你有什么好委屈的?存心找打是不是?"

宋小宝"嗷"一嗓子冲她叫唤:"我不剪头发!我就不剪!"

魏之远匪夷所思地看了她一眼,别说头上那两根毛,只要大哥一句话,把他的脑袋剃光了挂在客厅里当灯泡都没二话。

宋小宝敏锐地从他们俩的眼神里就读出了自己没有盟友的这个事实,一时间,她觉得自己像是茫茫宇宙、如海星辰里的一叶小舟,独行无岸的孤独令她伤心欲绝起来。小宝一屁股坐在沙发上,自顾自地哭了个肝肠寸断——她就快要和她心爱的长发生离死别了。

可惜,没有人能领悟她少女的悲伤。

宋老太不想看她耍小孩子脾气,继续去厨房打扫卫生了,魏之远则默默地回到自己的房间里,忙着回味方才情急之下抱的那个满怀……魏之远明白了自己想要什么之后,就不再克制,开始放任自己的想入非非,幻想似乎给他搭建起了一个世界,时常在里面坐一会,魏之远总是能得到足够的抚慰和平静。

那一点少年人特有的、如阳春三月般的青涩情怀神通广大,连他本性中固有的偏执和冰冷都给冲淡了不少。

宋小宝继直面了大哥恐怖的暴力之后,又遭到了全家人不当回事的忽略,她心里赌气地想着:敢情他对你们都好,就讨厌我一个人。

就在那么弹指间,宋小宝脑子里两根异常的线路前言不搭后语地勾连到了一起,短路的火花"噼啪"一闪,她决定了,她要离家出走。

第十四章

出走

走了,就从此海阔天空,再也没人逼着她上学写作业,再也没人逼她穿难看的校服,也再也没有人逼着她剪前后齐耳的猎奇发型了。

宋小宝就像千百年来一代一代与父辈斗争的自由斗士一样,拿出了她百年不遇般稀有的行动力,把这个带着火花的想法实践了。

他们家,一般早晨起得最早的是宋老太,尽管魏谦叫她不要去干重活了,但她当了一辈子的劳动妇女,享清福是她学不会的技能,所以每天早晨依然坚持去卖茶叶蛋和煮玉米。

第二个起床的是魏谦,魏谦上了大学以后没见得轻松,理工科的学业本来已经很繁重,他还要挤出时间四处去捞钱,每天能睡五个小时就算不错,眼下放假,虽然学校是不用去了,但又赶上他为了项目的事跟老熊呛声,所以需要早早起来准备,上午开会还有一场硬仗要打。

至于魏之远,他们老师已经疯得超凡脱俗了,一个寒假,魏之远他们就年三十、初一、初二休息三天,其他时间全在上课补习,没有双休日没有节假日。魏之远基本上起来就走,早饭都拿到路上吃。

三个人出于以上种种原因,没有一个是在清晨七点半之后出门的,太早了,因此也就没人去叫宋小宝起床。

这一天,最后一个走的魏谦反锁了门,他生气归生气,但是确实不打算放任小宝跟个大野马一样整天往外跑了。

可他不知道自己这个行为是多余的,因为此时宋小宝已经不在家里了。

头天半夜里,宋小宝越想越想不开,于是等到夜深人静,她就倒腾出了自己积攒的全部零用钱,总共是两百零八块五毛——由于随时可能因为一两个小错误被扣零花钱,宋小宝已经习惯了像个小仓鼠一样给自己留储备粮了。

至于平时的开销,她花的大多是从魏之远那蹭来的。

小宝把最御寒的衣服穿在了外面,又在包里塞了几件换洗衣服,带上了她最喜欢的头花和发卡,装好了水壶和一袋小面包,就这么自以为准备充分地走了。

整个上午半天时间,忙碌的一家愣是没人发现。

魏谦依然在心无旁骛地折磨着老熊,一大早,他就把整个项目的操盘模式事无巨细地摆在老熊面前，打印出来足足有半厘米厚，也不知道他在那么短的时间究竟是怎么弄出来的。

"这是要鬼迷心窍的前奏啊……"老熊无可奈何地说："你小子还真是王八吃秤砣，铁了心了啊？"

"你那天问我的几个问题的解决方案，我都写在里面了。"魏谦不跟他逗，简单交代了一句，拿起杯子一口喝下了半杯的水——也不知是着凉还是被小宝活活气得上火，他清早一起来就觉得嗓子难受得很，咽口唾沫都疼，像是发炎的前兆。

老熊唉声叹气地把他的方案接过来，感觉自己对面坐了个要钱的活债主。

他简要地翻了翻，颇为叹为观止，老熊雇过一些和魏谦年纪差不多的小青年，当中不乏有异想天开的，可他们真是加在一起都没有这家伙胆大包天。

老熊挪了挪屁股坐正，干咳一声，摆出一张公事公办的面孔："不考虑实际可操作性的情况下，有些地方确实有点见地，也挺有创意。但是满大街跑的小青年哪个都不缺创意，我不需要一个'人有多大胆、地有多大产'的方案。糖精馅饺子前无古人吧？你试试煮一锅站在大街上卖不卖得出去？你拿这东西，说服不了我。"

魏谦看着他，不咸不淡地说："我从来不异想天开，写得出我就做得出。"

老熊盯住魏谦的眼睛，男人的目光一如既往的温厚，却是绵里藏针的。魏谦寸步不让，一字一顿地说："只要我想要的，哪怕是天上的月亮，我也要把它当成月饼啃下来，你信不信？"

老熊表面上不动声色，心里却觉得，这真像是魏谦这小子能说出来的话，而以老熊这几年对他的了解，他说不定也真能办得出来。

有那么一小会，老熊几乎被魏谦身上那种孤注一掷的精神感染，大概一往无前的、坚定的人是能连着别人的血也一起点燃的。

然而，毕竟只是"几乎"。

老熊心里喟叹：到底是年轻啊。

三四十岁的男人，在事业上依然是朝气蓬勃的，他们精力充沛、年富力强，野心也会随着条件的成熟到达人一生的顶点，可那种二十出头时属于小伙子的横冲直撞却不可能再找回来了。

老熊几乎记不起他再年轻个十来岁时是个什么样的光景，当他看着魏谦的时候，

第十四章

出走

他开始怀疑自己是老了。

这小子,怎么到了现在这个地步,还能像一无所有一样地奋斗呢?

可能魏谦要么是精神上依然认为自己"一无所有",要么他天生就是个赌徒一样的疯子。

别管老熊心里闪过多少峥嵘岁月,他胖头鱼一样显得呆而忠厚的脸上却始终不露出一点端倪。老熊十指交叉,放在桌面上,一字一顿地问魏谦:"那好吧,我再和你讨论最后一个问题。三千万,现在这个资金风险我承受不了。如果我把钱给你拿来了,项目你拿不下来怎么办?你拿不下立项,拿不出任何保障,'过桥'都没人敢给你办,到时候光是占用这笔钱的利息,每天少说就得有一万,我有什么理由替你承担这个资金成本?"

魏谦眼睛也不眨地说:"我有一家老小,房子我不能动,其他的,这几年积蓄,我能给你凑出小二十万来,你要是答应,我今天晚上连夜就过去,二十天之后成与不成,给你个大概齐*的结果。真要是一点戏也没有,我砸锅卖铁,也把钱还给你。"

老熊摇头一笑:"砸锅卖铁,但还没要卖房子,你倒还不算个亡命徒。"

魏谦:"你答应吗?"

老熊思量了片刻,也许是年轻人唤醒了他年轻的血,也许是被魏谦给他的保证打动,老熊最终让了步:"这样吧,这两天我想辙给你弄钱去,不过就算找我们家老爷子做担保,怎么也得二十来天小一个月,加起来我给你一个半月的时间,不说规划许可,你至少要拿给我一份和政府的用地协议,那我这次豁出去了,跟你二百五一回,怎么样?"

魏谦的眼睛一瞬间亮了。

老熊怕他得意忘形,敲了敲桌子:"不过丑话说在前头,亲兄弟明算账,你真要拿不下来,趁早回来给我赔钱,听见没有?"

魏谦脸上露出了一整天来的第一个笑容,他这才感觉嗓子干疼得难受,笑容还没来得及展开,就被咳嗽堵了回去。

就在这时,魏谦兜里的电话突兀地响了起来,他低头一看来电显示,居然是从家打来的。

魏谦有些疲惫地叹了口气,不知道宋小宝又闹了什么幺蛾子,一时间连着太阳穴

---

* 大概齐:方言,"差不多"的意思。

都发紧了，赶紧喝了几口温开水把咳嗽压了下去，这才接起来："喂……"

电话那头却并不是特地来找事的宋小宝，魏谦听见了宋老太有些哆嗦的声音："她哥，是你最后出门把门反锁了吗？"

魏谦："嗯，怎么了？"

宋老太："小宝不见了！"

魏谦："什么？"

他再也顾不得争辩什么项目是肥肉还是瘦肉，再也顾不得这是一场豪赌还是精心设计的角逐，窗外没完没了的鹅毛大雪轰然落下，魏谦乱哄哄的脑子里只剩下一个问题——

这大冷的天，小宝能跑哪里去？她有钱吗？衣服穿够了吗？她吃什么？喝什么？

魏谦没了魂一样从老熊办公室冲出来的时候，正好迎面撞上了来给老熊送饭的熊嫂子。熊嫂子莫名其妙地看着他赶着投胎般的步伐，不明所以地问："他家里着火啦？"

老熊伸手从饭盒里捏出一个饺子，将什么叫做"慢性子"演绎得淋漓尽致，不慌不忙地嚼完了咽下去才回答："没有，小女孩离家出走了。"

熊嫂子听了，睁大了杏核眼，抬起巴掌给老熊来了个"乌云罩顶"："那你还吃什么吃？作死啊？赶紧找人帮着找啊！"

老熊险些被这天打雷劈一样火爆的攻击弄得噎死，萎顿在桌子上，死命地捶了半天胸口。

然而他没敢抱怨，觑着夫人的脸色，只好谨遵圣旨，委屈地空着肚子，为自己风风火火的老婆鞍前马后，帮着一起寻找离家出走的青少年——他和小宝有几面之缘，知道那小姑娘是个怎么样缺心少肺的人物，压根不认为她能走远。

谁年少轻狂的时候还没离家出走过？钱花完了自然就回来了，着什么急嘛。

魏之远得到消息，临时请了半天假回来，回家掰开了小宝的存钱罐，往里看了一眼就断言说："她带走了二百多块钱。"

宋老太："她哪来那么多钱？"

魏之远看了她一眼："跟我要的……"

宋老太病急乱投医，本能地逮着谁埋怨谁，一拍大腿，几乎带出了哭腔："她跟你

第十四章

出走

要你就给啊?你惯着她这毛病干什么?这不是疼她,这是害她呀!"

"行了!你别跟着添乱了。"魏谦从小宝屋里走出来,喝住了宋老太,摸出电话对那一头的三胖说,"她应该是穿着一件白色的羽绒服,背着个包……啊?包是什么样的?包……"

他说到这皱皱眉,太阳穴越夹越紧,头越来越疼,魏谦用力地掐了掐自己的眉心。

魏之远在旁边轻轻地提了他一句:"橙色双肩包,拉锁上挂了一只米老鼠头。"

魏谦迅速重复了一遍他的话,然后挂上电话:"我再出去找一圈。"

宋老太立刻跳起来:"我也去!"

魏谦没理她,已经甩上大门走了。

魏之远连忙披上外衣,对宋老太说:"你别跟着去了,外面那么大雪,滑一跤摔一下,到时候更乱,我去看看。"

宋老太果然就听了他的话。

这是第二次,她已经习惯了——所有人都蔫了急了的时候,魏之远异乎寻常地保持着他惯常的冷静,宋老太始终不知道他这是有点慢性子,还是只是天生冷血,纵然朝夕相处也处不出多深的感情来。

她不知道什么才能触动魏之远,这么看来,好像什么也不会,他就是随时知道该做什么。

雪碰到人脸就化,大雪中穿梭的人们很快被淋得头面尽湿,魏之远追上魏谦的时候,感觉他的两腮似乎有些不正常地泛红。

魏之远匆匆赶上去,对他说:"她被子整齐,我估计不大可能是走之前特意叠好的,应该是昨天晚上就没睡,半夜直接走的。昨天晚上零下十来度,外面滴水成冰,她不可能在外面闲逛,最可能是叫了辆车,找地方住下了……哥,你是不是病了?"

魏谦摇摇头:"她能住哪?"

魏之远眉头一皱,思考了几秒,条理清晰地说:"小宝胆子不大,深更半夜到陌生的地方去的可能性很小,昨天已经那么晚了,她也不可能往同学家里跑。学校附近……学校附近应该也不可能,她刚因为成绩的事跟你吵过架,应该不想去学校,要不我们去她排练的地方附近找找看?"

魏谦站住了，头疼欲裂。

他张了张嘴，想问小宝排练的地方在哪，却死活说不出口。

魏谦有些茫然地想，他把他的小姑娘忽视得多么厉害啊，连她喜欢玩什么，喜欢和谁在一起，喜欢在什么地方做什么都一无所知。

他一天到晚究竟都在干什么呢？

"我知道地方，"魏之远察言观色，立刻明白了他在想什么，赶紧补充说，"在市中心的少儿活动中心的舞蹈教室里，我带你过去。"

大雪天连车都不好打，好不容易等到了一辆，两个人赶紧给拦了下来。

谁知半路又不知怎么回事，前面堵成了露天停车场，怎么也开不过去。

魏谦回头问："还有多远？"

魏之远说："一站地左右。"

魏谦直接付了车钱，在冰天雪地里一路狂奔。

魏之远连忙跟上，他还是觉得魏谦的脸色不大正常，追上去解下围巾，挂在魏谦的脖子上。

两人在大雪中不知走了多久，暴露的皮肤冻得近乎麻木。

而后他们看到了堵车的源头，路口似乎出了车祸，周围停了好几辆警车，已经围了一大帮人。

魏谦正想拨开人群走过去，突然，路人的只言片语钻进了他的耳朵。

"小姑娘还不大呢。"有人说，"作孽，这么大雪，怎么不慢点开车？"

魏谦当即头皮一炸，一股恶毒的凉意爬上了他的脊梁骨。

他不知道自己是怎么开口问的，反应过来时，已经听见了自己那如同从别人嘴里发出来的声音。

"什么小姑娘？"

"刚刚路口撞了一个小女孩，也就十六七岁吧，那血流得……哎哟，我估计人是够呛了。"

又有一个人回过头来，比划着对他描述："可不么，这边红绿灯坏了好几天了，也没个人修，又下这么大雪，刚才我就眼睁睁地看着一个穿白衣服的小女孩……"

后面的话，魏谦已经听不清了，他觉得有人在他的胸口上打了一锤，撑着他的胸骨

第十四章
出走

碎了,五脏六腑几乎给绞成了渣。

魏谦登时一阵天旋地转。

第十五章·起航

然而纵然五内俱焚，魏谦也就只是不易察觉地晃了一下，幅度之小，甚至除了魏之远没有人注意到。

魏之远一把攥住他的手，感觉到魏谦的手滚烫，他心里一惊："哥，你……"

魏谦充耳不闻，甩开了他的手，大步往人群里走去。

就算地上等着他的真是一具撞得乱七八糟的尸体，他也得亲眼看清楚了。

魏之远刚要抬脚追上去，突然听见远处有人叫了他一声："谦儿！小远！"

魏之远回头一看，只见老熊的车就停在不远处，人太多，他们过不来，车门开着，熊嫂子正打着伞站在那又蹦又跳地喊人，而在她旁边的，是头也不敢抬的宋小宝。

对啊——魏之远舒了口气，他发现自己也把这茬忘了——哪个民间高手乍一见宋小宝那矮冬瓜，能火眼金睛地看出她的真实年龄其实都已经十六了呢？

第十五章

起航

魏之远紧走两步扯住魏谦的胳膊，硬把他从人群里拽了出来，扳过他的肩膀转了个身："哥，别急了，小宝找着了，在那儿呢。"

魏谦顺着他的手指看了一眼，片刻后，他绷紧如弓的身体骤然松懈了下来，魏谦情不自禁地往旁边踉跄了半步。

而后他自己站稳了，面无表情，既看不出喜色，也看不出怒色，只是后知后觉地发现自己浑身上下连冷汗带雪水都已经湿透了。

他结结实实地打了个寒颤。

熊嫂子是个咋咋呼呼的热心肠，一听说就发动了很多朋友帮忙留意，也巧了，她一个闺密正好业余时间在少年活动中心当合唱团辅导老师，小宝那一身衣服穿得鲜亮非常，那位老师刚好看见了有印象，老熊两口子这才开车过来碰碰运气。

其实宋小宝这个同学从小就怂，骨子里就是个当"叛徒"的好苗子，难得热血上了头，能干出一档子这样的壮举。

然而"威武雄壮"在她的生命里始终如昙花一现的，被冷风一吹，她热血凉了，立刻就后悔了，小宝当时第一反应，就是趁夜偷偷跑回家，假装离家出走这件事没有发生过，结果一摸兜，发现出来得太急，又忘带钥匙了。

钥匙这个俏皮的小玩意，简直生来就是专门克她的。

可以想象，这时候回家一敲门，把大家都敲醒，她离家出走的意图肯定也就暴露了，到时候大哥一定会活剥了她的皮，恐怕连奶奶也救不了她的小命了。

一想到那样"血腥暴力"的场景，宋小宝连肝都颤悠了起来，末了，她只好把心一横，像被逼上梁山一样，硬着头皮继续她的离家出走大业。

她跑到少年活动中心附近的一个小旅馆，想凑合住一宿，谁知隔壁是一对意志坚定、冒着严寒来开房的野鸳鸯，严酷的自然环境丝毫没有影响人家为人类千秋万代繁衍而战的决心，床板嘎吱响了一宿。小旅馆隔音不好，小宝足足一宿没睡着。

在这样一种恶劣的环境里，宋小宝记吃不记打的天性冒了出来，她那满腔六月飞雪般堪比窦娥的委屈在隔壁的声音里荡然无存，开始担惊受怕起来。

老熊他们找到她的时候，小宝正绕着少儿活动中心后面的体育场一筹莫展地来回走圈。

老熊得意洋洋地指着她对老婆说："你看，我说丢不了吧？"

魏谦过去的时候,已经问明白原委的熊嫂子正在训小宝:"你这小丫头,胆子怎么这么大呀?因为这么一点小事就往外跑,万一遇到坏人怎么办?钱不够花怎么办?出点意外怎么办?坑死你哥啊?"

小宝抠着自己的手指,见到魏谦走过来,紧张地抬头看了他一眼,又迅速地低下头做忏悔状,十指像橡皮泥似的搅在了一起。

老熊不知从哪抽出了一条毛巾给这狼狈的兄弟俩:"嘿,你俩落汤鸡似的,快擦擦。"

熊嫂子见到魏谦,本着各打五十大板的原则,也没绕过他:"你,有你这么当哥哥的吗?剪小妹妹的头发,你怎么不拿把刀往她脸上划一下?我们跳舞的怎么了?跳舞的低人一等啊?世界的美好都是靠我们这些不、务、正、业的人呈现的,你就狭隘吧,你,年纪轻轻的就这样,等你老了,不定变成个多讨人嫌的老顽固呢。"

老熊忍无可忍地拉了她一把:"你快行了吧,哪儿都有你,怎么那么有演讲欲呢?你那话省着点说,等我哪天出息了,让你上联合国大会上讲去,行了吧?"

魏谦却不知是无话可说还是说不出来,没有应声,只是有点僵硬地挑起嘴角,冲熊嫂子笑了一下,轻声说:"谢谢嫂子。"

原本还想针对发言权问题镇压老熊三百回合的熊嫂子,莫名地被他这么一笑弄得说不出话来了,只好讪讪地闭了嘴。

一路上,魏谦一声没吭,小宝觑着他难看的脸色,心里越发忐忑。

老熊通知了三胖和其他人,一直开车把他们送回家后才告辞。

结果小宝一推门进去,就遭到了宋老太的爆发。

头天晚上宋老太怕魏谦打她,还在使用各种小手段维护她,今天,她却撸胳膊、挽袖子地自己上了。

老太太接到"人找到了"的通知,悬着的心"咣当"一下落了地,连忙念了几句"菩萨保佑"。

谢完了菩萨,她就拿着扫帚站在了门口,做好了"女子单打"的准备,在小宝第一声"奶奶"喊出口之后,宋老太就抡圆了扫帚杆,劈头盖脸、打苍蝇一样地揍了她一顿。

宋老太但凡想干点什么,必须得鸡飞狗跳,得有足够的场地任其发挥才行。

魏之远和魏谦自觉远离战圈,贴着墙站住了。

第十五章 起航

魏之远还正奇怪大哥为什么不拦着，突然，他肩上一重，魏谦一只手压在了上面。

"扶我一把。"魏谦的声音轻得几乎听不见，他的眼皮好像要被粘在一起，费力地睁开一条缝隙，却基本看不见东西。额角的冷汗顺着鼻梁不停地往下流，连口气都喘不上来。

魏之远还没来得及伸出手，魏谦的膝盖就软了，他整个人晃了晃，一头栽了下去。

魏之远一抄手把他捞了起来，透过厚厚的冬装，都能感觉到魏谦身上好像烧了火炭一样的热度。

宋老太一愣，连忙扔下扫帚，大呼小叫地跑过来："这是怎么了？这是怎么了？"

魏之远伸手在魏谦额头上试了一下，好，都能煮鸡蛋了，立刻弯下腰背起已经毫无知觉的魏谦："发烧了，奶奶，你把温度计和常备药找来。"

宋老太应了一声，回头看见小宝还手足无措地站在那里，顿时又气不打一处来："看什么看？还不都怪你！都是你气的。"

魏之远嘘了她一声："别吵。"

宋老太莫名地顺从了他的指示，不知从什么时候开始，她就已经开始像当年信服魏谦一样信服这个半大小子了。

魏之远把魏谦背到了他的卧室里，把小宝和奶奶支使得团团转，又剥下魏谦身上带着潮气的外衣，倒好热水喂他吃药。

这时，魏谦已经从短暂的昏迷中醒了过来。

他先推了魏之远一把："可能是感冒，你离我远点，别传染给你。"

魏之远被推开了，然后又原封不动地凑了过来。

这少年也不和他争辩，只是盯着他吃完药，然后在他身上又加了一层被子，仔细地压住了被子角。

这时，有人小心翼翼地在外面敲了敲门，一听就知道是小宝——宋老太学不会敲门，她通常都是用砸的。

魏之远用眼神请示了魏谦一下，魏谦则一声不吭地把脸转到一边，同时闭上眼睛，似乎光速睡着了。魏之远笑了一下，就明白了他的意思。

小宝站在门口看着来应门的魏之远，此时两个人的身高差距已经到了让人惊奇的地步，如果站得很近，小宝就必须要仰脖子才能看到魏之远的脸，她就像一朵被阳光晒蔫了的向日葵,仰着头看着魏之远,一抽一抽地仍在呜咽。

魏之远伸出一根食指竖在自己嘴边:"吃了药睡了,明天再说吧。"

小宝透过朦胧的泪眼,觉得他眼睛里有某种很神秘莫测的东西,以她的智商和阅历分辨不出那是什么,也无计可施,只好顺从地点点头,一步三回头地走了。

魏之远打发了她,又关上门,搬了把椅子,拿了本书,坐在床边守着魏谦。

过了一会,药里的安眠成分发挥了作用,魏谦真的睡着了。

魏之远手上翻开的书没有往下走一页,他实在看不下去了,所以干脆把书丢在一边,十指撑在一起,肆无忌惮地盯着魏谦看。

在这样异常的静谧和宁静里,他突然发现自己理解了大哥在家里的沉默。

本性上,魏谦绝不是那种特别安静内向的性格,否则早就让三胖那个碎嘴子给烦死了,不可能会跟那货混到一起。魏谦的话其实不少,脾气上来了嘴还挺毒,只是他对家人在言辞上有些格外吝啬。

他在家从不倾诉,甚至不怎么交流,似乎有人在他耳边说话都能让他觉得聒噪。

为什么呢?

魏之远看着魏谦逐渐被厚重的被子捂出了一点细汗的脸,忍不住伸手把他额前汗湿的一缕头发拨开——少年就想通了,因为那是大哥独特的逃避和软弱的方式。

魏之远用眼神描摹着魏谦的轮廓,心里想着,这个人再年幼一点、再弱一点、再没有办法一点的时候,背着一个家,虽然嘴上一声不吭,但他心里真的会毫无怨愤吗?

他真的能始终一片坦然,始终无怨无悔吗?

怎么可能?他又不是石头。

这个男人,他一生所渴求的,全都伤他至深。

而他一生所憎恶的,全都令他魂牵梦萦。

他简直就像石缝里亿万年间挤压而生的一小撮树芽,摇摇欲坠,形容扭曲,但奋力地郁郁葱葱着。

魏之远知道自己在人格上是不大健全的,他缺乏同情的能力,这种缺失并不是成人式的、被磨砺出的冷酷,而是他大多数时候不知道该怎么同情。

每当小宝和宋老太对着苦情剧哭得死去活来的时候,他都觉得无法理解。

这与年龄无关,与智力也无关——很小的孩子都会被周遭成人的情绪影响,而即

第十五章 起航

使是小狗也会用动物的方式对哭泣的陌生人表达安慰。

魏之远发现自己很难同感别人的情绪，更加难以和人建立感情联系，大多数时候，他都是为了融入环境而采取某种程度上合群的伪装。

唯有大哥不一样。

魏之远揣摩着魏谦心里的感受，就像是个撬开神殿顶部偷窥的孩子，感受到了那种珍贵的感情联系。

那是一个……他年幼时奉如神明的人的，所有真实的喜怒哀乐，所有隐藏的强悍和懦弱。

当那灵魂像一片透明的水晶横陈在他面前时，魏之远甚至觉得自己的心都要化了。

第二天魏谦醒来的时候，发现自己竟然是躺在魏之远怀里的。

大概是他昏睡中无意识地企图踢被子，魏之远干脆把他连被子一起抱住了。

这本来没什么，他们从小就一起住，可是睁眼的一瞬间，魏谦还是莫名地觉得有点别扭。

魏之远存在感太强了。

他占了一半的床，顷刻就把宽敞的空间给弄得逼仄了，手脚都缠在自己身上，魏谦觉得自己是太多心了，可他就是有种动物那样……自己的地盘被入侵的危机感。

清早再一量体温，魏谦就已经从高烧转成低烧了。

宋老太押着小宝进来道歉。小宝大概又是一宿没睡好，两只眼睛红得像小兔子一样，眼巴巴地看着魏谦，词不达意地表述了自己的罪孽深重。

魏谦也不再提剪头发和退舞蹈队的事，这件事就这么稀里糊涂地被揭过了。

在至亲面前，原则、底线的条条框框都是纸糊的，风一吹就烂成了渣，末了算来，好像也只剩下稀里糊涂与得过且过。

中午，熊嫂子无事不登三宝殿地来了，她看中了小宝的资质，想自己带回去教。

魏谦也没有阻止，打起精神应付了熊嫂子两句，道了谢，对宋小宝彻底睁一只眼闭一只眼了。

魏之远冷眼旁观，心里忍不住想：有那么一天，你对我也会这样毫无底线地一再容忍吗？

下午，魏谦让魏之远去上课，结果这小子给他低眉顺目地一句一称"是"，就是有本事同时阳奉阴违，无视他的意见。

魏谦咳嗽两声："你听见没有？！"

"嗯，知道了——哎，哥，给你看这个。"魏之远听见了，忽略了，而后他献宝似的拿出自己专用的笔记本电脑，打开里面一个小游戏，"这是我最近交的一份作业，不完全是原创，借鉴了一点'推箱子'那个游戏来改良，给你解闷玩。"

魏谦没好气地说："推你个头。"

半个小时以后，他就趴在床上玩起了这个"推个头"的弱智小游戏。

魏之远在他的卧室里踏踏实实地写作业，偶尔会过来烦他一下，比如逼着他把水喝了，逼着他把掀下来的第二层被子重新盖上去。

魏谦前所未有地感觉到了"这小子竟然不知不觉间已经这么大了"的事实，有点不适应，但这点不适应很快被魏之远的小游戏吸引走了。

游戏设计得很好，开头循序渐进，一点一点地让人积累成就感，一开始每个关卡只有一个扣，解开就能过；中后期每一关开始有七八个扣，挑战感和成就感的积累一步一步地引着人上瘾。

到了后期，魏谦发现自己的小人基本已经被困在一个蜘蛛网一样眼花缭乱的大阵中间了。

魏谦卡在最后一关上，死也打不过去，他失败了无数次后，开始怀疑是程序有问题，根本就走不出来。

兄弟俩就像两个小孩一样，争论了一阵究竟是某玩家太笨还是游戏本身设计有问题。

最后，魏之远挤在他旁边，一步一步地为他展示了这丧心病狂的一关是怎么做到十八连环扣的，然后他有点得意地看着魏谦，小孔雀似的显摆说："我聪明吧？"

"切，逗小孩玩的玩意。"魏谦说着把电脑推远，以示撇清关系……好像刚才抱着不撒手的那个人不是他一样。

魏谦在床上点了根烟，他的烧退了，身上有些乏力，但人已经舒服多了，那颗暂且偃旗息鼓的工作狂之心开始忍不住地蠢蠢欲动。

他虽然嘴硬，却真的从魏之远的小游戏里受到了某种启发，隐约抓到了一点怎么

第十五章
起航

拿下那个项目立项的思路。

魏谦思考得太入神，几乎烧着了自己的床单，幸好被魏之远眼疾手快地夺了下来。

魏之远像个医学权威一样站在旁边，颇有威严地说："哥，你该休息了。"

魏谦瞠目结舌地想：我被这小子管制了吗？反了他了！

魏之远果然是要揭竿起义，强行关了他的床头灯，然后利用体重和蛮力把病病歪歪的大哥按回被子里，像个监工一样坐好等着，监督他休息。

魏谦由于太过震惊，竟然没想起来反抗。

躺下去良久，魏之远听见魏谦忽然没头没脑地开口问了一句："头天晚上，你怎么知道小宝要去哪儿？"

魏之远正调试着程序，头也不抬地说："猜的——真心诚意地想离家出走的人哪会跟她一样什么鲜亮穿什么？肯定生怕被人中途抓回去，恨不得往脸上抹二斤泥。"

直到这时，魏谦才恍然想起来，这看似和普通青少年一样上课写作业的大男孩年幼时，有过那样如同苦儿流浪记般的经历，他突然觉得有点心疼。

然而魏谦不知该如何表达，他踟蹰了半晌，才用一种"哥给你买根冰棍吃吧"这样的语气问魏之远："哎，小子，学习这么好，将来想出国吗？我可以先给你攒……"

他一句话没说完，魏之远突然抬起头来，被显示屏映得发青的脸色难看极了，好像听见了什么可怕的话。

过了好一会，魏之远自己也意识到自己反应过度了，这才匆匆垂下眼，掩饰着什么一样地低声说："不想，你早点休息吧，别说话了。"

魏谦只休息了这一天，第二天，他就照常爬了起来，订好了去项目所在地的火车票，玩命似的去工作了。

老熊点了三胖跟着他。老熊认为，三胖这人，内心和外表一样圆润，比魏谦稳当。

魏谦跟个肺痨病人一样戴着口罩，在车上咳得死去活来，三胖只好任劳任怨地照顾他，顺便嘴贫口贱地唠叨几句："你三哥我这个监军当的啊，真是窝囊，就是个小太监，伺候大爷来的。"

魏谦："嗯，挺合适的，监军多太监。"

"你妹！"三胖惆怅地捶了魏谦一下，想起身后背负的三千万，真是跳松花江的心都有，一筹莫展地哼哼起来，"北风那个吹，雪花那个飘……"

魏谦冷冷地看了他一眼。

三胖愁苦地问："爹爹，真不行，你是打算卖了喜儿我还债吗？"

"不会。"魏谦说。

三胖老怀甚慰。

魏谦补充："闺女你太丑了，我怕黄世仁看见你吓湿了裤子。"

三胖长叹了口气："你说你是有病吗小同志，你现在有房有事业，大学毕业证也快到手，春风得意啊！你作什么死啊你？说真的，咱俩下一站下车，卖回程票，现在打道回府还来得及。"

魏谦翻着项目材料，像是要把每个标点符号都印在脑子里："我能拿下来。"

三胖摇头叹息："你就是一块茅房里的石头啊，又臭又硬！"

他一双蒲扇一样的胖手不安地搓着膝盖，好一会，才破釜沉舟一般地一拍大腿："行吧，你三哥上辈子欠了你的，你说吧，怎么办？"

TO BE CONTINUED
待·续

图书在版编目（CIP）数据

大哥.上 / Priest 著. — 上海：上海人民美术出
版社，2016.3
 ISBN 978-7-5322-9343-8

Ⅰ. ①大… Ⅱ. ①P… Ⅲ. ①长篇小说—中国—当代
Ⅳ. ① I247.5

中国版本图书馆 CIP 数据核字（2016）第 040986 号

主　编：乐　坚
策　划：卢　卫

装帧设计：曾妮妮　细　细
责任编辑：卢　卫　张维辰
文字编辑：山　朋　momokii

Priest/著　　上 Brother 大哥

出版发行：上海人民美术出版社
　　　　　（上海长乐路 672 弄 33 号）
印　刷：深圳市精彩印联合印务有限公司
开　本：787mm × 1092mm 1/16
印　张：16.25
版　次：2016 年 3 月第 1 版
印　次：2016 年 3 月第 1 版

书　号：ISBN 978-7-5322-9343-8
定　价：32.00元

版权所有　侵权必究
如本图书印装质量出现问题，请与印刷公司联系调换。联系电话：020-87608715-321